W9-BPS-534

LA CONSPIRACIÓN DE LA FORTUNA

Autores Españoles e Iberoamericanos

HÉCTOR AGUILAR CAMÍN

LA CONSPIRACIÓN DE LA FORTUNA

Planeta

Fotografía del autor: ©Christa Cowrie

Avenida Insurgentes Sur núm. 1898, piso 11
Colonia Florida, 01030 México, D.F.

Primera edición: agosto de 2005
ISBN: 970-37-0368-2

Impreso en los talleres de Litográfica Ingramex, S.A. de C.V.
Centeno núm. 162, colonia Granjas Esmeralda, México, D.F.
Impreso y hecho en México - *Printed and made in Mexico*

www.editorialplaneta.com.mx
www.planeta.com.mx
info@planeta.com.mx

1

En el juego de la vida, o del destino, la gente no llega tan lejos como augura su talento, sino como permiten sus limitaciones. Somos tan grandes como nuestros límites, del mismo modo que nuestro cuerpo vive hasta que muere la más débil de sus partes esenciales. Un límite frecuente de los talentos grandes es su conciencia desbocada y altiva, eso que la teología cristiana llamó soberbia y los antiguos resumían diciendo que los dioses ciegan a quienes quieren perder.

Voy a contar la historia de mi amigo, Santos Rodríguez, y de las cosas que perdió dos veces, como si una no bastara para cegar el pozo de su movimiento, su luz de meteoro llevado a las alturas por su propio impulso y arrojado desde ahí por un mandato independiente de su voluntad, aunque soñado oscuramente por ella.

Lo conocí muy joven, en su primer cuarto de siglo, antes de los puestos y el dinero. Ya era un imán en cuyo campo de atracción crecía la fiesta. Cantaba como un dios amigable organizando coros, susurrando las letras a cantantes sordos cuyas caídas tonales reparaba con la llave clara de su voz. Podía pasar horas contando historias o diciendo chistes de todos los colores, según los escuchas: verdes hasta la grosería, blancos hasta la inermidad. Había venido como jefe de la planta de ingenieros que construía la presa al final de la cañada donde iba a quedar sumergido mi pueblo, con su iglesia de torres gemelas y la única cruz de mármol de su cementerio, erguida sobre los despojos prematuros de mi madre. La muerte siempre es prematura, lo sé, pero la de mi madre llegó antes de que yo supiera incluso que la muerte podía ser. Lo mismo, si se juzga por los daños, le pasó a mi padre, quien sabía algo más que yo de esas cosas y le cayeron también encima como a un niño.

Mientras terminaban nuestra tumba de agua, las cuadrillas de la presa fueron la fortuna pobre de mi pueblo y la desgracia millonaria del pueblo vecino. Por alguna razón que ignoro, en el pueblo vecino prosperaron los burdeles y las cantinas, y en el mío nada más los casamientos. Nuestras fieles muchachas, ignorantes de varón, supieron lazar sin complacer a los solteros briosos que venían del campamento los fines de semana, haciéndolos oficiar de novios mansos en las salas de sus casas, antes de que fueran a desforrarse como toros bravos en las alcobas del pueblo vecino.

Cuando lo conocí, Santos Rodríguez brillaba igual en ambos pueblos, entre las muchachitas tiernas que pasaban sonrojándose por la plaza de armas del mío, y entre las fuereñas que fregaban sus almas, cuerpo a cuerpo, en los pabellones del pueblo vecino. Mi amigo fue presentado en mi pueblo por el señor cura, pastor de todos los frenos, y en el pueblo vecino por la madrota de la zona de tolerancia, regenta de todos los deseos. Mostró así, desde entonces, que era un hombre para todas las estaciones, como el célebre utopista, salvo que su reino era sólo de este mundo. Supe entonces de mi terruño lo que más tarde de mi tierra toda, a saber, que si el país donde nací hubiera sido un animal, la mayor parte del tiempo habría sido un armadillo y, en las excepciones del tiempo, un colibrí. Mi amigo podía ser esas dos cosas, amurallado y sabio como el armadillo, diligente y sutil como el colibrí. Por eso tuvo con mi patria chica la sintonía secreta que más tarde tendría con la grande.

Los pueblos jóvenes se hacen a mano. Así seguía haciéndose el nuestro, aunque su memoria se empeñara en ser larga. Su pasión por no cambiar, por acumular el pasado sobre los hombros orgullosos de sus hijos, le había dado prestigio de pueblo viejo, capaz de mirar de frente, sin temor, el paso de los siglos. Pero el país venía de una revolución, su hambre de futuro era tan joven como nosotros, y se abría ante nuestras ansias como una mazorca que podía desgranarse con la mano.

Santos y yo nos conocimos en la zona roja del pueblo vecino, al cual, con orgullo despectivo, mis paisanos llamaban el Pueblo de las Putas. Yo iba a la zona en busca de una güera de rancho a la que había convertido en la ilusión de algo parecido al amor, por el hecho de buscarla siempre a ella y dejar en sus manos más dinero del que pedía. Las muchachas ofrecían sus cuerpos mercenarios y sus besos sin precio, pues los besos no se compraban con la paga, dentro de unas barracas de madera clavadas con simpleza militar en las afueras del pueblo. Las tablas mal ayuntadas de los cuartos dejaban pasar los gemidos universales de la casa. Aun en esas filas de recintos promiscuos triunfaba el espíritu de propiedad. Las muchachas tendían a repetir el cuarto donde ejercían hasta volver ese lugar de gozo y oprobio parte de su intimidad, de su vida doméstica. Por la mañana o en las primeras horas de la tarde, cuando el negocio aún no abría, era posible ir por el traspatio y verlas en el cuarto donde se hubieran querenciado.

Yo solía venir por los amores de mi güereja antes de que la fiesta empezara en la barraca. La buscaba en el cuarto penúltimo de la hilera izquierda, sobre cuya ventana caían las ramas de un pirú centenario. Fui aquella vez un jueves santo, después de la comida.Oí sus risas de niña desde el pasillo. Al correr la sábana que hacía las veces de puerta, la vi perdida en las magias de casino de un desconocido. El desconocido la hacía tomar una carta de la baraja, que abría como un abanico entre sus dedos. Ella veía la carta, la guardaba en su memoria y volvía a ponerla en el mazo. El desconocido dejaba caer entonces sobre la cama, como un puñado de pétalos, todas las cartas de la baraja menos la escogida. La mostraba después como una mariposa prendida del índice y el pulgar a mi güereja, que estallaba en risas de niña rendida.

Hicieron dos veces la suerte antes de darse cuenta de que los veía, y cortaron su juego con prisa culpable, como sorprendidos por un marido celoso. El tahúr dijo entonces, jugando las barajas en su mano:

—Permítame disculparme: no vine a verla a ella, sino a verlo a usted. Y permítame presentarme. Mi nombre es Santos Rodríguez. Soy ingeniero residente de la presa.

Explicó luego, con su sonrisa de un millón de pesos:

—Sé que usted es la mitad de la opinión pública de esta región. Lo necesito más que a nadie desde que me destetaron.

—Lo que quiera del diario, en el diario —dije—. Este no es el lugar para esas cosas.

—Lo que no pueda hablarse en las sombras bienhechoras de un congal, no puede hablarse en ninguna parte —dijo Santos Rodríguez—. Por eso vine a verlo a usted aquí, no al periódico.

Yo era el precoz responsable del diario de la región, propiedad de un viejo hacendado, primo del obispo, lo cual quería decir, en el país de aquellos años, que el dueño de mi periódico era el rival civilizado del gobierno en público y su salvaje enemigo en privado. El diario era, por así decir, la conciencia del estado, el sitio donde la gente que contaba aprendía lo que debía pensar, aunque no lo pensara, y lo que tenía que respetar, aunque no le infundiera respeto.

Yo no trabajaba en el diario por convicción política o religiosa, sino porque era el único medio donde podía ejercer el vicio del periodismo, tempranamente adquirido. Mi padre, un jacobino, odiaba mi creencia de que los periodistas deben aceptar el pulso de la mayoría para poder actuar sobre ella. Según yo, la muchedumbre, aun equivocada, era la brújula que debía seguir quien quisiera influirla desde un diario o desde un gobierno. Había que empaparse de la estupidez para transformarla. Esta elección imponía yugos abominables, pero ayudaba a no perderse en el mapa siempre insatisfactorio de la realidad.

"El que sigue a la muchedumbre nunca será seguido por una muchedumbre", decía mi padre, combatiendo mis teorías. Había oído esa frase en el tablón de una pulpería de españoles del sur de la república, durante sus andanzas de revolucionario. La repetía cada vez, como aviso de que nuestra charla estaba a punto de caer en su pozo habitual de malentendidos. Creo que en sus pleitos conmigo penaba la ausencia de mi madre, como si mis tristes juicios midieran el tamaño de su pérdida. Ateo en un reino de beatas, viudo desconsolado en una aldea de matrimonios para siempre, mi padre era indiferente al sentido de su vida y hostil a las costumbres de su comunidad. Cuando empecé, niño aún, a ganar concursos de oratoria, a poner en crónicas pueblerinas mis ganas de ser parte del ágora, empezó a verme con suspicacia, como quien ve al pillo hacer sus primeros robos o al padrote recibir los primeros pagos de una mujer.

Mi padre era un hombre agnóstico, racional, jacobino y misántropo. Nuestro pueblo era creyente, supersticioso, beato y gregario. Yo era lo más parecido a mi padre que había en la región. Me inclinaba ante las creencias de los otros por razones de forma, no de fe; usaba la influencia así ganada para servir las causas que había bebido en mi casa y sellado en mi cabeza. Aquella clandestinidad me hacía servir las cosas que mi padre odiaba a cuenta de las causas que me había metido, sin saberlo, en el fondo del alma.

El hecho es que había ido a pasar unos días de vacaciones al pueblo para ver a mi padre, el menos interesado en mi visita. Venía a tomar notas también para un relato sobre la guerra que libraban las fuerzas del progreso contra las cañadas viejas y los pueblos rabones de mi tierra. El tahúr que hechizaba a mi güereja con sus cartas marcadas era uno de los jefes de la obra civilizatoria. Se había enterado de mi tarea periodística y venía a discutirla conmigo. Quería que mi escrito fuera como su sonrisa, una promesa de futuro. Las aguas de la presa sepultarían dos pueblos, sí, pero fecundarían el valle desértico abajo. Yo debía dar un mensaje de esperanza, aunque contara una desgracia, y mi historia debía ser edificante, aunque la conviniéramos en un burdel.

Sabría después hasta qué punto esa pasión de fugarse hacia delante, sin importar los costos del viaje, era la marca de fábrica de Santos Rodríguez, el tahúr que engatusaba a mi güereja y había venido a engatusarme a mí. No había en él todavía la mala conciencia de los costos, la sospecha de que los bienes prometidos podían no llegar. Lo cubría la fe hospitalaria, encarnada en su sonrisa, de que aquellos daños traerían beneficios sin cuento, del mismo modo que los logros de sus años le darían la juventud eterna que es la inmortalidad.

El día que nos vimos en el burdel, Santos Rodríguez me invitó una jornada de argumentos y canciones. Quería, como dije, que mi reportaje contara los daños de la presa, pero pusiera también ante los ojos de los lectores la nueva era agrícola que la presa traería a la región, una epopeya que él dibujaba con trazos hipnóticos como si ya hubiera sucedido y estuviéramos no en su costosa antesala, sino en su festivo porvenir.

—Nada hay bello en la deformidad de una mujer embarazada, salvo lo que habrá de salir de esa protuberancia —me dijo—. No hay nada bello en lo que pasará con estos pueblos cuando las aguas del río suban por la cañada y ahoguen los caseríos. Pero de esa horrible preñez saldrá nueva vida, como usted y yo salimos de la protuberancia que fue unos meses la fealdad de nuestras madres.

Volví de la entrevista seguro de que uno de los villanos de mi historia sería ese ingeniero hablador, a cuya magia cedían por igual los curas y las putas. Cuando acabé el reportaje, sin embargo, las aguas que ahogarían nuestros pueblos tenían un lado fértil, como las del diluvio, y el ingeniero había entrado en mi historia como una novedad encantadora de la vida pueblerina.

Santos vino a verme al diario para festejar los reportajes como si me los hubiera dictado. Trajo con él la única nota aprobatoria que tuve de mi padre sobre mis trabajos periodísticos. Decía: "En medio de tanta basura reaccionaria, algo has visto por fin de la ilustración práctica, de la razón transformadora por la que tantos, y a la vez tan pocos, luchamos. Ahogar estos pueblos para que nazcan nuevos tiempos es la mejor cosa que puede pasar".

Firmaba la nota con su letra dibujada y los tres puntos altivos de masón practicante. La había obtenido de su puño y letra Santos Rodríguez, el ingeniero que pensé hacer villano de mi historia y terminó en ángel del progreso.

Santos era blanco y anguloso de facciones, oscuro y redondo de mirada. Bajo las líneas finas de su figura había una prestancia de bailarín. No había prisa en sus gestos, ni cálculo en la naturalidad de su elegancia. Se veía fresco siempre, con las ropas justas incluso al fin de la jornada de trabajo, cuando la barba del día le daba un aire de hombre maduro y las rodajas de sudor sobre el caqui un certificado de misión cumplida. Su cansancio era plácido, su día interminable. Podía dormir dos horas y rendir jornadas de dieciocho luego de una noche de juerga.

Hacer amigos era su don. Después de nuestro encuentro

en el periódico el día que trajo la nota de mi padre, tuvimos tres sesiones de cantina. Echamos sobre la mesa nuestras cosas con la enjundia confesional que sólo damos a desconocidos. Supo todo de mí y yo casi todo de él.

Venía de ninguna parte. Era reciente y fresco, como la revolución. No tenía raíces que quisiera recordar, se pensaba a sí mismo como un árbol de ramas altas, capaz de sentir la dirección del viento y seguirlo a donde fuera. Su memoria de huérfano conservaba la imagen de una mujer en huesos que llamaba su madre. También una noticia sobre la forma en que habían matado a su padre, a la entrada de su rancho, por resistirse a la leva, la conscripción forzosa que llevó a la guerra a tantos y cuyo empleo por todos los bandos explica la épica violenta, el amor a la muerte que es falsa fama de mi patria.

"¡Un millón de muertos costó la Revolución!", se dijo por años en los discursos cívicos y las cartillas escolares, con peculiar jactancia ante los estragos de la guerra. Como si los muchos muertos fuesen cosa de orgullo y la sangre derramada tuviera por sí misma derecho a la gloria. Las heridas de mi pueblo en aquella guerra explican en parte los modos agrios, la soledad sombría de mi padre. Había matado por propia mano y recibido cuchilladas que quisieron ser mortales. Estaba orgulloso de ambas cosas, como si marcaran su pertenencia a los fastos de la patria. Con el tiempo entendí que algo torcido hay en el fondo de nuestras pasiones cívicas, pues rechazan la violencia como un mal indeseable, pero al mismo tiempo celebran en las aulas las proezas cruentas de nuestros héroes, grandes y pequeños guerreros casi todos ellos, grandes y pequeños homicidas cuyo rastro de sangre mancha el pedestal de sus estatuas, aunque sea la tinta con que están escritos los momentos estelares de nuestra historia.

A diferencia del mío, el padre de Santos murió de las heridas de su tiempo. Santos creció en una escuela de huérfanos. Me confió una noche que su madre, sabiendo la poca vida que le quedaba, lo dejó ahí luego de contar a los docentes la falsa historia de su marido revolucionario, muerto en batalla desigual contra los federales. Al final de la confidencia, Santos bajó la cabeza, pensé que para ocultar su pena, pero cuando la levantó sólo había en su cara la sonrisa enorme, como una luna llena.

—Soy hijo bastardo de la revolución —dijo—. Lo que quiere decir que soy su hijo legítimo. Las revoluciones se hacen para que los bastardos adquieran un nombre, para que los jodidos se hagan de una fortuna. Y para que los que no tuvieron padre ni madre encuentren en el remolino a su familia, y su lugar en la historia.

Me sonó cierto entonces y me suena cierto hoy. En todo caso, así procedió siempre Santos Rodríguez, como el dueño de un futuro que empezaba con sus actos, sin otra carta de fortuna que el triunfo, ni otra razón de triunfo que su voluntad.

2

El padre de Santos Rodríguez no fue revolucionario ni Santos nació en mi tierra, pero su padre recibió trato de rebelde muerto en combate y Santos empezó su carrera política como alcalde de mi pueblo, es decir, del municipio donde estuvo mi pueblo, porque mi pueblo se hundió bajo las aguas de la presa que Santos construyó. Tal como me hizo decir en los reportajes, fue nuestro benefactor extraño: dañó a fondo la región para mejorarla a fondo, ahogó dos pueblos viejos para que naciera la más potente zona agrícola de la revolución.

Decía la retórica de la época que la revolución creaba destruyendo y destruía para crear. Eso hacía Santos, mi amigo. La nueva región agrícola nacida de la presa lo aceptó como autoridad, aunque no hubiera nacido ahí ni pudiera decir dónde. Santos, lo entiendo ahora, representaba más de lo que mi terruño podía ser o soñar. Era parte del ejército de ambiciosos que corrían por el país dispuestos a todo para hacerlo suyo. Asumir eso sin coartadas piadosas era la ventaja de Santos y de sus iguales sobre los otros miembros de su generación, los aventureros intermedios como yo, que deseábamos también conquistar el país pero no asumíamos a fondo nuestros deseos; no estábamos dispuestos a correr los riesgos, ni a pagar el precio de verlos colmados.

Santos fue alcalde tres años. En realidad, fue el ocurrente poder tras el trono del gobernador del estado, quien lo adoptó con veneración despótica y lo dejó hacer y deshacer en su nombre. Lo hizo luego diputado federal, en una época en que las elecciones se hacían en el despacho de los gobernantes, antes de que hubiera votos y elecciones en el país, poco después de que hubiera sólo revueltas y generales. Santos ganó esos puestos con facilidad, lo mismo que su primera fortuna. Mientras crecía en la política, se hizo dueño de predios en el valle irrigado. Tuvo la primera red de tractores, pipas y camiones de la región. Fue el primer distribuidor de *diesel*, el primer dueño de flotillas que sacaban pacas de algodón y trigo de los campos que el agua de la presa trajo al desierto. También fue benefactor en eso.

Yo me fui antes que él a la capital de la república, en busca de mi propio camino. Me alquilé como editor del semanario que dirigía y reescribía, línea a línea, el más grande escritor vivo del país, el peor visto por sus colegas. Había caído en todos los errores políticos durante la guerra civil, y en casi todos los exilios. Tuvo el don de fallar siempre al escoger el bando ganador, pero escribió después las novelas mayores de aquellos hechos, frescos de sutil poder artístico y salvaje fuerza testimonial, intolerables para los retratados y para el público todo. Nadie quería verse reflejado en ese espejo de matonería, robo, ignorancia y rencor, el espejo que sin embargo explicaba al país, pues era su herencia viva, su pasado inmediato.

Santos vino a la capital como diputado de mi patria chica. Hicimos juntos la vida que ofrecía la ciudad, entonces sólo un pueblo grande mejorado por el lujo de su aire y sus volcanes. También por la ilusión de que todo empezaba, de que todo estaba a punto de abrirse como el cuerno de la abundancia. Era una ciudad caminable que mostraba sin pudor sus vergüenzas. Podía beberse de un golpe su variedad, la pena en cueros de sus barrios pobres, las mansiones cursis de los nuevos ricos que escupía la revolución. Santos fue rápido experto en los placeres y los secretos de la ciudad, lo mismo que en sus claves, en sus reglas no escritas, esas que sólo podían violar los enterados. Decía: "Si este país fuera un código penal, tendría en cada artículo una cláusula de excepción". Decía también: "Si este país fuera una puerta cerrada, tendría siempre una puertecita abierta al lado, escondida, para uso de conocedores".

Lo vi retratado un día en las páginas de sociales del periódico haciendo reír hasta mostrar las amígdalas a la hija delgada, aérea, de un viejo general revolucionario. El general estaba enfermo, las heridas ganadas en combate le habían roto una pierna y tullido una muñeca, pero su fortuna tenía una salud a toda prueba. Se había casado con la hija de una familia aristocrática, es decir, una familia que se había hecho rica en las tormentas políticas del siglo anterior. La revolución quebró a esas familias, les quitó sus tierras, se burló de su brillo social, las volvió símbolo de un refinamiento cursi, extranjerizante, contra el cual se había rebelado el pueblo, sano y vigoroso. Los generales triunfadores autorizaron con su propia vulgaridad aquel escarnio, pero escogieron para casarse a las hijas de las familias caídas. A su manera, Santos hizo lo mismo. Buscó a la hija de una de aquellas alianzas de los nuevos tiempos con el pasado, y decidió, luego de un breve noviazgo, casarse con ella. Y con su fortuna. La elegida se llamaba Adelaida Elías Castelho.

—Voy a casarme con ella —me dijo Santos al final de una juerga en uno de los primeros *night clubs* que hubo en la ciudad.

—El amor manda —acepté yo.

—No tiene que ver con el amor —dijo Santos—. ¿Qué tiene que ver el matrimonio con el amor?

—Supongo que hay que casarse enamorado —dije yo.

—¿Quién te dijo eso? —se rió Santos—. Yo me enamoro cada semana. Si me casara por amor tendría que casarme cada semana. No quiero jugar con los sentimientos de mi mujer. Me caso con ella para toda la vida. No por amor, por interés. También por amor, pero sobre todo porque nos conviene de sobra a ambos. Vamos a ser, si no felices, duraderos. Los japoneses dicen que el amor pasa pero los intereses duran toda la vida. Yo digo lo mismo, y lo hago parte de mi vida. Actúo lo que creo. Rechazo lo que no puedo actuar.

Santos venía subiendo de ningún sitio; para seguir su viaje necesitaba el sello de aceptación de la familia revolucionaria, ella misma modelo en el arte de trepar. Había buscado la novia justa para eso. Su suegro, el general, entendía socarronamente sus afanes. Otra cosa era su novia Adelaida, quien habría de ser no sólo mi comadre, sino el objeto de mis laicos amores. Adelaida se entregó a Santos iluminada por un amor de niña adulta, capaz de hacer que pareciera encendido con su propio fuego el corazón opaco de Santos, donde había decidido reflejarse.

Me enamoré franciscanamente de mi comadre el mismo día que la conocí, el día que Santos decidió que había llegado el momento de que la conociera. Llegamos a su casa al anochecer. Santos no había hecho ninguna comida en el día y el general tenía algo urgente que tratarle sobre asuntos del congreso, así que, luego de presentarme a su novia, Santos le pidió unos huevos fritos, como si fuera ya la esposa que iba a ser, y siguió su camino al despacho del general.

Me quedé frente a la novia, mudo, deslumbrado, con el sombrero dando vueltas por mis manos y los ojos de Adelaida dando vueltas por mí. Para no dejarme solo en la sala, me invitó a la cocina. A la cocina fui con mi sombrero giratorio, siguiendo los pasos de baile con que Adelaida rodeó a las cocineras que se disponían a servirla. Reunió sartén y aceite con prestancia de hada, esclava de la orden alimenticia de Santos, y fue a la fritura como hacia el centro de un teatro donde ensayar la pirueta culminante de su oficio.

—¿De veras vas a casarte con Santos? —pregunté, ganado por mi urgente familiaridad con ella.

Mi tono fue incrédulo, cargado de ironía por el contraste entre la crudeza nupcial de Santos y el amor olímpico de mi futura comadre, núbil, fresca, enamorada, viva como un pájaro, ciega como un pájaro a punto de entrar a la jaula.

Me contestó:

—Yo he estado casada con Santos toda la vida. Antes incluso de conocerlo. Al casarnos, sólo vamos a firmar el papel que nos legaliza.

Los pasos de bailarina que dio frente al sartén, donde tres huevos de blanquísimas claras reventaban de ganas por su amado, probaron sus palabras. Al menos para mí. Caí preso de amores inactivos con ella desde ese primer momento. Los mantuve, con y sin tentaciones, el resto de mis días, más largos que los suyos.

La boda de Santos Rodríguez y Adelaida Elías Castelho fue un mitin político. Reunió amigos y rivales tanto del yerno como del suegro, siguiendo el dicho de Santos según el cual todo político serio debía dedicar la mitad de su tiempo a los amigos y la otra mitad a los enemigos. Firmaron el libro de bodas el presidente de la república, amigo de armas del suegro de Santos, y el joven secretario de hacienda, el jefe de Santos, cuyas aspiraciones presidenciales daban de lado hasta sus amigos. Lo veían demasiado tierno y civil para el cargo, premio reservado hasta entonces a figurones militares que seguían oliendo a pólvora y untándola a llenar en sus pláticas y sus memorias.

Santos presumía de su liga personal con el joven secretario de hacienda.Gritaba en todas partes no sólo que debía ser presidente, sino que iba a serlo.

—Es tiempo de que la revolución se ponga corbata y vaya a la universidad —decía—. Tenemos que bajarnos del caballo y subirnos al automóvil.

—Siempre que no te caigas en el paso —respondía su suegro, poniendo en claro la oportunidad y el riesgo de la hora.

Fui testigo de la boda de Santos, el único invitado por la pobre razón de la amistad. Los amigos nos acompañan y nos vigilan. Nos desean lo mejor y lo peor. Nos miden con ellos mismos, celebran y se duelen de nuestros triunfos tanto como de nuestras caídas. Son nuestro espejo hipócrita, nuestros fraternos rivales. Yo lo fui de Santos. Cedí a su magia, como había cedido la güera de mi pueblo, pero discutía con él todas las cosas. Por ejemplo, la naturalidad con que mezclaba política y dinero, dinero y poder, influencia y negocios, intereses y lealtades.

Había hecho su primera fortuna en mi pueblo viendo hacia el campo. Desde la capital miraba ahora hacia la industria, con una anticipación fetichista y una fe de carbonero en las baratijas del progreso. Las máquinas, las novedades técnicas y la ocasión de nuevos negocios eran en su cabeza un solo mazacote de cálculos, alianzas, pugnas: la mezcla de medro y pleito que rige la vida activa. Santos oía mis reparos como los tosidos de una máquina fuera de ritmo o las críticas del diario de ayer.

Santos tuvo razón en la mayoría de sus anticipaciones. Se ha dicho que lo que importa en la política son las emociones subyacentes de una época, la música de la que las ideas son un libreto de inferior calidad. Santos pudo leer en las emociones de la época lo que los demás no adivinaban. Vio con claridad el poder de los fierros nuevos, el futuro impreso en el croquis de una turbina o la secuencia de una nave industrial. Tuvo una especie de ciencia infusa para entender la ola industrial que cubría al mundo y tocaba a las puertas de la siesta agrícola del país.

Adivinó también, en el opaco fondo militar del presidente de la república, a un general harto de su clase, de su profesión y de las matonerías de su hermano: el cansancio del país por las charreteras y los cuarteles, la ganas de corbatas y abogados.

Los tiempos habían cambiado. Había en las ciudades ocio, cosmopolitismo y frivolidad, cenas de gala entre los ricos, hambre de moda en las mujeres, costumbres sueltas en las familias, poesía experimental en los cenáculos literarios, música tenue en bares y vestíbulos. El secretario de hacienda del que Santos se ostentaba como único seguidor incondicional encarnaba como nadie la opción de nuevos tiempos que la república iba imponiendo en su vida y soñando en la cabeza de su general presidente.

Habían nacido los dos primeros hijos de Santos, cuando la revolución, por voz de su general presidente, decidió darle el poder al primer cachorro civil de la era revolucionaria, el secretario de hacienda. Hubo rumores de motín en los cuarteles. El general presidente puso su espada tras su civilismo, sometió a los jefes de zona y despejó el camino para la candidatura imposible. El secretario imposible fue candidato presidencial. Santos, su jefe de campaña.

Yo puse mi pluma y la revista donde trabajaba, de la que ya era dueño en parte, al acecho de aquel inicio de los tiempos. El nuevo estilo bajó de las alturas como un chorro de agua fresca. Cuando preguntaron en la radio al nuevo candidato cuál sería su plan de gobierno, dijo:

—Quiero un coche para cada hombre y una casa propia para cada mujer de este país.

Decía esto "en un país de burros y jacales", escribí entonces, para subrayar el optimismo loco de la frase. "Si hemos de ser el país rico que sueña el candidato a la presidencia", añadí, "tendremos que volvernos un país extranjero".

Santos se rió con mi artículo.

—Tienes razón —me dijo—. Habrá que volverse un país extranjero. Porque lo más autóctono que hay en este país es la jodidez, la pobreza. Odio este país jodido y atrasado, lo quiero suprimir, quiero volverlo otro. Quiero hacerlo un país poderoso, un país próspero. En eso seré traidor a la patria. Quiero que nuestro país sea un país extranjero: otro país.

La revolución no había modificado las reglas de la república. Seguían vigentes cosas como ir a votar, tener congreso y jueces. Pero el gobierno hacía las elecciones, decía quién iba al congreso y cumplía las leyes según su conveniencia. Había oposición, pero su papel era testimonial, como se dice ahora; lloricón se decía entonces, pues los opositores andaban llorando siempre por el fraude, y eran vistos con desdén, como veían los romanos a sus compatriotas de alma tierna que no iban al circo en protesta por la superioridad de las fieras sobre los sacrificados.

Vencida la resistencia de los poderes reales, en este caso los mandos del ejército, la causa del presidente civil caminó como sobre una alfombra mágica. Las elecciones fueron arregladas, igual que siempre, pero habrían podido dejarse a los votantes y ellos habrían elegido también la certeza de futuro que echaban sobre el país las sonrisas del nuevo candidato y de su ubicuo jefe de campaña, Santos Rodríguez, mi amigo personal, esperanza de la patria.

En la toma de posesión del nuevo gobierno, Santos Rodríguez fue hecho jefe de las finanzas públicas, el puesto que dejaba su amigo el presidente, nada menos.

Adelaida había vuelto esos días a su talle de muchacha, luego de parir y amamantar su tercer hijo. Aún tengo en mi mesa la foto familiar tomada en un balcón de palacio: Adelaida con su sombrero de alas largas, Santos de blanco y corbata de hilo como deudor de un clima tropical, los tres hijos varones sentados en las piernas de sus padres, actores y herederos de una foto que era, como el momento mismo, pura promesa de futuro.

Ahí están los tres: Santos, el hijo mayor, afilado y largo como su padre; Salvador, el de en medio, delicado, sutil como su madre, y el ahijado que me hizo compadre de Santos y Adelaida, Sebastián, el menor, apenas de un año, mirando hacia la cámara con dos ojos atentos, dueños ya de su propio secreto, su previo saber de las cosas del mundo. Aquellos niños crecieron bajo una luz artificial que los llenó de brillos naturales. Quiero decir que la luz falsa del poder fue parte cierta de sus vidas. Desde antes de nacer, lujos y celebridades iban por la sala de su casa como si fuera lo normal de la vida, no la rutina insólita que imponía la insólita vida de su padre. Nadie podía saberlo mejor que yo, pues había visto nacer a Santos en mi pueblo en condiciones de excepción y lo miraba ahora como secretario del gobierno, vuelto una excepción multiplicada.

Al principio me negué a colaborar con él. Quería seguir mi camino de opinador independiente, presto a denunciar los agravios de la patria, ya que no a corregirlos. Al final cedí a su ruego, fui su jefe de prensa. Me entregué entonces a la ilusión del servicio público y de la salvación de mi país, con enjundia novata que no volví a tener. No me arrepiento, aunque por las malas razones. Aprendí tanto en esos años sobre la verdad efectiva de la cosa pública que perdí toda inocencia sobre los medios y casi toda sobre los fines del gobierno, sus laberintos, su fauna, sus secretos. Perdí también la fe en que es posible servir al país desde los puestos públicos sin torceduras ni claudicaciones. Supe todo lo que hay que saber. Desde entonces, no puedo sino aceptar la paradoja esencial del arte de la política, a saber, que tratándose de la más seria y noble de las ingenierías, la ingeniería destinada a ordenar las pasiones humanas, no puede ejercerse ni en el más alto de sus momentos sin una dosis de perversidad o de malicia.

La política, vista de cerca, aun la política más alta, es siempre pequeña, mezquina, miope, una riña de vecindario. Sólo el tiempo da a los hechos políticos la dignidad distante, el sentido superior que es su justificación y, con suerte, su grandeza. Se ha dicho que al que le gusten las salchichas y las leyes no vaya a ver cómo se hacen. El que tenga algún respeto por la política, no debe tampoco asomarse a sus cuartos reservados.

3

Los gobiernos están hechos de dos clases de personas, los que quieren ser parte del baile y los que quieren dirigirlo. Muy rápido las aguas se dividen en dos grupos: los que se ponen bajo la luz de otros y los que no; los que quieren compartir y los que quieren encabezar. No había duda de dónde estaba Santos, de la forma casi involuntaria de mandar a otros que había en sus más sencillos gestos, en la más cordial de sus sonrisas. Estaba siempre como diciendo que lograrías lo que buscabas pues para eso tenías frente a ti la mano abierta de Santos Rodríguez, que veía tu meta como suya.

Tenía la compulsión de seducir, especialmente a los adversarios. Mil veces lo vi cambiar a un enemigo en un incondicional o desviar una ruta de choque hacia un acuerdo, sin ceder un milímetro en sus propósitos, alterando la ruta pero no el rumbo del viaje. La evidencia de sus talentos lo hacía insoportable para sus iguales, porque era difícil competir con él, estar a la altura de su imaginería continua. Si querían ganarle, debían saltárselo, sacarlo del juego. Los ayudaba a concluir eso el propio Santos, dueño de una superioridad juguetona que hacía sentir a todos sin sentirla él, pues se miraba con igual humor derogatorio que a los otros. La facilidad con que daba soluciones le creó fama de prepotente. Su diligencia fue vista como soberbia; sus ganas de ayudar, como intromisión. Tuvo pronto en torno a él un sistema solar de fieles y otro de antagonistas que se repelían con rivalidad alérgica, típica de las constelaciones burocráticas.

Santos hizo tres años de topo y tres de cometa en el gobierno de seis años de su amigo, que era también su cómplice, en muchos sentidos su gemelo histórico, el primer presidente civil del país.

Los años de topo fueron de discreción calculada como sonriente secretario de hacienda, un mago avaro, dedicado a sanear las finanzas del gobierno. Las finanzas del gobierno están siempre en trance de ser saneadas, igual que los alcohólicos están siempre en trance de volver a beber. Los años de cometa fueron de salida al público para ofrecerse sin rubores como el mejor candidato para suceder a su gemelo fraterno, el primer presidente civil.

La parte de cometa fue más simple y más natural para Santos que la de topo, pero en ambas fue involuntaria y ofensivamente superior a su medio. Tenía triunfos y resolvía cosas todos los días, un tanto sordo al eco de sus pasos que, por otra parte, eran absolutamente calculados. Las soluciones, los pactos, las salidas al choque de intereses encontrados, venían a él sin resistirse, como a la señal de un dios incógnito, desconocido de sí, visible sin embargo para los demás. Demasiado visible.

Sólo quienes compartíamos su interminable día de audiencias y juntas sabíamos hasta qué punto aquella facilidad era fruto del cálculo, de la forma como Santos iba adelante de las cosas y empezaba a limpiarlas con astuta premeditación, tendiendo puentes y compensaciones mucho antes de que los demás fueran conscientes siquiera del curso fatal de los hechos. Como quien compra un año antes boletos de viaje o cuartos de hotel, o como quien prevé el destino de barcos que navegan en ruta de colisión, Santos pagaba por adelantado precios bajos por pleitos caros, cuyo costo final él leía previsoramente en la pantalla del tiempo, opaca para otros, cristalina para él.

Aquella mezcla de adivinación y realismo hacía brillar su estrella en las horas difíciles. Tenía respuestas claras en momentos donde lo normal es no tenerlas, y sus ideas iban por las correas del gobierno como relámpagos en una bóveda oscura. Sus poderes eran misteriosamente oportunos, y su disponibilidad ilimitada. Parecía capaz de asumir todas las tareas, de saltar todos los obstáculos. Aun yo, que lo miraba de cerca, cedía a la magia de su acción, como la güereja de mi pueblo había cedido a la de sus cartas. El presidente mismo se rendía a la facilidad con que su jefe de finanzas daba salidas prontas al jeroglífico en turno de la discordia pública y resolvía, en medio de una salva de risas, problemas que el resto de sus colaboradores a veces no podían ni siquiera describir. Había una magia real en todo eso y era difícil sustraerse a ella aun si, como yo, se tenía acceso a la trastienda de los trucos del mago.

Yo conocía, en efecto, el cuarto de las miserias de Santos, la mayor de las cuales acaso fuera el cabo perdulario de su naturaleza, en todo lo demás suntuosa y delicada, espiritual incluso en su forma de leer el deseo de los otros. Su recámara oculta era el burdel de siempre, una necesidad compulsiva de cuerpos y besos para toda ocasión, para celebrar y para consolarse, para pasar el rato y para puntear con un suspiro de goce la actividad febril de alto burócrata metido en todo. Se dice que tratándose de amores no hay cuerpos largos ni cortos puesto que por definición se ajustan en el medio. Algo así era el mandamiento amoroso de Santos, no tenía cuerpo aborrecido ni mujer suficientemente enteca, joven o vieja, espinosa o blanda, para no querer mezclarse con ella.

Lo seguí de lejos en esa adicción, sin mezclarme en sus fiestas ni en su lista de conseguidores.

Tampoco metí mucho la nariz en la red de sus negocios. Santos los inventaba y los seguía desde su oficina. Creaba compañías privadas para satisfacer necesidades públicas. Sabía de primera mano lo que había que saber de estas últimas, un saber ventajoso para quien hace negocios estando en el gobierno. Pero la vía de Santos no era tomar dinero de las arcas públicas, cobrar primas por compras, aceptar pagos por actuar de más, o de menos, como autoridad. Su estilo era el mismo del presidente al que había ayudado a llevar a palacio.

El presidente repetía a sus próximos un dicho de Santos: "No hay que robar para enriquecerse. Hay que enriquecerse creando riqueza". Honraba su dicho llevando junto a los asuntos de su cargo una red de negocios cuyo rasgo común era que no competían con negocios ya existentes. La idea era no agraviar intereses establecidos, sino abrirse a negocios nuevos, que tocaban por primera vez las puertas de la república. Nadie había puesto un pie en ellos, nadie se llamaba a trato desleal porque el presidente y sus amigos quisieran establecerlos. Santos le había dado al presidente parte de esas claves, de las que era, como en tantas cosas, oficiante adelantado. El mandatario había tomado el camino de Santos pero no lo había invitado a ser parte de su emporio.

—Para que pueda crear el mío —explicaba Santos.

Se ha dicho que la política es lo que los hombres han inventado para dar rienda suelta a sus bajas pasiones. Y para formarlas en campos contrarios, añado yo. La pugna política separa y une más que ninguna otra cosa en la vida. Los muchos enemigos que el brillo de Santos iba dejando en el camino hicieron fila en la causa del entonces secretario de gobernación, cuyo nombre no diré para no cargar estas páginas, pero cuyos logros prueban que un hombre gris, ordenado en sus pasiones por la envidia y el rencor, puede llegar muy lejos en la vida.

El secretario del que hablo, venía de los bajos fondos de la abogacía de provincia. Había trepado por la escalera de la humillación y la obediencia, ciego a toda amplitud de miras, dando la batalla de cada día con un encono metódico que en el campo de batalla hubiera sido el de un general que busca no sólo derrotar sino destruir a su adversario. Era parco porque sabía los límites de su elocuencia. Se había hecho un traje exterior de gestos lentos que sugerían una calma del todo ajena a su naturaleza. Sus reflejos íntimos eran los del animal acosado. No tenía ilusión alguna sobre los demás, ni sabía ver a los otros sino a través de sus debilidades. En todo colaborador veía un traidor posible y en todo rival un muro a demoler para cerrar el paso a la causa enemiga. No tenía pleitos menores, todos los escollos eran para él la batalla de Austerlitz.

Había hecho todo para adular a Santos, fingiéndose su aliado con tanto ardor que Santos dejó de verlo como rival. Cuando fue claro que la sucesión presidencial no tenía sino dos rutas, la de Santos o la del secretario de gobernación, Santos siguió pensando que el otro era sólo una comparsa, una suerte de broma de su amigo el presidente para hacer más obvias las ventajas de Santos sobre el abogado maniobrero. Como suele suceder, la pugna entre ambos contendientes se volvió odio por una minucia. En una sobremesa, Santos dijo:

—Un hombre tan aburrido como el secretario de gobernación no puede ser presidente de este país. Si se hace una puñeta, se le duerme la mano. Podría dormir a un camión de veladores.

Al conocer la puya de Santos, el secretario juró:

—Si gano la presidencia, sabrá lo que es no dormir tranquilo.

Hubo signos adversos a la causa de Santos. En las columnas de prensa que el gobierno pagaba empezó a hablarse de los méritos del bajo perfil, de la doble virtud de los servicios que se prestan en voz baja, sin fiesta ni ruido. La república quería un guía sobrio y firme que tomara sus riendas con mano invisible.

—Eso no puede ser —decía Santos, sonriendo—. Son bromas de mi compadre.

El presidente era, efectivamente, su compadre: había bautizado al hijo mayor de Santos.

—Hay que estar preparado para todo —sugería yo.

—Estoy preparado para todo —decía Santos.

—¿Para ser y para no ser? —preguntaba yo.

—Para no ser no hay que prepararse —decía Santos—. Ningún político serio puede prepararse para perder. Sería como derrotarse de antemano.

En las vísperas de la decisión presidencial sobre quién sería el candidato del partido oficial y futuro jefe de la nación, pues el partido oficial era invencible a extremos que hoy parecen de caricatura, Santos recibió una llamada de su compadre, el presidente, pidiéndole que fuera a verlo a la residencia.

—Es la nuestra —me dijo, y se marchó.

Su compadre el presidente lo recibió en la oficina, lo invitó a pasear por los jardines, le preguntó por Adelaida, por sus hijos, y luego le dijo:

—No he dormido dos días, pensando, compadre. Pero he llegado a una decisión. Se han pronunciado todas las fuerzas políticas del país. Lo han hecho con claridad inusitada. He pasado estos dos días sopesando si mi inclinación personal puede cambiar el rumbo de esa marea. He llegado a la conclusión de que sería un riesgo mayor para la estabilidad del país intentar cumplir mi voluntad. Mi voluntad te pertenece por entero. Pero mi voluntad no es mayor que la voluntad política del país, tal como se ha manifestado a favor del secretario de gobernación.

Santos me contó después que al escuchar estas palabras sintió los altos pinos del paseo girar en torno suyo, como si se burlaran.

Alcanzó a decirle al amigo:

—Lamentarás esta decisión, compadre.

Se dirigió luego al presidente:

—La lamentará también usted, señor presidente, el tiempo que le queda de gobierno, y el que nos quede de vida. Y lo pagará el país.

Como si no lo hubiera escuchado, el presidente siguió:

—Algo más quiero pedirte, además de la comprensión que me ofreces en este trance. He citado a los jerarcas del partido en el Salón Azul, que está al final de este sendero. Cuando nos acerquemos y puedan vernos, quiero que empieces a reír, como divirtiéndote con lo que digo. Y quiero que, cuando nos abran las puertas para entrar, entremos riendo los dos a carcajadas.

—Sí, señor —admitió Santos—. Como tú me ordenes.

Siguió el presidente:

—En el cuarto contiguo al Salón Azul está esperando el secretario de gobernación, quien será presentado a los jerarcas del partido como el nuevo candidato elegido por ellos. Quiero hacer el anuncio de su candidatura teniéndote a ti muy cerca, a mi derecha. Cuando el secretario de gobernación entre al salón, quiero que seas el primero en darle la mano y en expresarle tu apoyo. Eso limará las asperezas entre ustedes. Y abrirá una puerta en el futuro para ti.

—Acabará de cerrarla —dijo Santos—. Pero haré lo que me ordenas.

Empezó entonces a gesticular y a reír, como el presidente quería, mientras le pedía dejar su cargo en el gobierno.

—De ninguna manera —dijo el presidente, riendo ostentosamente también, como si celebrara una ocurrencia de Santos—. Te quedas en tu cargo conmigo hasta el final.

Decía estas palabras cuando los edecanes militares abrieron las puertas del Salón Azul. Santos y su compadre el presidente dieron un paso adentro del salón en medio de una recíproca carcajada.

Tal como le pidió el presidente, Santos fue el primero en felicitar al secretario de gobernación por su triunfo; este le alzó la mano como otorgándole la victoria. Luego desfilaron los jerarcas, entró la prensa, se precipitó sobre el nuevo jefe nato el entusiasmo automático y servil de la república.

Pasamos esa noche tapiados en la sala de la casa de Santos, interrumpidos cada tanto por Adelaida, que se asomaba a la puerta sin entrar, como no queriendo meterse en nuestra discusión. Pero no había discusión, sólo el silencio de la derrota. Salí en la madrugada de la casa. Santos me despidió en la puerta con una mirada exhausta y una mano incrédula que había perdido el temple. Al día siguiente me anunció que haría un viaje.

—Voy a intentar una cura de mujeres —me dijo—. El presidente ya sabe que me ausentaré unos días. Inventa cualquier cosa para la prensa, en caso de que pregunten. Pero no preguntarán.

No quiso darme detalles de su paradero. Dije a la prensa que estaba en un viaje de descanso familiar.

Adelaida y sus hijos salieron de la ciudad, en efecto, rumbo al rancho de cordilleras lunares y borregos cimarrones que la familia tenía en el norte. Desde ahí me llamó Adelaida por teléfono.

—Santos está encerrado en Mendoza —me dijo, alarmada—. Su escolta me reporta que no habla ni come, ni recibe llamadas de nadie. Creo que se va a matar si alguien no lo saca de ese agujero.

Mendoza era la capital del estado del mismo nombre, famoso por actuar pesadillas de su propia invención. Santos había comprado ahí un rancho cafetalero al pie de un volcán, en las orillas de un lago, unas riberas de tierra templada que amanecían envueltas en bancos de niebla, donde bajaban a beber venados y tigrillos.

Fui a buscarlo.

Me recibió Ventura, su guardián de aquellos años, secretario, chofer y guardaespaldas.

—Lleva diez días sin bañarse y dos sin recoger la comida que le dejamos en la puerta —me dijo Ventura—. Quise entrar a fuerzas pero me disparó de adentro. Ahí está el agujero sobre la madera.

—Vamos a tirarla, cuando yo les diga —ordené a Ventura y a su pareja.

Me puse frente a la puerta y grité:

—Santos, soy yo. ¿Abres o tumbo la puerta?

Hubo un silencio.

—Vete —se oyó la voz seca adentro.

—¿Abres o tumbo la puerta? —repetí.

Hice la señal de tumbar la puerta a Ventura y a su amigo. Tomaban distancia cuando al otro lado se oyeron los pasos de Santos y la liberación del picaporte. Abrí y entré. Santos iba caminando hacia el catre revuelto que había al pie del único ventanillo. Su pelo era una maraña. Su cuerpo una espátula de hombros caídos. El hombre que volteó hacia mí era un prisionero, o un náufrago. Tenía las barbas largas y sucias de galeote, los ojos con bordes violáceos de una larga fatiga, los labios secos, los dientes amarillos.

—No quiero que me veas así —dijo, dándome otra vez la espalda.

—Entonces báñate y límpiate —contesté.

—Sí —dijo él.

Se sentó en el camastro, puso los codos sobre las rodillas, metió las manos huesudas por la melena de los parietales.

—Tienes razón —dijo—. Voy a bañarme y limpiarme. Tienes razón en todo.

Convaleció bajo los cuidados de un doctor que traje de la capital del estado, un seguidor airado que confundía nuestra derrota con la injusticia. Atendió a Santos como a un bebé. Yo fui testigo de su tratamiento y de su regreso al más acá.

Mientras Santos convalecía de su reino perdido, caminé por primera vez los senderos del bosque que rodeaban el lago. Hallé sólo fatigas y desorientaciones. A partir del tercer día dejé de explorar, me puse a mirar las brumas de la orilla en los amaneceres, fumando y bebiendo café. Sentado ahí pasé muchas mañanas largas. Tardaban más en abrirse entre más libres eran mis ensoñaciones. Recordaba mi infancia, huía de mí.

—Yo seguiré el viacrucis hasta que acabe el gobierno —me dijo Santos una mañana, al final de su convalecencia—. ¿Qué piensas hacer tú?

—Pienso volver a la prensa —dije yo—. Quiero recordar lo que se siente decir las cosas con todas sus letras.

—Te recuerdo que las cosas dichas con todas sus letras suenan muy fuerte —dijo Santos—. Demasiado, para nuestra situación de náufragos.

—Y yo te recuerdo que al que se agacha le pegan doble —respondí.

Rió y advirtió:

—Piensa, cuando estés en tu reino de la prensa, que por cada golpe que tú le des al gobierno, yo recibiré dos.

—Pensaré en eso —prometí.

Lo devolví a mi comadre Adelaida rasurado y fragante, como acabado de bañar.

La primera cabeza que pidió el nuevo candidato a la presidencia fue la de Santos Rodríguez. Quería su renuncia bajo cargos de corrupción. El presidente se negó a otorgarla. La segunda petición de la cabeza de Santos vino después de las elecciones, dos meses antes de que el rival de Santos asumiera el poder. La exigencia vino acompañada de una lista de los negocios de Santos asociados a las necesidades públicas.

—No hay corrupción en esos negocios —dijo el presidente, reparando en el parecido de sus propias empresas con las denunciadas por el sucesor—. Hay sólo venta de bienes útiles al gobierno

—Son quejas que recogí en mi gira, de boca de la gente —respondió el presidente electo—. No hago sino turnarlas a su mejor decisión. Si se hace la limpieza ahora, será mérito del actual gobierno. No habrá que hacer la limpieza en el mío.

El compadre de Santos entendió que el sucesor ofrecía un cambio de rehenes: si le daba la cabeza de Santos, perdonaría la suya. Santos firmó su renuncia treinta y cuatro días antes del cambio de gobierno.

4

Mi amigo tuvo razón en sus previsiones de lo que vendría. Siguieron malos tiempos para el presidente que dejaba el cargo y para el país, pero sobre todo para Santos. Como había prometido su rival, no volvió a dormir tranquilo.

Primero fue el rumor de que el nuevo gobierno quería un personaje del viejo para meterlo a la cárcel y echarlo a las furias del ágora, alimentadas por el gobierno mismo. Luego vino el linchamiento en forma, con todos los agravantes de la consigna y la compra de los linchadores.

Era un viejo rito nacional. Cada cierto tiempo, luego de una revuelta fallida, de un motín o de un cambio de gobierno, el país y sus gobernantes sentían la necesidad de quemar un puñado de infidentes en la hoguera de la indignación pública. Los dueños del poder daban así una prueba de rigor contra el abuso, con bajo costo para ellos y alto para sus rivales elegidos. Había sido siempre así, así fue con Santos, y así siguió siendo después, como si en los asuntos públicos la venganza fuese la norma y la generosidad el accidente.

Aquella manía sacrificial había dado a luz una opinión pública insaciable en materia de castigos y deshonras. Entre más castigos ejemplares había, más insuficientes parecían los castigos, entre más muestras de rigor daban los gobiernos, más sospechas de culpables impunes había en el aire. Una vez que se suelta, la inquisición pública tiene más sed de culpables que de justicia, pero su rabia no lleva a la justicia sino a la manipulación. Lo cierto es que entre más puros quiera la gente a sus políticos, más hipócritas y pícaros los tendrá, más hábiles para burlar la norma y lograr sus fines. Por otra parte, entre menos tonta quiera ser la opinión pública, más incrédula será, entre más incrédula más voluble, entre más voluble más fácil de engañar y, al final, más tonta. Lo sabe todo el que haya hecho desde el gobierno una guerra de opinión contra alguien, en particular si ese alguien es un ídolo caído del altar oficial, un cartucho quemado que no sirve de nada para nadie y ha de cargar a precio de galeote con su gloria ida. Era el caso de Santos, y pagó todo el precio.

Los cargos contra Santos fueron de enriquecimiento ilícito en un clima creado de ira patriótica y clamores de limpieza moral. La moral pública es de por sí un terreno pantanoso, sobre todo si sus mandamientos salen de los establos de la venganza política.

Se ha dicho que en política no hay que explicarse ni quejarse, y no ceder sino ante la fuerza. Se ha dicho también que la salvación para los vencidos consiste en no esperar salvación alguna. Fue la estrategia de Santos. Miró de frente al ojo del huracán, no se quejó ni dio explicaciones. Pero la tormenta periodística y judicial que cayó sobre él fue abrumadora. Siguieron meses malos, uno tras otro, sin dar respiro, como las vacas flacas de la biblia.

Santos ganó todos los juicios legales de la ofensiva en su contra, pero quedó hundido en el caldo de larvas de la difamación. El lugar que habían tenido en su vida la alegría y la esperanza fue tomado por la pérdida, a ratos por el miedo, aguas poco propicias a la serenidad o a la sabiduría, más bien a la venganza y el rencor

Cuando la hoguera judicial bajó, volteó la vista hacia sus negocios. Al fin de una comida me dijo:

—Voy a terminar de hacerme rico. Voy a fugarme de toda esta mierda por la puerta falsa de la prosperidad.

Fue un gran momento. Por primera vez desde que dejó el

gobierno hubo en sus ojos el fulgor de aquella buena estrella cuya única falla era que brillaba de más.

Ahora bien, la prosperidad es una mujer pública que no suele ir a la cama sin testigos. La de Santos necesitaba favores de otros, sobre todo del gobierno, que era su cliente mayor. Los favores le fueron negados. Sus negocios decayeron. Su fortuna dejó de crecer, cosa terrible para la gente de fortuna. Tuvo que disfrazar todo, quitar su nombre de la lista de dueños y de los consejos de sus empresas, ocultar ventas, tejer una barroca red de prestanombres para no dar un blanco a las enconadas revisiones de la hacienda pública y los fulminantes vetos comerciales de la autoridad.

Ya lo dije antes, la política hace amigos y enemigos como ninguna otra cosa en la vida. Bajo la desgracia, mi amistad con Santos creció hasta volverse parte involuntaria y esencial de mí. Había aprendido ya que hay más que recoger en la amistad que en la política y que, si hay que renunciar a algo, hay que renunciar a la vida pública para servir a la privada. El hecho es que a la hora de la derrota me puse junto a Santos y recibí mi parte del chubasco. Un modesto paraguas era reunirnos a rumiar con altivo desdén las cosas de la política, sabiéndonos sobrevivientes un tanto lisiados de ella. Libres de sus yugos, podíamos verla sin las anteojeras del interés, con el lente de aumento de la derrota, cierto, pero atemperado por la buena mesa y el humor involuntario que salía a borbotones del carro completo de los triunfadores.

Venían a vernos a escondidas, a espiarnos, amigos de antes que no podían seguirlo siendo porque eran parte de la rueda de la política. Eran siervos, o consiervos, del poder y del gobierno, como lo habíamos sido Santos y yo, polvo y lodo de lo mismo, salvo que en Santos y en mí no había ya ilusión alguna sobre aquel estado ni sobre su premio de sal.

Ellos creían en lo que iban a obtener si seguían tirando de la noria. La ilusión urdía su servidumbre. Santos y yo nos habíamos curado de esa ilusión, luego de haberla padecido a fondo, por la única cura posible que es la muerte civil de los sueños.

La calamidad suele venir acompañada de un gusto funeral por lo grotesco. Con un poco de humor y distancia, los caídos pueden reír a carcajadas en medio de su desgracia. Eso hacíamos Santos y yo en nuestra comida ritual de los viernes, que empezaba temprano y seguía hasta la noche, rebosante de chismes y maledicencias, infamias, calumnias y desahogos. Si poníamos a un lado nuestras pérdidas, la vida semipública de la república podía verse como un gigantesco carnaval de humor involuntario.

Yo había vuelto a la prensa en el papel de columnista, negándome a las cargas de editor o propietario. De hecho, decidí vender lo que tenía, parte de la revista en la que había sido editor, un par de terrenos encarecidos por la explosión urbana y algún paquete de acciones en empresas de Santos. Conservé un edificio cuyas rentas cubrían mis gastos básicos y la mayoría de los superfluos. Inauguré una columna de vena satírica, género que hasta entonces sólo había ejercido con seudónimo, dedicada a la crónica de un país imaginario, donde ocurrían las mismas cosas grotescas que en el nuestro. Había un rey de ocasión, una corte limosnera, unos curas sin dios, unos periodistas sin lectores, unos ricos pobres de solemnidad, unos líderes obreros que nunca habían trabajado.

Se ha dicho que los hombres desean naturalmente maravillarse. Supongo que por eso leen el periódico. También desean naturalmente sonreír, pasar por el desfile de los seres con una sonrisa de olvido y perdón en los labios. Dejé de escribir como si la historia me mirara, y yo a ella. Descuidé los grandes hechos, puse los ojos en la morralla de todos los días.

En el año que siguió a nuestra caída, mientras la república se debatía en sus problemas hercúleos de siempre, yo dediqué mis columnas a asuntos como la muerte del león elector y los avatares del tigre tuerto.

La primera fue la historia de un león enfermo que estaba a punto de morir en el zoológico de una ciudad norteña, durante los días en que llegó triunfalmente a ella un candidato opuesto al gobierno. El candidato reunió a sus fieles en un mitin monstruoso, que habría ocupado la prensa completa del día siguiente si ese mismo día no hubiera sacudido a la ciudad la noticia de la fuga de un león que sembró el pánico en los hogares. Durante horas las estaciones de radio dieron cuenta del cerco tendido sobre el león en un operativo tumultuoso, el mayor que recordara la historia policial de la ciudad. Al final del día, el león fue muerto por un comando de francotiradores. Se supo después que aquel león de pavura era en realidad el león viejo del zoológico que no hallaba la hora de dejar el mundo. Lo habían echado a las calles para ayudarlo a bien morir y para robarle la noticia del día al candidato desafecto.

La crónica del león elector trajo a mi mesa el caso del tigre tuerto, obedeciendo a la más universal de las leyes del periodismo, que es el contagio. Durante una visita a la India habían dado de regalo al presidente un cachorro de tigre bengalí. Cuando el tigrillo creció, dejó de ser dúctil, por así decir. Un famoso neurólogo cortesano propuso darle un tajo en el lóbulo frontal para dejarlo manso como un cordero el resto de sus días. El dueño del tigrillo accedió, el cirujano lo llevó al quirófano del mejor hospital del país y le hizo el tajo, pero el tigre murió en la tabla. El cirujano tembló ante la posibilidad de tener que decirle al presidente lo que había hecho con su tigre. Persuadió al jefe del estado mayor presidencial, que le debía favores de médico, de no decirlo tampoco, sino ayudarlo a buscar un tigrón sustituto. No pudieron dar sino con un cachorro bisojo, que compraron por una millonada en el país vecino. Al jefe de la nación le extrañó el ojo tuerto de su cachorro, pero lo recibió como su mascota original, hasta que mis columnas sobre el caso echaron por la borda la coartada, al cirujano, al jefe del estado mayor y, por último, al tigre mismo, que fue donado por su dueño al zoológico local.

Las crónicas del león elector y el tigre tuerto terminaron formando un librito que se lee hoy como una fábula satírica, pero que no fue en su momento sino la estenografía de una delirante realidad.

No creo haber tenido una época mejor en mi vida, una época más libre de mí mismo y de los otros: la indescriptible libertad de no tener jefes ni subordinados. Tampoco tenía hijos. No pude tenerlos por límites irreparables de la que habría de ser mi mujer y por falta de orgullo o compulsión genésica mía. Sin llegar a creer, como se ha dicho, que los espejos y la paternidad son un pecado porque repiten a los hombres, algo dentro de mí rechazó siempre la idea de traer hijos a un mundo en el que incluso las mayores cosas están llamadas a la vejez, la incomprensión o el olvido.

Sabía ya que la tranquilidad no se conquista por asalto, sino por rendición. Al terminar mi aventura de político profesional con Santos me rendí a la evidencia de mis límites. No busqué más. Mi amor diferido por Adelaida se extendió como un certificado de calidad a otras mujeres. En todas veía yo algo de la mezcla terrenal y fantasiosa que me gustaba en mi comadre. No había visto mejor encarnada esa mezcla en otro cuerpo ni otra risa que en los de Adelaida. Ya que Adelaida no había sido para mí, ni podía serlo, busqué algo de ella en otro sitio.

Me casé tarde, cuarentón, con una mujer más joven, más alegre, más generosa y más desdichada que yo. Posaba de solterona voluntaria, pero la afligía la murmuración sobre su soltería. Tenía sólo treinta años, un cuerpo ligero, una mirada ardiente en el rostro limpio y terso de monja, sin afeites ni defectos. La enfermedad se la llevó con rapidez, pero no antes de que se uniera profundamente a mí, cumpliendo sin regateos nuestro destino de pareja, incluida la dicha, la disputa, la infidelidad y el reencuentro.

Los amores que duran empiezan como un sentimiento, pero terminan como un cuidado, una forma de prestarle atención al otro. El sentimiento que llamamos amor no sabe hacer huesos viejos, es una llamarada que se aviva al contacto. Tuve otras mujeres, antes y después de la enfermedad de la mía, pero sólo a ella pude darle los cuidados que son la vida diaria del amor. Tuvo una rival. Me até a una amante de encuentros ocasionales que terminaron siendo tan férreos como las rutinas de mi matrimonio. Acudí a los brazos de aquella mujer como a un ritual no por placentero menos esclavizante. No era más hermosa ni más inteligente, de carnes o espíritu más vivos que la mía, pero traía un placer mayor. Su irregularidad tendía sobre ella el velo de la novedad, la lujuria inigualable de la transgresión.

Tuve y respeté esas pasiones rutinarias, mi mujer y la otra. Fueron las llamas poco aparatosas de mi vida. Las menciono sin alarde, para tratar de decir quién he sido. Para contrastarlas, sobre todo, con los fuegos de Santos, cuya vida ardiente y desaforada, no la mía, es el tema de estas páginas.

Santos no había tenido límites en la busca de cuerpos para encender el suyo. Su vida con Adelaida no lo había cambiado en eso. Pero lo había hecho reservado. Si la moral del adulterio es la discreción, Santos había sido impecablemente moral con Adelaida. El huracán de la política, gran alcahuete, lo había mantenido fuera de casa, yendo de una liana a otra, de un viaje a otro, de una mujer a la siguiente, sin cesar, desde las primeras horas del día hasta las noches eléctricas de su insomnio. Sus amores habían tenido la ligereza de la variedad, sin afrentar los muros de su casa ni el lugar de Adelaida, cuyos oídos resistían bien la murmuración, veteranos como eran en los escándalos de su padre, el general. Encerrada honestamente en la cárcel de su amor por Santos, Adelaida era el refugio donde dormía todas las noches su marido. En los modos de la pareja, frecuentes en manos buscándose, en besos inopinados, en risotadas frescas, en enlaces juveniles, nadie como yo podía inferir buenos tratos de alcoba. Santos tenía además una debilidad natural por sus hijos, para los que encontraba siempre huecos, breves pero no apresurados, una concentración extraña que hacía durar sus cuidados un tiempo que no pueden medir los relojes.

Para Santos, la mayor dificultad de la derrota fue bajarse del tiovivo, poner en tierra firme sus plantas hechas al viaje. Había tenido una pasión dominante, el poder, a la que había dedicado más tiempo que a ninguna otra. Cuando el poder se fue, el tiempo se abrió ante él como una isla desierta. Las cosas de la casa y la familia, que antes eran gratas interrupciones en su vida, fueron de pronto la totalidad del juego; su casa, que había sido refugio del mundo, amenazó con volverse el mundo mismo.

No podía ocuparse de sus negocios sin ponerlos en riesgo de represalia oficial. No tenía tampoco la pasión de viajar, ni pasatiempos adquiridos para gastar las horas que llamamos inútiles por nuestra inútil pretensión de aprovechar el tiempo. Puso unas oficinas fuera de casa, pero no había en ellas la energía del tráfago político al que se había aferrado por años como a un cruce de cables pelados que echaban chispas en todas direcciones. La oficina, dedicada a vigilar de lejos sus negocios, fue otra forma del tedio y de la inacción, cosas más difíciles de manejar para él que la tormenta. Así las cosas, acabó entregándose a la única verdadera pasión sustituta de su vida.

—El demonio es sentirse mal —me dijo una madrugada—. Lo que te da energía es bueno, lo que te la quita es malo. Lo que te hace sentirte bien viene del cielo, lo que te hace sentirte mal viene del infierno. Lo único que me hace sentirme bien en estos tiempos son las mujeres y la cama. De modo que esa es la única moral en que creo. Sobre todo, es la única que puedo practicar.

Se recluyó entonces, con fervor de novicia, en los claustros de la lujuria y el deseo. Los de la política y los negocios se habían cerrado, al menos por un tiempo, para él.

5

Con el tiempo se llega a pensar que la idea de una mujer fuerte es una redundancia. Eso llegué a pensar de Adelaida, mi comadre, viéndola aguantar las tormentas de su marido como si fuera la pundonorosa grumete del barco. Era en realidad la brújula y el capitán, la envergadura toda que sostenía el velamen de Santos. Antes de que el velamen se rasgara y cuando se rasgó, fue Adelaida quien cuidó las penas del náufrago, sus agravios de derrotado, sus ceremonias de afirmación.

Como he dicho antes, las aventuras de Santos no habían llegado al descaro adúltero o a la ofensa conyugal. Pero en los años de su lucha contra el tedio fue indiscreto por primera vez. Adelaida lo sorprendió un día del brazo de una famosa actriz en una calle céntrica. Una mañana se tragó el diario donde venía su marido, retratado por sus enemigos, abismado en las ancas de una corista en un *night club* de cartón piedra. Se topó otra vez con la factura de unos brillantes sobre la mesa del estudio de Santos, una factura que se quedó ahí como para ser vista varios días y desapareció luego sin explicación, confirmando su irregularidad culpable. Aquellas primeras evidencias de las andanzas de Santos la hirieron, pero no la arrebataron. Adelaida hizo pasar su fidelidad lastimada a un ámbito más generoso y discreto aún: dio en suponer que aquellos deslices eran la cura más que la enfermedad de su marido, los ungüentos malolientes que harían sanar la herida, reponiendo la piel buena sobre la llaga.

Tuvo la mitad de la razón. Aquellas mujeres eran el clavo

ardiente al que Santos se aferraba, pero eran también la herida de una enfermedad nueva. Las mujeres de aquel ciclo no tenían el aire deportivo con que iban hasta entonces por la alcoba de Santos. Tenían ahora un rasgo adictivo, un fondo de extenuación previa que adelgazaba la euforia para dejar sólo la necesidad, las horas del borracho viejo que obtiene cada vez menos placer y más estragos del vino, antes dionisiaco, ahora estoico.

Aquel agotamiento no le quitaba a Santos las ganas de reincidir, ni el humor frente a sí mismo, una de sus virtudes mayores. No compadecerse era la divisa, no temer ni disfrazar las propias debilidades. Le pregunté una vez, con retintín de monje célibe, qué había aprendido al final de tantas horas de cama. Lo pensó un momento y dijo, radiante de ironía:

—He aprendido esto: cuando las mujeres se vienen de verdad ponen cara de tragedia griega. Todo lo demás es sólo teatro moderno.

La fatiga de la diversidad lo llevó a la recurrencia. Recordando los malos días de su encierro en Mendoza, Santos volvió a la hacienda del lago a cerciorarse de su cura. Fue el segundo viaje después de su desgracia y fue un viaje inaugural, porque se inició en los amores de una muchacha en edad de ser su hija, nacida en una familia de cafetaleros arruinados por las curvas locas del precio del grano.

La muchacha se llamaba Silvana Berrueto. Su padre había acabado de desbarrancarse años atrás, literalmente, mientras revisaba a caballo los estragos de una plaga sobre sus cafetales. Vivía desde entonces inmóvil en su cama, rumiando una savia amarga como la del fruto de sus siembras. Para todo efecto práctico, la madre de Silvana había terminado siendo una enfermera. Silvana había crecido entre la absorta ocupación de ambos por las desgracias de sus propias vidas, como un arbusto entre dos piedras.

Santos la había conocido en una fiesta de fin de cosecha en los galpones de beneficio de Mendoza. Olió de inmediato en sus modos la vulnerabilidad y la audacia, la lesión y las ganas de aventura. Silvana había ido después a la casa de la hacienda junto al lago, en la ribera opuesta del pueblo de Mendoza, para echarse en los brazos de Santos, con urgencia adolescente de una vida adulta. Pasaron varios días encerrados. En paga inusitada por su cercanía, Santos le regaló uno de los terrenos que tenía junto al lago, en el cabo poniente del pueblo. Para que fuera la ninfa de aquella ribera, le dijo, y no lo olvidara. Silvana le contestó:

—Vas a querer olvidarte de mí como de tus pecados, antes de que yo piense siquiera en olvidarte.

Santos volvió de Mendoza dispuesto a olvidar esa aventura con la siguiente, pero algo quedó en su ánimo, el duende de la promiscuidad lo llevó a buscar un aire nuevo en la repetición y volvió a Mendoza en busca de Silvana. Descubrió en aquel regreso que el cuerpo de Silvana lo distraía de su hartazgo, y de aquella distracción vinieron las ganas de seguir buscándola.

Santos empezó a ir cada semana a Mendoza, saltando a veces nuestra comida de los viernes, con el pretexto de cuidar el rancho. La excusa tenía al menos la ventaja de justificar sus ausencias de la casa, evitando el momento siempre incierto de las aclaraciones para Adelaida cuando Santos no venía a dormir estando en la ciudad o llegaba muy tarde de una cena anunciada como una aburrida reunión de negocios. Ir a Mendoza por lo menos simplificaba las coartadas.

Una tarde, a los postres de nuestra comida de los viernes, Santos me confesó:

—He fundado otra familia en Mendoza. Tengo ahí una muchacha con la que he vivido dos años.

Fundado, dijo, y yo registré la palabra. Admitió mi silencio como una duda y siguió explicando:

—Se llama Silvana. No es un segundo frente, sino una segunda casa. Quiero que vengas a conocerla. A ella y a la familia de Mendoza.

—¿La familia de Silvana? —pregunté.

—No, la mía —dijo Santos—. Silvana me ha dado un hijo varón. Lo tuvo ayer.

—¿Tuviste un hijo en Mendoza? ¿Ayer? —pregunté.

—Un hijo al que voy a darle mi nombre —dijo Santos.

Me eché a reír.

—¿Te parece terrible? —preguntó Santos, hurgando mi veredicto.

—No —le dije—. Me parece increíble.

Tomó eso como una aprobación. Brindamos estentóreamente antes de sellar un pacto de silencio para el hecho. Fue un pacto serio, largo, cuyo secreto no revelé ni siquiera a mi mujer.

Pasaron meses antes de que Santos cumpliera el ofrecimiento de llevarme a conocer a su otra familia. Me llevó al fin del otoño, tiempo de humedades en las sierras, de brumas en las riberas del lago. Había que salir de madrugada de la capital para amanecer en Mendoza en las primeras horas del día. Bajando de las altas cumbres por la carretera podía verse completa la provincia. Amanecía rociada de escarcha y se iba abriendo bajo el sol hasta alcanzar mediodías deslumbrantes, inmóviles, sobre amplios valles y estribaciones verdes, minuciosamente dibujadas por la luz. Unas leguas arriba del lago, en la media montaña húmeda, había potreros ondulados como pequeñas colinas.

El lugar volvió a encenderme con su llama irreal.

Mendoza era tierra de brujos blancos y señores de horca y cuchillo, una región sustraída desde la independencia, siglo y medio atrás, al poder del gobierno. Desde entonces tenía fama de ser la zona de los pastizales más tersos y las historias más cruentas del país. Era proverbial la inteligencia rápida y democrática de sus hijos, lo mismo que su prontitud rebelde e igualitaria. En los llanos tropicales de la comarca crecía la caña. A la zafra de cada año llegaban en oleadas los cortadores imponiéndole a todo un aire de migración y fermento.

Sustraída al fuero del gobierno central, la zona estaba también libre de las excomuniones oficiales. Cuando llegamos al pueblo de Mendoza, autoridades y lugareños recibieron a Santos con grandes fiestas. O no tenían noticia de la desgracia que ahogaba a su visitante en la capital o mostraban un olímpico desprecio por ella. Entendí la primera razón del gusto de Santos por Mendoza: era aceptado y querido ahí, con llaneza pueblerina, como un señor en dominio de sus cosas, mientras en el resto del país, o al menos en su ciudad capital, era mal visto y vilipendiado. La segunda razón la entendí al ver a Silvana.

Santos la tenía viviendo en una casa mayor, con huerto y caballeriza, en las goteras orientales del pueblo, justo frente a la ribera donde tenía la otra estancia familiar. No podía llegarse a la casa en auto porque la precaria brecha era en esos días una charca de lodo. Había que ir a caballo y así fuimos. Alguien había avisado a Silvana de nuestra llegada. Nos esperaba en el portón de aldabones rústicos de la casa, con una nana cambuja cargando a su hijo junto a ella. Silvana tenía una canasta de flores en los brazos. Cuando nos acercamos, empezó a tirar sobre nosotros amapolas y violetas de monte como en una contienda de carnaval. Una de las flores pegó en la nariz de mi caballo haciéndolo virar y ocultando providencialmente, con su reparo, mi risa de ciudad, descreída y caníbal, ante la escena.

Silvana recibió a Santos al pie del caballo. Se fundió con él unos instantes largos, los instantes de la eternidad amorosa. Lo llevó luego hasta su hijo; se lo puso en los brazos con orgullo materno y solemnidad dinástica. Volvió a asaltarme la risa, pero acabé de entender la entrega de Santos, la rendición amorosa de su mediana edad, al mirar a aquella muchacha de brazos redondos y mirada ardiente, a la que el texto clásico habría descrito como una belleza ilícita, rebelde y contumaz.

Pasamos tres días juntos. Es decir, ellos juntos y yo junto a su fiesta conyugal. Vi a Santos caer en su segunda familia como en un noviazgo adulto, sin reservas. Todo a su paso era aligerado por la mano atenta de Silvana. Eran cumplidas sin tardar sus manías, satisfechos sus gustos, servidas sus bebidas, el hijo disponible sin obligación y el cuerpo de Silvana sin restricciones, tanto cuanto quisiera de cada cosa con sólo estirar la mano, alzar los ojos, marcar una sonrisa.

Silvana tenía frescura suficiente para maravillarse con las historias viejas de Santos, y malicia suficiente para no mostrar sus desacuerdos ni sus desencantos. En la casa y el cuerpo de Silvana, Santos era acogido como el gran señor que ya no era. Ahí su derrota no contaba, no tenía testigos que pudieran comparar lo que había sido con lo que era, cuánto había tenido y dejado de tener.

Las mujeres no son nunca tan hermosas como cuando nos abandona la juventud. Entendí que mi amigo, en lo alto de su edad, hubiera encontrado más hermosa aún a quien ya lo era, y más codiciable, entre más joven y rejuvenecedora. La mujer que lo esperaba en Mendoza era una invitación al vigor, una belleza de alientos frutales que transmitía por contagio esperanza y futuro. Tampoco me pareció absurda la aventura de Silvana. Aquella muchacha de sentimientos alzados y padre mayor había visto en Santos no sólo un amor usurario sino una protección sustituta, un sitio donde apostar ambiciosamente su juventud arrebatada.

Hice mi excursión al otro lado del lago, a la casa original de Santos y Adelaida, la casa donde habían pasado largos días encantados en sus primeros años. Pensé que Santos tenía en la otra ribera su nueva casa encantada, su nuevo inicio de los tiempos. Pensé luego en Adelaida y sentí, por primera vez, que la traicionaba acompañando a Santos en esta aventura. Porque no era una aventura.

Mi culpa de aquellos días fue una anticipación. Poco después de nuestra visita a Mendoza, Adelaida supo de Silvana por sus conocidos del pueblo. Entendió la novedad del hecho y se rebeló ante él. Una noche en que Santos estaba ausente, otra vez en Mendoza, Adelaida me llamó a deshoras y me pidió que fuera a su casa.

—Tú sabes dónde está mi marido —me dijo—. Y tienes que saber también lo mucho que esto me duele.

Se sirvió una copa inusual de coñac. Cuando lo hizo, por el mechón que le cayó sobre el rostro, supe que no era la primera y que tampoco sería la última.

—Si yo quisiera lastimar a Santos como él me ha lastimado esta vez —dijo Adelaida—, tendría que engañarlo con su mejor amigo.

—Su mejor amigo no se prestaría a esa venganza —respondí.

—Mi venganza sería lograr eso de su mejor amigo —me miró Adelaida—. Aunque todos nos arrepintiéramos después.

Sufría por primera vez de marido incierto, ella, la más engañada y fiel de las mujeres.

—Supongo que eso que quieres decir no me lo dices a mí —corté, tratando de saltar su oferta sin insultarla ignorándola.

—A ti nada más podría decírselo —dijo Adelaida—. A nadie sino a ti.

Estaba más fresca, más terca que nunca, parada firmemente pero sin peso en la tierra, lista para tomar la mano que la llevara por los aires a los lechos amargos de la ocasión y la venganza.

—Yo no escucho ni puedo escuchar lo que dices —murmuré—. Has escogido mal al amigo.

Salí de la casa sin voltear a verla para no poner en riesgo el muy delgado hilo de mi fuga.

No pude "dormir sueño" aquella noche, como llaman al descanso las hablas viejas de mi pueblo. Corrí hasta el amanecer por mis ansiedades, tropezándome con ellas.

Adelaida había oído en su rabia el mandato de dañar a Santos como si fuera su enemiga. Yo me negué a ese mandato, propicio para mí, porque en el fondo era derogatorio: me volvía el instrumento casual de una venganza más que el riesgo elegido de una pasión. No volví a la casa de Santos por un tiempo. Desconozco si hubo beneficiario de aquellas furias. Sé que fue mi ocasión y que no hubo otra. Adelaida no volvió a tentarme. Yo me arrepentí alguna vez de la ocasión perdida.

6

Cuando Santos perdió la presidencia, su hijo mayor, del mismo nombre, tenía quince años; el segundo, Salvador, tenía catorce, y Sebastián, el menor, diez.

Santos chico era una copia sorprendente del grande, pero no había en él la alegría ni el fuego de Santos, sino una tenacidad ceñuda proclive a los extremos y al autocastigo. Tenía resistencia, valor y estrechez de miras: bravura y miopía de becerro bravo. Salvador, el segundo, tenía la boca carnosa, las manos delgadas, el pelo alborotado, la liviandad aérea de su madre. Desde muy temprano lo recogió la alfombra de la música, que fue su fuga. Se hizo violinista siendo niño aún, para el resto de sus días. Sebastián, el menor, era delgado y ligero como sus padres, pero tenía algo de la densidad física de sus abuelos, los hombros simiescos del general padre de Adelaida, las piernas cascorvas del padre de Santos, según podían verse en la única foto que lo conservaba, vestido de charro junto al caballo frente a una cámara de retratista de pueblo.

Los hijos de Santos se hicieron jóvenes bajo el estigma de la exclusión civil, más intangible pero en algunas cosas más férrea que los muros de una prisión física. Durante las vacas gordas, su casa había sido el lugar de la fiesta. Iban y venían por ella personajes, celebridades y noticias de los diarios que contaban sus propios actores. Había tardeadas adolescentes, cenas de adultos, amaneceres frívolos, fiestas infantiles a las que venían tantos adultos como niños y a veces, contra la lógica del género pero en la lógica del poder, más hombres que mujeres. Durante las vacas flacas, en cambio, el lugar de los Rodríguez era un páramo suntuoso, un palacio abandonado. Su animación seguía, porque era una casa abierta al mundo, como Santos, pero seguía en sordina, triste en rigor si se medía con sus lujos previos. Los fieles de otro tiempo se habían ido, los fieles de ahora lo eran de verdad pero eran pocos y decían sin querer la mala nueva de que la fiesta grande había terminado, sólo quedaba ésta.

Durante todo ese tiempo me pareció que la derrota le había impuesto a Santos el ostracismo pero no la amargura, creí que había aceptado la derrota y había sido libre esos años, acaso por primera vez, justamente en su desgracia, cuando más restringido estaba y era a la vez más autónomo de todas las cosas, pues nada esperaba ya de ellas. Descubrí poco a poco que no era así, que no habían entrado en él la resignación ni el olvido, y que yo no había podido ver en los pliegues finales de su voluntad.

El fuego de venganza y futuro que lo devoró esos años no era visible a primera vista, podía confundirse con su estilo anterior. Venía envuelto en la fantasía megalómana, o la ambición fundadora, de educar a sus hijos en el aliento de una familia de destino.

Quizá la grandeza arranca siempre como megalomanía, con la elección de un sueño grande, que la realidad, después, consagra o desmiente. Santos, cuya única historia familiar eran las memorias flacas de su madre y las falsas de su padre, actuaba como heredero de una tradición: el dueño de un presente luminoso que transmite y exige un futuro a la altura de esa misma grandeza. Los hijos de Adelaida fueron educados así desde pequeños. Durante las vacaciones los mandaban a campamentos de verano en los circuitos del gran mundo. Tuvieron maestros de idiomas y un roce temprano con las celebridades y la inteligencia del país. Santos atraía al mundillo artístico por su genuina apetencia de los prestigios de la cultura, pero también por su intuición cómplice de los alcances de ese otro poder, llamado no a hacer la historia pero sí a contarla. Su casa se llenaba de pintores y letrados que obtenían de Santos atención, elogios, trabajos. Reunía a historiadores y a periodistas para discutir la escena nacional. Hacía participar en esas discusiones a sus hijos, que tomaban notas y preguntaban como si asistieran a clases. Había en todo eso un aire de preparación dinástica para la vida que los esperaba adelante.

Santos mantuvo aquellas veladas después de su derrota, aunque puso de lado los asuntos del arte. Centró las charlas en temas de historia y política, y cada vez más en esta última, hasta convertir sus tertulias en un club deslenguado de expertos en intrigas palaciegas y chismes del ágora. Habían dejado de venir algunos artistas de renombre, lo mismo que las vacas sagradas del pensamiento local, espantadas de su cercanía con el nuevo réprobo. Pero siguieron viniendo algunos espíritus libres, o irresponsables, cuya excepción adquirió el encanto de una complicidad.

Recuerdo en particular a Galio Bermúdez, un filósofo eléctrico desempacado apenas de su fallida aventura alemana. Se impostaba como genio de las zonas oscuras. Creía haber visto en el lado de sombra de la historia todo lo que hay que ver, y haberlo hecho suyo. Había colaborado con nuestra revista desde muy joven, con artículos que eran un deslumbramiento. El alcohol lo había tomado muy joven, volviéndolo un viejo prematuro, presa de los instintos conservadores que suelen anidar en los excesos libertinos.

Venía también Justo Adriano Alemán, el historiador de las instituciones coloniales, bajo cuya máscara desdeñosa del presente había un viudo de la actualidad de su patria. Las discusiones subían de tono y de gracia cuando llegaba Renato Capdevila, un talentoso pederasta que había caído a los pies de Santos desde los primeros días de este en la capital. Con irredento, cálido y resignado amor de viejo, Capdevila había seguido la huella de su amado hasta volverse parte del paisaje familiar de Santos, una especie de abuelo excéntrico, anaranjado del pelo escaso, luminoso de la lengua.

Renato había entendido mejor que yo el desarreglo profundo de Santos.

—Este hombre sin la política es como una gallina metida en una jaula de canarios —me dijo un día—. Nació para cacarear huevos y no puede poner ninguno.

Renato tenía razón. Desde aquella incomodidad de mundo chico, cerrado a la expansión de sus largos alientos, Santos se había preparado para volver como un viejo taumaturgo que conspira en rincones secretos. Algo había visto yo de esas cartas ocultas, y hasta había iniciado mi combate contra ellas. Había escuchado un día, por ejemplo, una conversación de Santos con su hijo Sebastián, el menor, que le preguntaba algo sobre cierto político de cuarta fila. Santos le dijo:

—Es como el alacrán: si lo dejas, te pica. Cuando llegue el momento, habrá que aplastarlo sin miramientos...

Sorprendí otro día una conversación en la biblioteca con Santos chico, su hijo mayor. La biblioteca daba a la sala donde yo esperaba a Santos, la puerta estaba abierta y Santos hablaba con su hijo de otro político, notorio entonces, olvidado ahora.

—Acuérdate de él, cuando llegue la oportunidad habrá que ajustarle las cuentas...

Durante el desayuno le dije:

—Escuché sin querer lo que hablabas con Santos chico. No es la primera que te oigo de esas. ¿Qué agravios andas sembrando en tus hijos?

—No son agravios. Son breviarios —respondió Santos.

—Breviarios de agravios —dije.

—Breviarios de sobrevivencia —replicó Santos.

Su mirada al decir esto fue tan seria que no insistí.

Aquellos breviarios se hicieron enciclopedias a partir de las primeras cábalas sobre la nueva sucesión presidencial, de la cual Santos esperaba alivio y hasta un regreso a la vida pública.

Había empezado a cenar con algunos otros parias que se aprestaban también al reabordaje. Sondeaban los campamentos de los posibles sucesores. Al abrigo de uno de estos últimos había conseguido una cátedra en la universidad nacional. Tuvo pronto un buen círculo de alumnos, amigos y seguidores. Era sólo una rendija, pero conforme se acercaba a su fin el gobierno de su perseguidor, se volvía una ventana. La casa de Santos se llenaba de visitantes universitarios, maestros eméritos, burócratas jóvenes, así como de los amigos de Santos chico, que estudiaba en la universidad y atraía líderes, promesas de todos los colores. Venían a la casa atraídos por el prestigio de sus tertulias. Santos se movía a gusto en esa marea de sueños universitarios y arrestos juveniles que transpiraban para mí la huella de Silvana.

Fue un verano breve. Los dados de la sucesión cayeron en contra del candidato que protegía el retorno de Santos. El presidente rival que lo había perseguido dejó en el puesto no a un sucesor verdadero sino a un perro guardián de su camarilla. Eso fue al menos lo que pensamos todos los que no éramos parte de la camarilla. Las puertas de palacio se cerraron por segunda vez sobre el mismo grupo hábil y voraz. Fue una derrota para Santos y un escándalo para el país.

Una sabiduría de la política nacional había sido no eternizar grupos en el mando, hacer que circularan por el botín todas las bandas, aireando con ambiciones frescas los circuitos del gobierno. El magnicidio, las rebeliones, el azar, la astucia política habían vacunado al país contra los intentos de continuismo.

Continuismo se llamaba desde el siglo anterior a que un

grupo se quedara mucho tiempo en el poder. El sentido práctico había dado a los políticos de nuestra república una segunda naturaleza de contención, según la cual cada gobierno gobernaba hasta hartarse pero dejaba luego el camino abierto a quienes vendrían a corregirlos, sin borrarlos. Había siempre chivos expiatorios que pagaban las cuentas de más, eso había sido Santos. Pero el grueso de la pandilla saliente podía gozar de razonable impunidad, podía incluso volver al circuito de los puestos públicos en el siguiente cambio de gobierno. Había hombres hábiles, fríos, camaleónicos, que cruzaban de una pandilla a otra y se mantenían en el candelero sirviendo a todos, hasta volverse tótems de sabiduría y supervivencia de aquel orden. Pero la carrera triunfante normal era un solo boleto de ida desde la base de la pirámide hasta los altos mandos, luego de los cuales venía un retiro plutocrático.

La ruptura de aquellas reglas echó sobre la república la sombra de continuismo que había sido siempre la pesadilla de sus élites. Para Santos fue una ampliación inesperada del castigo. Tuvo que ampliar también los plazos de su revancha, pues quedó claro que no podría cumplirla por sí mismo. Fue entonces, creo saber ahora, cuando empezó a mirar hacia sus hijos como una continuidad ya no sólo de la grandeza, también de la venganza de su casa.

Santos no fue el único en resentir la nueva clausura. El efecto de olla tapada se dejó sentir en todas partes. El país pedía a gritos ahogados: "Háganse a un lado, ya tuvieron lo suyo. Déjennos pasar".

La discordia fue el signo del siguiente gobierno, pero tuvo sus primeras señales en el que terminaba. Antes de acabar su mandato, el presidente perseguidor de Santos pagó algunas cuentas. Hubo invasiones de tierras en las zonas más prósperas y en las más pobres del país. Las hacían líderes agrarios que querían mostrar su fuerza y su resistencia a lo que empezó a llamarse "la imposición". Hubo huelgas en los ferrocarriles y las escuelas.

El presidente perseguidor, que terminaba su mandato, ahogó aquellas protestas sin titubear. Requisó los servicios, detuvo a los líderes, arrasó a los manifestantes en las calles. Lo hizo con mano firme, dejando ver tras la sangre y el fuego un rostro duro, dispuesto a ir hasta donde fuera necesario. Su firmeza, hay que decirlo, redujo, antes que atizar, la violencia. Pero el cambio de mando nacional se dio con las calles oliendo todavía a gases lacrimógenos y con los juzgados cursando sentencias por delitos políticos. El nuevo presidente duplicó el efecto opresivo repitiendo en su gabinete a gente del anterior, todos ramas del mismo árbol torcido.

El país había cambiado. Sus prestigios y lealtades rurales se licuaban en un remolino urbano que tragaba pueblos pobres y eructaba ciudades astrosas. Millones iban de la aldea a la ciudad, de la yunta a la fábrica, del interior a la frontera, de la pobreza rural a la pobreza urbana. En las ciudades crecían las masas anónimas, miserables, incontenibles, junto a lujosos centros comerciales, rascacielos y periféricos. Había un hartazgo semimoderno con las tradiciones, hondos gritos epidérmicos en favor de la moda y el plástico, el confort y la democracia, la libertad, el consumo, las píldoras anticonceptivas, el cambio.

De ninguna parte, o de todo lo anterior, vino la agitación estudiantil. Fue un malestar que rasgó el velo tradicional de la autoridad, dejando ver su fondo de capricho.

La respuesta a esta novedad de los tiempos fue tradicional. El gobierno buscó a los instigadores del conflicto antes que reconocer sus causas. Desde los primeros brotes, la prensa mencionó a Santos como eminencia gris del movimiento, porque Santos chico había sido electo líder de su escuela en una asamblea y muchos de los estudiantes que iban a las tertulias de Santos resultaron líderes también. El movimiento ocupó la calle en manifestaciones tumultuosas, conmovedoras por la alegría de sus contingentes, por sus altos ideales sin sustancia, pero también sin ambición torcida ni interés oculto. Era un limpio espectáculo de libertad política, un desafío a la autoridad como el país no había visto en una generación.

Siempre hay en el ágora una madame Bovary soñando otra cosa, un mundo tierno, pleno, que la aparte de la grosera verdad diaria de la cosa pública. Aquellos muchachos tocaron los sueños y pusieron en movimiento el corazón de pollo de un país que había cambiado también en esto, en su capacidad de soñar que las cosas podían ser de otro modo, y de conmoverse con la pureza activa de quienes salían a gritarlo por las calles, a plena luz del día.

Los cuerpos policiacos cargaron contra los muchachos. Hubo heridos y muertos. Los cadáveres no fueron esta vez correos de la resignación, o del miedo, sino de la indignación, del valor. Lejos de acallar las protestas, la dureza oficial incendió las aulas. El fuego pasó a otros sectores. Los estudiantes marcharon por las calles de la ciudad, volvieron a pararse frente a los grupos de granaderos que esperaban en la entrada de la Plaza de la Revolución. Los granaderos, esta vez, no cargaron sobre ellos. Los muchachos subieron a una tanqueta y, sobre el casco de un conductor aburrido, leyeron su proclama, que no fue sino la lista de sus muertos y heridos, con el parte médico de sus lesiones. Se pusieron luego unas mordazas en la boca y regresaron por donde habían venido en silencio, un silencio en el que se oían sólo sus pasos, el malestar afónico de la república.

El gobierno no bajó los brazos, sólo cambió su rumbo represivo. En vez de arremeter a campo abierto contra la multitud, actuó judicialmente contra los líderes, a la sombra de los juzgados venales. Empezaron a detener por delitos genéricos a la dirigencia del movimiento, tan múltiple como sus contingentes. Los amigos de Santos chico cayeron entre los primeros presos. Adelaida enloqueció. Desde el primer día del movimiento, había pedido a Santos que sacara a su hijo de aquella ruleta rusa.

—Tú sabes quién está en el gobierno —le dijo a Santos—. Tú sabes que no habrá piedad para ellos, aunque sean unos muchachos, y menos aún para tu hijo.

—No puedo sacarlo de donde está —contestó Santos.

—Puedes y debes —dijo Adelaida—. Porque de toda esa muchachada y sus maestros jugando a cambiar el país, el único que sabe verdaderamente que eso no es posible eres tú. No arriesgues a nuestro hijo en un imposible.

—Es el país que le toca vivir —dijo Santos—. No puedes protegerlo del país que le toca vivir. Tiene que vivirlo a fondo, como tú y yo vivimos el nuestro. No puedo pedirle a mis hijos que se aparten de la historia que les toca.

—Esta historia es todavía la tuya, no la de ellos —dijo Adelaida—. Es parte de tu pleito, no el de ellos.

—Es el pleito de ellos y también el mío —respondió Santos, dando por terminada la discusión.

Adelaida me llamó para decirme sus alarmas:

—Está queriendo que Santos chico pelee su pleito.

Adelaida quiso mandar a Santos chico fuera del país, pero Santos chico se negó. Lo tomaron preso una noche al salir entre los pedregales que rodeaban la ciudad universitaria. Iba por un sendero oculto cuyo uso delataron los propios estudiantes presos. Adelaida lo supo por uno más de los sofocones que cada noche le anunciaban la caída de su hijo. Esta vez el augurio fue cierto. Santos no pudo consolarla ni apartar su reproche. Días después, el ejército disolvió un mitin estudiantil a sangre y fuego, con un saldo de muertos y presos que gravitan todavía, con un crespón de luto, sobre el cementerio de los días funestos de la república.

La consumación de aquel sacrificio abrió una rendija en el encierro del país, y en el de Santos y sus hijos. El castigo, por así decir, trajo la cura. La represión gubernamental había ido demasiado lejos en el castigo de desacatos triviales. El nuevo presidente era un pillo con sentido del estado, combinación más frecuente de lo que se cree. La mirada del pillo es más cínica, más clara para ver el lado torcido de las cosas. Una mirada de pillo ve mejor que una de santo porque coincide mejor con la imperfección moral del mundo; puede manejar mejor sus pasiones verdaderas, del mismo modo que quien no tiene sensibilidad ante el dolor de la bestia que monta puede domarla mejor con golpes y castigos.

Al tiempo que cerraba el puño, el nuevo presidente entendió que no debía apretar demasiado. Dio condiciones benignas de cárcel a los presos. Pagó indemnizaciones por los muertos y heridos, ofreció ayuda a las familias. Aumentó el subsidio a las universidades, abrió un foro sobre las reformas necesarias en la educación superior, contrató como asesores a universitarios distinguidos, atrajo, por último, a algunos líderes del movimiento hacia el gobierno. A Santos Rodríguez le mandó uno de sus secretarios, Manuel Olaguíbel, aguzado burócrata, para ofrecerle un trato.

Olaguíbel había empezado su carrera como secretario privado de Santos, luego había seguido su camino, manteniendo el trato con Santos incluso en los momentos de peor soledad para su antiguo jefe. En nombre del presidente, Olaguíbel vino a pedirle a Santos la cosa más inesperada.

—Usted sabe y yo sé cómo funcionan estas cosas —le dijo a Santos—. Mi propuesta, aprobada por el presidente, es ofrecerle a usted que me honre permitiendo que uno de sus hijos trabaje conmigo en las condiciones en que yo trabajé con usted. Será una señal de concordia, nos hará bien a todos, incluido a Santos chico, y al país.

—¿Cómo puedo permitir que un hijo mío trabaje en el gobierno que tiene preso a mi otro hijo? —se indignó Santos.

—Será una manera de ayudarlos a los dos —dijo Olaguíbel.

—Es una de las cosas más desagradables que me han propuesto nunca —dijo Santos, y le pidió a Olaguíbel que abandonara su casa.

Por la noche, en la biblioteca, todavía temblando de rabia al recordarlo, Santos contó la escena a sus hijos. Sebastián, el menor, que parecía absorbido entonces en la carrera ingenieril, escuchó la narración airada de Santos con un escepticismo risueño. Su padre le preguntó de qué se reía. Sebastián contestó:

—Como tú dices siempre: el que se enoja pierde.

—Me enojé —admitió Santos—. ¿Qué hubieras hecho tú?

—Me hubiera enojado —dijo Sebastián—. Pero no hubiera corrido a Olaguíbel.

—¿Qué hubieras hecho?

—Hubiera considerado su oferta —sonrió Sebastián.

—¿Con Santos en la cárcel? —preguntó Santos.

—Si tenemos un pie dentro del gobierno será más fácil que mi hermano Santos ponga uno afuera de la cárcel —dijo Sebastián, la mirada bailando, sonriendo—. Si el secretario Olaguíbel quiere a un miembro de la familia Rodríguez como su secretario privado, yo lo quiero como mi aliado en la liberación de mi hermano. Nosotros tendemos un puente al gobierno y el gobierno nos tiende un puente para la liberación de Santos. Si tú no te opones, yo podría trabajar con Olaguíbel.

—¿Aunque tu hermano esté preso? —dijo Santos.

—*Porque* está preso —dijo Sebastián—. Es la única razón por la que yo trabajaría con un tipo como Olaguíbel.

—No es mal tipo Olaguíbel —concedió Santos.

—Es un burócrata sin espinazo —dijo Sebastián—. Y a mí me gusta el espinazo.

Así empezó su vida pública el más joven de los Rodríguez, mi ahijado Sebastián. Su audacia me sorprendió, pero no mucho. Me había sorprendido antes, de muchas maneras, desde pequeño. Miraba el mundo a su manera como ningún otro de su casa, con esa facilidad del talento que ve la pieza del rompecabezas que embona donde los demás no ven sino un vacío de formas. Desde muy niño había sido un espíritu dual: era impetuoso y cauto, deportista y melancólico, y entendió muy temprano que la libertad se logra aceptando sus límites. Vio que el camino de la liberación de su hermano pasaba por la servidumbre de su entrada al gobierno y tomó el puesto que le ofrecían sin titubear, poniendo como único sueldo el de la amistad del secretario para la causa de su hermano.

El trato funcionó. Por mediación de Olaguíbel, Santos chico dejó la prisión meses antes que los otros estudiantes presos. Fue liberado con la primera excusa legal que el propio gobierno inventó para salir del lío en el que se había metido. El daño estaba hecho, sin embargo: parte de aquella generación maltratada saltó las cercas de la legalidad hacia la aventura guerrillera. Las heridas de aquella aventura tardaron una generación en sanar.

Santos chico, por su parte, no agradeció su libertad. Le pareció un privilegio del que sus compañeros recelarían. Una vez libre, se dedicó a injuriar al gobierno para lavar toda sospecha de complicidad con él. Su voz desorbitada pareció la revancha de la familia Rodríguez por los golpes recibidos. Pero la verdadera revancha de la familia marchaba por otro lado, estaba dentro del gobierno, se llamaba Sebastián.

7

Sebastián Rodríguez tenía dieciocho años cuando se alquiló con el gobierno que había encarcelado a su hermano mayor. Por esas fechas, su hermano menor de Mendoza cumplió cuatro años de haber venido al mundo en un lugar donde el gobierno era una entelequia. Sus vidas fueron desde el principio mapas opuestos, unidos sólo por el secreto de la sangre.

Silvana le puso Salomón al hijo clandestino de Santos porque el nombre tenía en su cabeza un prestigio de reyes y minas orientales. Como a un rey lo crió, en ausencia de Santos, celebrando los regresos de este con días de fiesta.

Por insistencia de Santos, que la quería ocupada más que ociosa en su encierro pueblerino, Silvana administraba la hacienda de tabaco. Administraba también el cafetal de la media montaña que Santos recobró de la quiebra familiar de Silvana. Se ocupaba de ambas cosas con ánimo de revancha y epopeya, con los ojos puestos en hacer un reino para su hijo que tenía ya nombre de rey. Santos se enamoró de la fiebre administradora de Silvana, como se había enamorado antes de sus cuidados. Silvana ponía reglas y obtenía ganancias donde antes había sólo desarreglo y pérdida. Su entusiasmo práctico sólo era inferior a su concentración de madre joven en Salomón o a su pasión corsaria por Santos. Levantó en los años que siguieron un emporio local. Santos se acostumbró a verla como a una Doña Bárbara joven, tratando con peones díscolos, con aparceros deslenguados, sometiendo capataces, alzando la voz en juntas de hacendados y patrones.

Como he dicho antes, Mendoza era el corazón de una tierra indomada, zona de serranos libres y pueblos de refugio. Montañas vírgenes protegían sus valles, su ley era la justicia por propia mano. Desde la fundación colonial del país, había sido lugar de independencias, *vendettas* y heroísmos. Su historia estaba cruzada por una doble leyenda de guerrillas patrióticas y matones memorables.

La siembra de amapola para llevar morfina a los hospitales de la segunda guerra mundial añadió a la región el tráfico de droga, los ejércitos de la brecha. Hubo morfina en el frente, dinero en Mendoza. Al amparo de la amapola crecieron pueblos, se dilataron fortunas. Podía sentirse en las miradas desafiantes de los jóvenes el poder de aquella ilegalidad soberana, venida de la historia. Era la fiesta del riesgo, la alegría de haber sido arrojados al mundo para abrirse paso y no dejarse atropellar.

Como su tierra natal, Salomón Rodríguez creció soberano, sin riendas, envuelto en los sueños de oro de su madre. De niño fue lo más cercano al reyezuelo que esta soñó. En el inicio de su adolescencia, parecía un príncipe erizado, listo para hacerse con sus propias manos del reino que le faltaba. Echó sobre los huesos largos de su padre un cuerpo musculoso de vigores de mono. Tenía una cabeza erguida, redonda. Los pelos negros le caían sobre los hombros en greñas consentidas que su madre acariciaba como una corona.

Santos lo vio crecer en Mendoza bajo las ambiciosas miradas de Silvana, lo consintió en su corazón con el fervor de la nueva vida que había encontrado en ella. Fue su hijo preferido, el ilegal. Lo quiso con simpleza de padre primerizo y con fascinación de abuelo joven.

Santos había sido un padre atento, aunque distante. El torbellino de la vida pública le había dejado sólo gajos de tiempo para estar con sus hijos. Pensó siempre, como suelen pensar los padres, que habría tiempo después para los hijos, un lugar donde encontrarse y recobrar lo perdido. No es así, desde luego. Los niños se van tan rápido como lo demás, de pronto son ya unos muchachos taciturnos, luego unos hombres enteros con su propia vida encima, inaccesible y única. Santos vio de pronto grandes a sus hijos sin haberlos criado paso a paso, sin haberlos visto desdoblarse en sus edades.

Con Salomón fue distinto. Llevado de la mano de Silvana, en la propicia reclusión de Mendoza, Salomón fue su cachorro en todas las etapas. Lo estudió como bebé, mirándolo por horas, sin aburrimiento ni fatiga; adivinó sus primeras palabras, cuidó sus primeros pasos, con celo de laboratorio. Le enseñó a tirar cuando apenas podía sostener el rifle al hombro y a montar a caballo cuando no había estribos que alcanzaran sus piernitas de niño. Hablaba con él sin parar, como un engatusador de pueblo, reenamorando a Silvana, que los miraba jugar en los rincones de la casa, clandestinos, transparentes, alzando ante sus ojos un mundo varonil que ella sentía salido de sus enaguas, de sus jóvenes poderes de matrona.

Salomón fue el hijo preferido de la madurez de Santos, pero no el elegido para reparar sus sueños, para vengar sus fracasos. El elegido para eso fue Sebastián. Sebastián tenía sobre Salomón las ventajas de la legalidad y el nacimiento. Había nacido en la familia legítima y en el escenario adecuado para la reparación que Santos buscaba, la reparación de la vida que la política le había dado y le había quitado.

—La política es una puta que no se deja comprar —me dijo Santos una vez—. No puedes comprarla cuando quieres y cobra cuando se te acabó el dinero.

Sebastián parecía haber salido ileso de los daños públicos de la familia. Había sido suficientemente niño para no sufrir la exclusión oficial como una herida irreparable, y suficientemente grande para que aquellas penas no faltaran en su memoria. El azar le fue propicio. Como he dicho, la oportunidad de la desgracia le abrió muy joven las puertas del gobierno mediante la prisión de su hermano Santos. Su padre tardó en aceptar el hecho, pero no dejó de percibir la rapidez con que las puertas de ese mundo se abrían al paso de su hijo.

Como un genio ajedrecista, desde sus primeros contactos Sebastián supo inventar gambitos y jugar partidas maestras en el tablero de la intriga burocrática. Olaguíbel lo hizo relator de su junta de estrategia ministerial. Lo acabó nombrando ex oficio jefe de ocurrencias de escalera, porque era bajando las escaleras del despacho hacia el estacionamiento privado cuando Sebastián pedía permiso para decir lo que se le había ocurrido durante las juntas. Se le ocurría siempre alguna forma de convertir los recursos burocráticos de la secretaría en capital político para el secretario. ¿Qué hacer con la urgencia del desprestigiado gobernador de la provincia de Mendoza, que había prometido hacer una carretera con fondos federales sin consultar a la federación? Donde la oficina del secretario Olaguíbel veía sólo a un político corrupto pidiendo de más para dudosas obras públicas, Sebastián veía a un aliado posible, un pillo poco costoso que traería al ministerio lealtades regionales y la posibilidad de que el tecnócrata Olaguíbel, que no sabía moverse sino entre oficios y estadísticas, saliera al campo a recibir la gratitud de pueblos y lugareños. Desde muy temprano, como si lo trajera escrito en la frente, Sebastián vio esas cosas.

—El gobierno es un lugar de tráfico, tío —me dijo una vez, llamándome tío por extensión de los afectos de su padre—. Los gobernantes son los agentes de tránsito que dicen quién pasa. Su trabajo es que pasen los más posibles, pero su habilidad es que todos recuerden, con gratitud, quién les cedió el paso.

Un día, luego de unos tratos con inversionistas extranjeros que proponían hacer puertos, Sebastián acuñó un aforismo que habría de hacerse célebre:

—Gobierno sin dinero, pobre gobierno. Dinero sin gobierno, pobre dinero.

Cuando Santos chico salió de la cárcel, al año de su injusta caída, tuvo con Sebastián un pleito que no cerraron nunca los pocos ni los muchos años. Santos chico le reclamó a Sebastián su entrada al gobierno.

—Fue para que salieras pronto de la cárcel —explicó Sebastián.

—Si ese fue el precio de mi libertad, quiero a volver a la cárcel —respondió su hermano Santos.

Santos chico se dedicó efectivamente a buscar su regreso a la cárcel. Casi lo obtuvo, por servir de enlace a un comando guerrillero.

Las guerrillas ocupaban entonces las catacumbas de nuestra paz. Desde la última rebelión militar, treinta años antes, el país había tenido tranquilidad pero no estaba en paz consigo mismo. Su paz era una forma del silencio; a veces, del silenciamiento. Había tenido éxito económico, pero su rostro era plutocrático más que próspero, e injusto más que desigual. Todo cambiaba vertiginosamente menos los hábitos de nuestros políticos, el dominio abrumador del gobierno sobre la vida pública, la solemnidad de los pícaros en las tribunas, la picardía de los solemnes en la vida diaria.

Aquella inmovilidad política en medio del cambio era como tener un paralítico encabezando un baile.

Santos chico registraba en su furia la violencia de ese río subterráneo mejor que Sebastián en sus epifanías burocráticas, pero Sebastián entendió que el instrumento mayor que había en el país para cambiar las cosas no era la protesta, sino la política, y no la oposición, sino el gobierno.

Mientras el grueso de su generación saltaba hacia la protesta democrática, la oposición o la guerrilla, Sebastián y sus amigos caminaron en sentido contrario, hacia el gobierno y los poderes reales.

A dominar los resortes del gobierno, sus cuerdas lentas y desafinadas, dedicó Sebastián sus horas de trabajo y de estudio. Antes de que Olaguíbel terminara su gestión, Sebastián obtuvo de él una beca para estudiar en el extranjero. Entró así en las filas de la primera generación llamada a gobernar el país luego de haber estudiado fuera de él.

Para despedir a Sebastián, hubo una fiesta en casa de los Rodríguez. Santos chico resintió la presencia de varios de sus compañeros de protesta estudiantil y se fue del festejo. No quiso verlos alternar con los burócratas de la secretaría donde trabajaba Sebastián, ni con la corte de académicos, periodistas, escritores que su padre reunió en los jardines, iluminados con antorchas como en las grandes fiestas de otro tiempo.

Adelaida estaba risueña de nervios y su marido reluciente, orgulloso de sus mezclas. En un rincón del jardín discutían, bebiendo alegremente, los ex líderes de la huelga universitaria y un ramillete de muchachas de sociedad. Adentro, en la biblioteca, Olaguíbel se sometía a la esgrima de Galio Bermúdez. Renato Capdevila hacía versos de ocasión para las amigas de Adelaida. El director de cine Luis Buñuel era dueño del bar. Daba cátedra doble sobre cómo preparar martinis y cómo practicar la anarquía de la imaginación y el conservadurismo de la conducta. La orquesta hacía bailar a grandes y chicos junto a la alberca. Santos iba de grupo en grupo diciendo ocurrencias como lancetas que hacían saltar carcajadas.

Fue una fiesta larga. Se desvaneció llena de energías al amanecer. Cuando la noche doblaba la esquina, Olaguíbel, un poco ebrio, me dijo de Sebastián:

—Su ambición es del tamaño de su talento. Así era la de Santos, pero Sebastián tiene el estómago mejor armado que su padre. No sé cómo vengan las cosas en el siguiente gobierno. Como amigos de tantos años puedo decirte esto: pase lo que pase, Sebastián será nuestro seguro de vida. Sólo necesita tiempo. Me preocupa, sin embargo, la influencia de Santos. Sus hijos no tienen por qué cargar sus agravios.

—Si crees que eso puede evitarse, estás igual que yo —le dije a Olaguíbel—. Quiero decir: no has entendido nada.

Los músicos recogían los instrumentos en los jardines vacíos. Entramos a la casa, fuimos al despacho donde quedaba un pequeño cónclave de corbatas sueltas y barbas crecidas. Santos y Sebastián escuchaban a Galio Bermúdez, que disertaba con elocuencia ebria:

—El espíritu radical es inhumano. Es una forma del resentimiento. No quiere saber de debilidades, de imperfecciones. Quiere suprimirlas. No quiere comprender, quiere vengar.

Hablaba de Santos chico y de su rechazo a la fiesta de su hermano. Sebastián le dio la vuelta al tema para llegar a sí mismo:

—Mi hermano y yo no tenemos diferencia en los fines. Discrepamos en los medios. Si sus ganas de cambiar este sistema se llaman resentimiento, debo decirle, querido Galio, que en esta familia hay dos resentidos: mi hermano y yo.

—Nada puede cambiar tanto al gobierno como el gobierno —dijo, jugueteando, Galio Bermúdez.

—Eso es exactamente lo que yo creo —dijo Sebastián—. Eso es exactamente lo que pretendo hacer.

8

Sebastián pasó seis años fuera del país, estudiando finanzas y administración pública. Venía con frecuencia, llamado por su padre y por los trabajos de consultoría que obtuvo en el nuevo gobierno por medio de Olaguíbel. Creció entonces en Santos y en Sebastián la adicción compartida de la que no pudieron zafarse el resto de sus días, la adicción de la revancha. Sucede con los defectos lo que con los perfumes. Adelaida dijo un día: "Una deja de oler el perfume que usa, lo vuelve parte de su propio olor". Sucede igual con los defectos. Han estado tanto tiempo con nosotros que terminan no pareciendo defectos sino parte natural de cada uno.

El espíritu de revancha que Santos sembraba en sus hijos llegó a hacerse invisible para él. Luego de su prisión, Santos chico se volvió un mal jugador de aquel juego. Empezó a odiar en bloque al poder, no sólo a los enemigos de la familia. Salvador, el violinista, había sido siempre tierra inhóspita para eso. Sebastián, por el contrario, fue un jugador precoz de aquel defecto vuelto hábito del trato. Pasaba horas hablando con Santos de política y de políticos, lo oía incansablemente contar anécdotas, acuñar máximas sobre las más dispares situaciones. Santos, por su parte, escuchaba con risueña admiración la elocuencia escolar, petulante y apasionada de su hijo, y le oponía aquí y allá las vulgaridades poco académicas de la realidad.

Ante la inquisición burlona de Santos, Sebastián debía explicar para qué iba a servirle lo que estudiaba. ¿De qué podía servir una clase de gobierno mundial a la hora de gobernar Mendoza? ¿O para ordenar los ejércitos informales que recogían basura en las ciudades calamitosas del país? ¿Qué podía aprenderse en Adam Smith sobre el monopolio de la introducción del chile a los mercados de la capital de la república, origen de una de las mayores fortunas del país revolucionario, la fortuna de la viuda del general Perales, salvador y amigo del caudillo que había pacificado la nación?

—La verdadera mano invisible del mercado es la del general Perales —decía Santos—. El Cid siguió ganando batallas después de muerto, pero el general Perales siguió ganando millones mucho después de morir, por una concesión que le dio su compadre el caudillo. Ese es el país que tenemos enfrente, el que debemos cambiar, el país de las prebendas del general Perales.

Tarde o temprano llegaba el momento del censo de los enemigos. Acudí muchas veces a aquel rito secreto, hasta acostumbrarme yo mismo a la deformidad de su fondo, revestido siempre de ingenio y buen humor. Empezaba con burlas sobre el presidente en funciones, seguía con el repaso de los errores de sus secretarios, terminaba en el registro de las desgracias públicas que habían caído sobre los más diversos personajes a los que el tiempo les había cobrado al fin la cuenta que tenían pendiente con la familia Rodríguez.

Un antiguo socio, defraudador de Santos en sus primeros negocios, había caído en la cárcel por fraude.

El hijo de aquel rival que hizo injuriar en los diarios a Adelaida por cuentas políticas del general, había perdido influencia en el sindicato que mandaba: estaba con un pie en la tumba por una hemiplejia asociada a la tensión de la pérdida.

Un yerno del presidente había sido sorprendido en un hotel con una menor de edad; el gobierno libraba una batalla desigual contra el artero juez de distrito que iba a dictarle pena de prisión inconmutable.

La mujer del secretario de salud había asomado por la

ventana de su mansión en el céntrico barrio donde vivía y se había puesto a gritar que era Melusina, mientras se despojaba de sus prendas para mostrar el cuerpo de carnemomia a los transeúntes, entre ellos un fotógrafo oportuno, con quien la república gestionaba la destrucción de la foto.

Unos socios del secretario de agricultura que había perseguido las empresas agrícolas de Santos eran perseguidos ahora por fraude fiscal, y estaban unos en la cárcel, otros en el exilio, todos en el escándalo. La investigación había descubierto, además, que en sus bancos lavaban dinero las mafias del juego.

El secretario de un gobernador que había prohibido alguna vez la licencia de transporte regional para las flotillas de combustible de Santos había sido fotografiado por un diario de escándalos locales en una fiesta de travestis, disfrazado de Bella Durmiente, rodeado de enanos desnudos.

La sesión del censo podía durar horas o minutos, dependiendo de que el azar hubiera sido propicio o adverso en su castigo a los villanos registrados en el libro de agravios a la familia Rodríguez.

Cuando Sebastián venía en aquellos viajes relámpago, casi siempre los fines de semana, o durante sus vacaciones del verano, la casa de los Rodríguez se llenaba de gente. Desde que eran pequeños, Adelaida había construido un espacio para cobijar la vida social de sus hijos. Había hecho un cuarto de juegos con billar en el fondo del patio, donde había también una cancha de frontenis que daba lugar a competencias legendarias. La casa era una romería.

Nido de tantas cosas, la hospitalidad de Adelaida empolló también la conspiración de Sebastián y sus amigos. Llenaban y vaciaban la casa como un acordeón en el que a veces cabía la confidencia de dos y a veces la asamblea de veinte. Pasaban horas hablando, riendo, jugando billar, haciendo cálculos y soñando estrategias para resolver problemas nacionales. Adelaida conocía la historia familiar y las suertes amorosas de cada uno. Venían a verla para confiarle sus penas, sus temores, sus sueños. Santos iba con frecuencia al cuarto de juegos a oírlos conversar. Los muchachos se reunían en torno a él a discutir las mañas privadas de la cosa pública. Santos solía intervenir en sus análisis:

—Ustedes ven fuerzas colectivas y clases sociales donde yo veo sólo personas de distintos precios.

—Nosotros vemos las dos cosas —decía Sebastián, con el estilo de maneras suaves y fondo implacable que habría de ser su marca de fábrica—. Vemos lo que tú ves y lo que nosotros vemos.

Aquel nosotros había ido creciendo. Incluía a los amigos de juventud de Sebastián, la cosecha reciente de estudiantes que había conocido en el extranjero y la de los jóvenes burócratas con los que se topaba en el trabajo. Mientras estudiaba fuera, Sebastián era asesor del subsecretario de gobernación, un ex colaborador de Olaguíbel. En el nivel de asesores donde Sebastián se movía, hervía una generación de muchachos ambiciosos, cosmopolitas, bien educados. Eran doctores o pasantes de doctores en economía, administración, relaciones internacionales; hijos de familias ricas o de funcionarios públicos, sumaban a sus grados académicos la universidad diaria de sus casas, su condición de herederos tácitos del gobierno. Eran ramas de familias que habían estado ya en el poder y lo habían perdido o no lo habían alcanzado suficientemente.

El más joven de los amigos de Sebastián, el más precoz, el preferido, era Rubén Sisniega, bisnieto de presidente liberal, nieto de militar conservador, hijo de un abogado de compañías extranjeras. Tenía el doble don de las matemáticas y la elocuencia, así como el encanto del joven de sociedad. Desde niño llevaba en la cabeza la red genealógica de las familias que gobernaban el país, antiguas, recientes, aristocráticas, rastacueras, mezcladas todas en un brebaje único de pertenencia. Sisniega era moreno, tenía ojos claros de mulato y una pasión gemela por las mujeres y por la economía. Las cifras nacionales iban por su cerebro como un mapa de las aberraciones de su patria, un cuerpo contrahecho a corregir. Las mujeres iban por su recuerdo como un río de memorias de coleccionista, siempre fragantes, únicas y distintas.

El segundo de a bordo, preferido de Galio Bermúdez, era un muchacho pálido y delgado, de cabellos pajizos que le caían sobre la frente con un aire soñador. Tras el aire melancólico de sus ojos no había un pozo de sueños, sino una máquina de realidades. Se llamaba Federico Itzamná Sotelo, por una coquetería indigenista de su madre, la rubia criolla de piel más blanca que hubiera parido la república. Era hijo de un primo de Adelaida, un militar veterinario de mediano rango, cuya pasión eran, en efecto, los animales. Los criaba en establos lecheros, granjas avícolas y porquerizas industriales que apestaban pueblos enteros en el occidente del país.

Bajo la mirada soñadora de Federico Itzamná, a quien todo mundo llamaba simplemente Itza, había también un veterinario, pero de animales políticos. Su pregunta frente a todo el que cruzaba por su camino era "¿Y ese, qué querrá?". Tenía el don de responder con exactitud la mayor parte de las veces, como si llevara en la cabeza una báscula de medir intenciones y personas. Todavía en la escuela, cuando Sebastián medía sus armas de conquista con la que habría de ser su esposa, Itza prescribió: "Rosana quiere que le digas que la quieres en una cena con velas prendidas". "¿Por qué ha de querer eso?", se asombró Sebastián. "Porque es una cursi", dijo Itza. "¿Y eso está bien o está mal?", preguntó Sebastián. "Es una maravilla si la quieres y una lata si no te interesa." "Me interesa", dijo Sebastián. "Entonces llévala a cenar con velas." Eso hizo. Años después, ya casada con Sebastián, Rosana recordaba su enamoramiento. Solía decir: "La primera vez que Sebastián me invitó a cenar, me invitó a cenar con velas".

El tercer amigo próximo de Sebastián venía de otro lugar, del fondo de la no familia, como Santos, del anonimato plebeyo. Con el único privilegio heredado de su talento, había escalado la pirámide desde la escuela primaria de su pueblo hasta un examen profesional con honores en la universidad nacional. En el camino había sido monaguillo, mecanógrafo de juzgado, agente del ministerio público de la capital de su estado, subdirector de averiguaciones de la procuraduría de justicia, jefe de asesores del procurador. Se llamaba Juan Calcáneo. Era flaco, aindiado y negroide. Tenía unas manos largas de palmas blancas, una mirada rápida, oscura, que absorbía más de lo que su boca de labios gruesos osaba decir. Se había acercado a la casa de los Rodríguez por amistad con Santos chico, pero había derivado hacia Sebastián por una sincronía instantánea. Juan Calcáneo venía de la exclusión, había puesto todas sus energías en alejarse de ella y no quería la marginalidad que prometía la furia de Santos chico. Buscaba un sitio en el centro del mundo, si no para transformarlo, como Sebastián, al menos para voltearse sobre sí mismo con la certeza de que nunca volvería al punto donde había empezado. Santos grande tenía debilidad por Calcáneo por su privación de origen, simétrica de la suya, y por la suavidad descarnada con que podía ver el mundo de la política. Había en él una absoluta falta de ilusiones sobre los motivos de los demás, una mirada serena para las extravagancias humanas, una falta de culpa total respecto de los procedimientos a emplear.

La complicidad paterna unía a Santos Rodríguez con los amigos de Sebastián. También los unía la identidad de creencias sobre el destino deseable para la república.

Venido al mundo solo, crecido en medio de ninguna parte, Santos había nacido liberal, sin ataduras hacia atrás ni límites hacia adelante. Su divisa era el arrojo, la fe en el poder de la voluntad. Miraba el mundo sin quejas, como un territorio prometedor más que como una intemperie amenazante. Había en esa seguridad un aire contagiosamente democrático, al tiempo que una altivez de aristócrata seguro de sí.

El temperamento dominante del país era de signo inverso: plebeyo, gregario, melancólico. Desconfiaba del éxito tanto como de la riqueza. Prefería los anonimatos comunales, aun si eran opresivos, y las solidaridades de parroquia, aun si canonizaban la ignorancia. Sus pozos profundos estaban llenos de agravios y resentimiento, lesiones cuyo origen nadie podía recordar con precisión. Todos portaban sin embargo aquel ánimo receloso, vecino de la envidia, la pasión nacional de igualar a la baja, podando lo que levanta la cabeza, castigando las ambiciones que se alzan por encima del promedio.

Por oleadas históricas, desde su fundación, el país había oscilado entre el predominio de esos dos temperamentos, el del logro individual y el del atrincheramiento colectivo. Había sido por ciclos liberal y corporativo, premiando en unas fases la codicia y el cambio, en otras el reparto y la quietud.

Los ciclos liberales creaban turbulencias políticas que abrían el paso a restauraciones corporativas. A la audacia del cambio seguía el miedo, al miedo seguía la quietud, a la quietud el hartazgo, al hartazgo el nuevo fuego del cambio. Las libertades terminaban en servidumbres y estas en nuevos hervores libertarios. El auge político de Santos se había dado en la cresta de una expansión liberal. Los desarreglos de ese ciclo habían terminado poniendo el país en manos de un grupo que volvió a las quietudes corporativas. Pero el triunfo de los adversarios de Santos no fue sólo un episodio de la política nacional. Fue, en realidad, un cambio de época.

Los adversarios de Santos tenían sentido de la pandilla pero tuvieron también sentido del estado, una mezcla extraña que en su caso venía del gusto por administrar las bajas pasiones del país, en las que eran expertos practicantes. No eran mejores que la sociedad que gobernaban; por lo mismo, la entendían mejor que nadie. No querían mejorarla, aspiraban sólo a mantenerla, a multiplicarla en sus propios defectos, dándole a la conservación de los vicios de todos una cierta virtud histórica: la virtud de la estabilidad, de la paz, del acuerdo de los pecadores en la indulgencia de sus pecados.

El presidente perseguidor de Santos fue el primero de una cadena de tres gobiernos que tuvieron los mismos hábitos y descansaron en las mismas redes. Usaron el poder como una cueva de Alí Babá a la que todos podían entrar si se formaban en la línea de las clientelas leales. Crearon un sistema de la prebenda, una disciplina férrea resumida en el dicho de un líder obrero tan viejo que era casi inmortal: "Tiburón que no salpica, no es tiburón".

Una hilera de jefes ordenaba el camino hacia el presidente. El presidente era el jefe indiscutido de la pirámide, pero sólo por el tiempo de su gobierno, terminado el cual debía designar un sucesor. Al llegar a la cima, el sucesor reordenaba las jerarquías de los jefes intermedios, repartía de nuevo los tesoros de la cueva. Se forjó así un orden político estrambótico pero eficaz, que atrajo alguna vez la admiración del mundo. Su rostro oculto era la corrupción, su rostro público el éxito; su secreto, que gobernaba desnudamente al país en la sombra, traficando con las pasiones más primarias y los más groseros intereses.

Santos creía, acaso con razón, que su derrota política había sido un revés en la modernización del país. Seguía siendo un liberal perdido en los meandros de una vida pública autoritaria que recelaba de los individuos autónomos y gustaba de los cómplices leales. Santos conocía los resortes de la corrupción estatal, pero no se había beneficiado de ellos mayor cosa. Había hecho sus negocios al margen de aquellas facilidades, buscando siempre en sus empresas novedad y autonomía. Negocios limpios y prósperos era lo que quería para la república. Una de sus obsesiones era limpiar el país prebendado, corporativo, que lo había arrinconado en sus negocios aun cuando nada tenía que reclamar de ellos. Sebastián y sus amigos coincidían generacionalmente con esta y otras ideas de Santos, pero sobre todo con el fondo de su impulso.

Cuando Sebastián volvió de sus estudios, la camarilla que había derrotado a su padre llevaba casi tres lustros en el gobierno reproduciendo grupos a su imagen y semejanza en todos los confines de la república. Pero los abusos del poder, y los cambios traídos por la paz, habían puesto la mesa para una nueva revuelta de los modernos.

Con la generación de Sebastián volvían los aires liberales al país, harto de los frenos corporativos. Sebastián y sus amigos encarnaban el nuevo momento. Nadie lo encarnaba mejor que Rubén Sisniega, quien se dedicaba a planear, desde una oscura oficina de la secretaría de hacienda, una reforma fiscal imposible de llevar a cabo. Su diseño, geométrico y transparente, topaba con todos y cada uno de los estamentos de privilegio tributario construidos a lo largo de los años. En los nudos de esa malla impenetrable, Sisniega había encontrado todos los argumentos morales y prácticos sobre el cambio que necesitaba el país. Si se quería un poco de prosperidad, había que hacer lo mismo que Santos había pensado en su época: abrir la economía, liberalizar el comercio, desproteger la industria, cortar subsidios, cobrar impuestos.

—El gobierno no resuelve los problemas de nadie —decía Sisniega—. Entre más gobierno hace falta, menos libre es una sociedad. Todo tiene que ser al revés en este país. Para fortalecer la industria hay que desprotegerla. Para bajar los precios hay que dejar que suban, que alcancen su nivel real. Para estimular la actividad económica, hay que suspender subsidios. Para combatir la pobreza hay que crear riqueza. La riqueza es la respuesta para los pobres. Para crear riqueza hay que fomentar la codicia, no la solidaridad. La codicia es la verdadera aliada de la pobreza, no la filantropía. Sólo la codicia crea la riqueza que permite mejorar a los pobres, porque el gobierno es el aliado del dispendio, no de los pobres. El gasto del gobierno en pobres a la larga los hace inútiles y genera más pobres. Nada tenemos que resolver nosotros como gobierno. Cuando tomemos el gobierno, nuestro trabajo consistirá sólo en liberar al país de las amarras que el gobierno le ha puesto.

Desde luego, Sisniega tenía fama de tecnócrata conservador, insensible a las realidades sociales y a los límites políticos de la economía. Sebastián solía asentir con entusiasmo a sus palabras.

—Digan esas cosas aquí, pero no las repitan afuera —advertía Santos—. Si las dicen allá afuera, adiós gobierno. Los van a linchar antes de obtener el primer puesto. No se puede hacer política en este país con esas ideas en la boca.

—¿Y quién dice que vamos a llevarlas en la boca? —contestó Sebastián un día—. Las vamos a llevar en el bolsillo, poderosas y ocultas, como el dinero.

9

Sebastián volvió de sus estudios al cambiar el gobierno. El subsecretario para quien había trabajado como asesor fue nombrado secretario de industria y comercio. No era el mejor puesto del gabinete, pero el secretario resultó ser hombre de confianza del presidente y, por ello, uno de sus colaboradores más influyentes.

A Sebastián le fue ofrecida una extravagante dirección de cultos religiosos y armas de fuego. La habían creado en la secretaría de gobernación medio siglo atrás y había pasado, junto con la de registro de organizaciones sindicales, a la secretaría de industrias, sin que nadie reparara en la excentricidad del hecho. Ante las burlas de Itza Sotelo por la pobre dirección obtenida, Sebastián dijo con una sonrisa:

—Nos han dado a gobernar la religión y la violencia. No está mal para empezar. Porque aquí empieza la cosa, no te olvides.

Hablaba a sabiendas. El nuevo secretario le había ofrecido esa oficina de bajo perfil para montar en ella un equipo dedicado a planear su candidatura presidencial.

—Quiero tener relación con todos los grupos —lo instruyó—. En particular, con la gente del dinero. Luego, con la gente de los medios. Con el clero, en tercer lugar. Quiero relaciones sólidas, discretas, amarradas a intereses. Por otra parte, quiero medir el pulso real del país. Ni el país ni la opinión están donde el gobierno. El gobierno tiene siempre una percepción interesada del país. Quiero saber lo que le interesa a la gente, no lo que le interesa al gobierno.

El nuevo secretario de industria y comercio era Leopoldo Urías, entonces un abogado de cincuenta años, apuesto, atlético, dueño de una inteligencia viva, de un lenguaje a la vez arcaico y elocuente.

La noche del cambio de gobierno, Sebastián nos reunió a su padre y a mí para contarnos la tarea que le habían encomendado.

—Vamos a poner al alcance del secretario a las quinientas gentes que son el poder real del país —nos dijo—. Nuestro trabajo es identificarlos y convocarlos. Descubrir qué quieren y qué pueden recibir de nosotros. Antes de que pase un año, todos tienen que haber obtenido algo fundamental del secretario Urías, todos tienen que sentirse en deuda, sociedad o complicidad con él.

—¿Qué más van a hacer? —preguntó Santos.

—Vamos a ofrecerle retratos periódicos de la opinión pública. Lo que la gente ve, quiere, siente.

—¿Cómo van a hacer eso?

—Con encuestas —dijo Sebastián.

—Esos son juegos —dijo Santos—. Pídele acceso a las grabaciones telefónicas de gobernación. Y a los informes de la policía política.

—También tendremos eso —dijo Sebastián.

En algún momento, Santos se levantó al baño y Sebastián me dijo:

—No piense que estoy loco, tío. Pero le digo esto: desde la puerta de mi oficina puedo ver clarito un camino hacia la presidencia de la república.

—¿Para Leopoldo Urías? —pregunté.

—Para Leopoldo Urías —dijo Sebastián.

—¿Y después? —pregunté.

—Después, lo que usted diga —dijo Sebastián, iluminándose.

—Compra unos lentes de menor gradación —dije—. Creo que ves demasiado lejos.

—Lo veo con una claridad que le daría miedo, tío —se rió Sebastián.

—Miedo me dan tus mareos. No te has montado en el primer caballo y ya ves ejércitos marchando tras de ti.

—Los ejércitos vendrán a su tiempo —dijo Sebastián—. Son parte del camino que está adelante. Pero le digo una cosa: vamos a cambiarlo todo. Vamos a rehacer este país.

En la secretaría de Leopoldo Urías formó Sebastián su primer equipo de trabajo. Juan Calcáneo fue el encargado de identificar a los quinientos que gobernaban el país fuera del gobierno, con especial atención en los ricos, los medios de comunicación y los curas. Fue también responsable de procesar los informes de la policía política que llegaban a la presidencia, de donde le eran reenviados a Urías, confidencialmente, por la oficina del presidente. Itza Sotelo se encargó de los sondeos de opinión pública, para lo cual creó el primer sistema de encuestas políticas que hubo en el país. Rubén Sisniega diseñó una matriz de previsión de riesgos políticos por situaciones económicas, y viceversa: de riesgos económicos por trabas políticas.

Sebastián tenía entonces treinta y dos años. Por aquellos días decidió casarse con su novia de siempre, Rosana Alatriste, la misma a la que había llevado a cenar con velas por primera vez siendo los dos adolescentes. Rosana era hija de uno de los hombres más ricos de la república. Sebastián la quiso con fuego estable, aunque, al igual que su padre, no confundiera el amor con la fidelidad, ni la promiscuidad con el amor. Un mes antes de su boda, Sebastián cruzó con Rubén Sisniega la apuesta de quién podía llevar a la cama más mujeres de conquista fresca entre ese momento y el día de la ceremonia. Perdió la apuesta cuatro a tres, y concedió la victoria porque no quiso poner en la cuenta el encuentro con una amiga de otras épocas con la que reincidió en esos días.

La boda fue un acontecimiento político, como había sido la de Santos con Adelaida. Acudió el presidente en funciones, la mitad del gabinete, la plana mayor de los hombres de fortuna del país. El arzobispo se dispensó una gran cena con unas copas de más de vino alsaciano. Por primera vez en años, Santos Rodríguez y su mujer dieron y recibieron saludos a sus iguales, la crema y nata de la nación a la que pertenecían, y de la que habían sido excluidos como las familias excluyen a sus parientes alcohólicos o a sus enfermos duros, impresentables en público. Fue una absolución y un regreso, el primero de los muchos que vendrían de la mano reparadora de Sebastián.

Una prudencia de viejo añadió el toque final a la ventura política de la boda: Sebastián se cuidó de no festinarla en la prensa. Se enteraron del hecho quienes debían saberlo, los *happy few* que contaban y que agradecían, por si las dudas, no mostrar demasiado en público su aceptación de los réprobos.

Las buenas noticias siguieron a Sebastián como en otro tiempo habían seguido a Santos. Hasta la adversidad le fue propicia, o sobre todo ella. Quiero decir que su jefe, Leopoldo Urías, se enfiló a la presidencia por uno de los caminos más torcidos que registra la torcida historia de las sucesiones de la república. De la siguiente manera:

El presidente en funciones, hasta entonces un burócrata sobrio y duro, enloqueció al contacto de las mieles de la historia, es decir, al contacto de su nuevo puesto como jefe de la nación. Se encontró al llegar al poder con un país estable pero agraviado, próspero pero injusto y desigual. Decidió corregirlo volviéndose profeta de los agraviados y proveedor de los desposeídos. Es decir, se dispuso a gastar. En dos años de fiesta presupuestal, el nuevo mandatario destruyó los equilibrios de las finanzas públicas cuidadosamente respetados en las dos décadas anteriores. Las clientelas burocráticas se expandieron geométricamente, lo mismo que los salarios, el gasto social, el déficit público.

Rubén Sisniega anticipó la catástrofe. A los gastos sin fondos del gobierno, dijo, no podrían seguir sino inflación, devaluación, estancamiento. Su pronóstico se cumplió al pie de la letra. Fue una catástrofe bienvenida para el grupo de Sebastián, porque en las altas olas inflacionarias que siguieron se ahogó uno de los rivales mayores de Leopoldo Urías en la carrera presidencial. Al terminar el segundo año del nuevo gobierno, el secretario de hacienda, amigo de la infancia del presidente, no pudo ofrecer a la nación otra cosa que un cuadro de aumento de precios, escasez y parálisis económica. Era culpa de la filantropía presidencial, pero fue pagada como ineptitud hacendaria por el jefe de las finanzas públicas. La devaluación de la moneda lo obligó a renunciar, dando la razón a Leopoldo Urías, único en el gabinete que había anticipado, con los números de Sisniega, la ruta de colisión que llevaba el gobierno.

El siguiente rival de importancia para Urías, el secretario de trabajo, se ahogó en la resaca de la misma crisis. La devaluación de la moneda disparó los precios, los precios dispararon las protestas sindicales. Asumiendo el estilo popular del presidente, el secretario de trabajo cerró filas con los sindicatos. Forzó un aumento de salarios para devolver el poder de compra a los trabajadores. La medida catapultó los precios, llenó el país de quiebras y quejas patronales. En sus sobremesas con los ricos tanto como en las encuestas de Juan Calcáneo, Urías supo que su segundo rival también estaba muerto, que su caída era sólo cuestión de tiempo.

El secretario de trabajo cayó suavemente en el sillón de una embajada europea, dejando abierto el campo para los dos únicos supervivientes en la carrera presidencial: el hombre de confianza del presidente, Leopoldo Urías, y el hombre del control y del poder, el secretario de gobernación, que había visto su camino despejado, lo mismo que Urías, con la crisis que siguió al redentorismo presupuestal del jefe de la nación.

Cómo se ganó la batalla contra el secretario de gobernación es un asunto que corresponde más a la pequeña historia que a la grande, y sin embargo fue crucial para ésta.

El secretario de gobernación parecía un rival excesivo para Urías y su equipo. Había sostenido al país en un puño, sin otras turbulencias que las económicas, ajenas a su responsabilidad. Había librado a la familia presidencial de dos atentados, sin que lo supieran más que los íntimos, y había reducido a su mínima expresión los restos de la guerrilla que él mismo, como subsecretario, había arrasado durante el gobierno anterior en una guerra secreta que no salió nunca, sino treinta años después, de las páginas policiales de los diarios.

—Denle una excusa al presidente para que opte por el más débil —sugirió Santos—. Denle una excusa para que elija a quien él piensa que podrá manejar cuando sea ex presidente. Nadie mejor para ese papel que su amigo Leopoldo Urías.

La explicación, construida después por el propio Urías, fue que el presidente había optado por la candidatura democrática y no por la policiaca; ante el dilema de endurecer la política o democratizarla, el presidente había decidido abrir las puertas, enfilar al país hacia el cambio, y lo había elegido a él.

Las palabras de Santos describen mejor los términos de la decisión. La intriga jugó en ella un papel más decisivo que la convicción, la responsabilidad o la visión generosa del futuro. El secretario de gobernación fue destruido por un azar en el que Sebastián y su oficina actuaron como instrumentos de precisión. De la siguiente manera:

Hombre de trato suave hacia fuera, el secretario de gobernación era duro y caprichoso dentro de su círculo próximo. En uno de sus arranques coléricos, tan frecuentes en la intimidad de su despacho, le pidió la renuncia, con cajas destempladas, al responsable de las intervenciones telefónicas, eje del espionaje político.

El gobierno no tenía el cinismo de llamar a esas operaciones ilegales trabajos de inteligencia. En su mayor parte se trataba de grabar las pequeñas historias inconfesables, amoríos o corruptelas, de los personajes de la vida pública, empresarios y curas, líderes, actores y celebridades, alcaldes, gobernadores, congresistas, diplomáticos, militares. Con aquellas historias menores pero impublicables a la mano, llegado el momento, se torcía la voluntad de los atrapados cuando era el caso de marcarles la voluntad del gobierno.

El espía de confianza zarandeado por el secretario se tragó la afrenta, pero no la digirió. Una noche de alcoholes se quejó largamente de ella con Juan Calcáneo, su paisano y compadre. Más aún, le ofreció a Calcáneo una pieza grabada donde el secretario de gobernación se refería al presidente como a un pusilánime, un mujeriego y un frívolo sin tamaños. La conversación mostraba al rival de Leopoldo Urías ebrio de alcohol y poder, hablando de las estupideces que le ordenaba el presidente y de la manera como debía desobedecerlo todas las veces para evitarle problemas al país.

Calcáneo pagó lo que la cinta valía: protección y dinero. Sebastián puso la cinta y una transcripción en manos de Leopoldo Urías, para que la llevara a su acuerdo con el presidente.

—Usted puede mostrarle la transcripción, dejarle la cinta y que él decida —sugirió Sebastián.

Urías dudó. Si llevaba esa prueba al presidente podría parecer artero, jugando un juego sucio, y forzar a su amigo a escoger entre un delator y un traidor.

—El secretario de gobernación puede ser un traidor —dijo Urías—. Pero yo no quiero parecer un delator.

—Si usted me permite, yo puedo tomar el riesgo —dijo Sebastián.

—¿Qué piensa hacer? —preguntó Leopoldo Urías.

—Lo que vaya a hacer quiero hacerlo sin su conocimiento —dijo Sebastián—. Ese es el riesgo. Si sale mal, pagaré los platos rotos.

—Le prohíbo hacer nada que no me consulte —dijo Leopoldo Urías.

—Su prohibición me libera —dijo Sebastián.

Hizo un viaje relámpago al país vecino y filtró la cinta a la prensa. Era un material irresistible: un alto político hablando pestes de su jefe. Tres días después, la transcripción podía leerse en la columna de un famoso autor sindicado, especialista en escándalos. El autor exhibía al ministro impertinente como un síntoma de vacío de mando en el país vecino. ¿Qué podía esperarse de un gobierno donde el secretario de gobernación se expresaba así del presidente? Los corresponsales extranjeros de la capital de la república hicieron su trabajo en seguimiento del escándalo.

—¿Usted armó esto? —preguntó Leopoldo Urías a Sebastián, cuando vio los resultados de la tormenta.

—Ya estaba armado —dijo Sebastián—. Yo sólo lo divulgué. La prensa no ha hecho sino levantar la sábana para dejarnos ver la realidad. Todos sabíamos lo que ese señor decía del presidente.

—No todos —dijo Leopoldo Urías—. Nada más nosotros.

—Nosotros somos todos ahora —dijo Sebastián.

El presidente rastreó el asunto con sus propios medios. Obtuvo una copia de la grabación de manos del mismo columnista, que la había recibido de manos de Sebastián. Al final de su acuerdo de esa semana, el presidente dijo al secretario de gobernación:

—No se vaya todavía. Quiero que oiga esto.

Y puso la cinta. Mientras la grabación sonaba como música de fondo en el despacho, un demudado secretario de gobernación alcanzó a decir que se trataba de un montaje. La voz de la grabación no era la suya, dijo, sino la de un actor que lo imitaba en un centro nocturno. Esa misma tarde trajo al cómico para que confesara su broma frente al presidente. El cómico confesó y el presidente se dio por satisfecho. No despidió al secretario, guardó para él un castigo diferido: lo descartó como candidato a la presidencia, cosa que el secretario supo sólo hasta el último momento, cuando no había nada que hacer, salvo patalear.

El azar le dio así a Leopoldo Urías, por manos de Sebastián, la pieza que Santos pedía: una razón para que el presidente optara por sus debilidades más que por las fortalezas de otro.

Leopoldo Urías fue ungido candidato. Nombró a Sebastián coordinador de estrategia electoral, un puesto que casi siempre terminaba en el gabinete.

La política es un espectáculo abierto y un secreto al alcance sólo de unos cuantos. Sus sitios complementarios son el ágora y el gabinete, del mismo modo que el agua brota visible por las fuentes y corre oculta por los drenajes. Hasta entonces Sebastián había sido el político precoz reconocido en los gabinetes. A partir de entonces fue también el personaje público, el cometa venido de ninguna parte, como su padre, como todos los de su tribu, chispas de una pirotecnia que no encienden ellos pero en la que se consumen antes de reconocer cabalmente el papel que les ha escrito la fortuna y que ellos actúan creyendo que lo han elegido.

—La cosa huele a ministerio —dijo Olaguíbel, en la fiesta

que Santos organizó para celebrar el nombramiento de Sebastián.

Fue una fiesta multitudinaria, con el propio candidato Urías a la cabeza. Lo reportó toda la prensa a páginas enteras al día siguiente. Al final de la fiesta, en la cocina, donde se habían citado para un brindis, Santos le dijo a Sebastián:

—Estamos de vuelta.

—De vuelta al futuro —respondió Sebastián.

Alzó la copa hasta los ojos de su padre. Santos la vio brillar bajo la luz de la lámpara. Brillaba tanto como la mirada de su hijo.

10

Sebastián se agigantó mientras Salomón nada más crecía. La buena estrella de Sebastián absorbió a Santos en los años en que Salomón dejó de ser un niño luminoso y empezó a ser un joven huraño. Conforme se abrieron los espacios en la capital, el refugio campestre perdió su encanto sustituto para Santos. Espació sus visitas a Mendoza, pero seguía viviendo entre los dos mundos. Cuando Santos iba a Mendoza le costaba regresar a la capital y, mientras estaba en la capital, Mendoza se diluía en su ajetreo como el rastro de un sueño. La ilegalidad de su segunda familia había terminado imponiendo su ley, era fruto de la transgresión y, sin embargo, se había vuelto parte del orden.

Un par de pleitos con Silvana acabaron de poner en el ánimo de Santos cierta desidia viajera, esa otra forma de negarse que es aplazar. Por segunda vez en su vida, Santos perdió entonces la vibración que lo ataba a Mendoza, un hilo imantado por el que sentía con precisión de sismógrafo lo que pasaba en ese otro lado de su vida, su periferia excéntrica pero esencial. El primer alejamiento había sido cuando la prisión de su hijo mayor, a cuya libertad dedicó meses de infructuosas gestiones, hasta que Sebastián y Olaguíbel la consiguieron. En aquel entonces lo había alejado de Mendoza la desgracia. Ahora lo apartaba la fortuna: el ascenso de Sebastián.

No obstante, Mendoza latía en Santos con vida propia. Había puesto ahí más de lo que podían aceptar sus pasiones públicas, absorbidas por la política. Lo cierto es que seguía circulando por la política como el viejo escritor de prestigio circula entre los libros, incrédulo ya de sus sueños, garabateando nuevos manuscritos de los que sólo le interesan ahora las cosas que antes desdeñaba, los reconocimientos, el dinero, el calor de las jóvenes enamoradas de la literatura, suficientemente locas o fantasiosas para caer en su lecho, habida cuenta que, como dice el poeta, luego de cierta edad la juventud sólo llega por contagio. La buena estrella de Sebastián había encendido otra vez su pasión por la cosa pública, pero volvía a ella como los deportistas viejos al campo de juego, con emoción genuina pero triste por el paso de los años, por la certeza de que las glorias pasadas no pueden volver.

El segundo alejamiento de Mendoza agudizó en Santos la observación litigiosa de las faltas de Silvana, en particular su indiferencia ante ciertos hábitos de Salomón, que Silvana explicaba por la ausencia de Santos, y Santos por el descuido de Silvana. Santos había oído que su hijo llevaba una vida loca en Mendoza, que peleaba a puño limpio por dinero y montaba caballos en carreras de apuesta que terminaban a menudo en zafarranchos de comisaría.

—Son cosas del pueblo —dijo Silvana cuando Santos tocó el tema la primera vez—. Así crecen los muchachos aquí.

La segunda vez le dijo:

—Tu hijo Salomón pelea y monta para hacerse un nombre en Mendoza.

—Lleva mi nombre —dijo Santos—. ¿Quieres decir que no le alcanza ese nombre?

—Quiero decir que vienes poco —reprochó Silvana—. Y él tiene que abrirse paso por su cuenta.

Una vez, al llegar a la casa de Mendoza, Santos vio a Salomón en el tanque de agua que se metía del lago al huerto ribereño. Tenía un puño pelado, un corte en la boca, un tallón rosáceo sobre la cadera, como la huella de una albarda.

—¿Qué pasó aquí? —dijo Santos, hincándose en la orilla del tanque para mirar las lesiones.

—Me caí del caballo —dijo Salomón, sumiendo en el agua el puño y el torso para apartarlos de la vista de Santos.

—Sé que peleas por dinero —dijo Santos—. ¿Este es el resultado?

—Por dinero, no —respondió Salomón.

—Frente a un público que apuesta —aclaró Santos—. Peleas concertadas donde corre dinero. ¿Es así? ¿Este es el resultado?

Salomón ladeó la cabeza de pelos enmarañados, con su lustre lunar, para esconder la herida de la boca.

—Lo hice alguna vez —admitió—. Por probar.

—¿Ayer, por ejemplo? —dijo Santos.

—Si ya lo investigaste y ya lo sabes, para qué lo preguntas.

—No investigué —dijo Santos—. No hace falta. Te estoy viendo. Pero si te empeñas en no decirme, puedo averiguarlo todo.

—No hay nada que averiguar —dijo Salomón—. Si quieres saberlo, te lo digo. Todo eso que dices lo hago para impresionar a una.

—Hay maneras más fáciles de impresionar a una —dijo Santos—. No hace falta arriesgar tanto.

—Eso y más arriesgaría —sonrió Salomón—. Lo que haga falta.

—Que no sepa tu pretendida lo que estás dispuesto a pagar por ella —dijo Santos—. Si se entera, te va a costar caro.

—Lo que haga falta —dijo Salomón.

—¿Cómo se llama la una? —preguntó Santos.

—Se llama Inés —dijo Salomón.

—¿Y quién es Inés?

Salomón dio una vuelta de lagarto en el agua.

—Es la hija del padre equivocado —dijo, poniendo la cara sobre el brazo como si fuera a dormir.

—¿De quién es hija? —preguntó Santos.

—De Martiniano Agüeros —dijo Salomón.

Santos hizo una mueca.

—Es el padre equivocado, en efecto —dijo.

Martiniano Agüeros era el barón del narco de Mendoza, un personaje oscuro. Dueño de haciendas en la costa, señor de horca y cuchillo en la sierra.

—¿Hace cuánto que andas en esto? —preguntó Santos.

—¿En esto de Inés Agüeros?

Santos asintió.

—Desde que la vi —dijo Salomón—. Desde que tengo uso de razón.

—Entonces hace muy poco —sonrió Santos.

—Hemos sido novios desde la escuela, papá. Desde que éramos niños. Luego se fue, la perdí durante la última guerra de su familia. Pero volvió hace un año.

—Se irá el siguiente —dijo Santos.

—Y yo con ella —dijo Salomón.

—¿Así de grave estás? —volvió a reírse Santos.

—Mírame —dijo Salomón, mostrando las heridas—. ¿Quieres más?

Santos mandó traer al médico y vigiló la puesta de ungüentos y vendajes.

Por la noche, cuando estuvieron solos, peleó con Silvana lo que no había peleado con Salomón. Le dijo:

—Tu hijo se está yendo de la casa y no te has dado cuenta.

—Si estuvieras más aquí, Salomón estaría menos fuera de la casa —contestó Silvana.

—Su casa es su casa, conmigo o sin mí —gritó Santos.

—Su casa sin su padre es una casa sin ley —saltó Silvana—. Para eso, además, es hijo tuyo: para no respetar sino su propia ley. Si crees que puedes domarlo, dómalo tú.

—Tú tienes tus propias leyes que imponer —dijo Santos—.

No te faltan leyes, sino ganas. ¿Qué me estás reprochando cuando dejas a tu hijo suelto? ¿Qué me quieres cobrar?

—Tu ausencia —admitió Silvana—. El triunfo de tu hijo el de la capital te aparta de nosotros. Yo quiero que mi hijo sea el primero entre tus hijos. O al menos igual que los otros. Aunque yo sea la segunda.

—Tú eres mi fiesta —dijo Santos.

—Andas poco fiestero estos tiempos —devolvió Silvana—. Y tienes la gran fiesta en la capital.

—No —dijo Santos—. Tengo otra vida a cuestas que no puedo borrar.

—Y para no borrar esa vida, borras la nuestra, borras a tu hijo Salomón.

—Salomón es el primero entre mis hijos —dijo Santos.

—Y yo la última de tus mujeres —dijo Silvana.

Salió de la habitación azotando la puerta.

Antes de volver a la ciudad, Santos habló con Salomón:

—Lo de Inés no puede seguir —le dijo.

—¿Cuál es el impedimento? —preguntó Salomón.

—Hay dos impedimentos —dijo Santos—. El primero es que todas las cosas de Martiniano Agüeros han de terminar en prisión o muerte. No te quiero preso ni muerto.

—¿Y el segundo? —preguntó Salomón.

—El segundo es que tu hermano de la capital tiene una carrera política que cuidar. Si la cuida, puede irle muy bien. Si la descuida, lo harán pedazos. A él y a su familia.

—¿Yo soy parte de esa familia? —preguntó Salomón.

—Tú eres, para mí, lo mejor de esa familia.

—¿Quieres que me sacrifique por mi hermano?

—Quiero verte lejos del mundo de Martiniano Agüeros.

—Yo estoy cerca de Inés, no de Martiniano Agüeros —dijo Salomón.

—Pero el mundo en que vive Inés es el de su padre.

—¿Eso es malo para mi hermano?

—Mucho —dijo Santos—. No puede aparecer vinculado familiarmente a un hombre como Martiniano Agüeros. Pero la situación es, sobre todo, muy mala para ti.

—Nada malo he recibido de Inés. Hasta hoy que me pides separarme de ella.

—Te di dos razones —dijo Santos—. La primera fue dónde terminan las cosas de Agüeros.

—Prisión y muerte —repitió Salomón.

—Esa es la razón importante, no quiero verte en ese camino —dijo Santos—. La segunda razón tiene que ver con tu hermano: protegiéndote tú del camino de Agüeros, le harás un servicio a tu hermano Sebastián. Pero la razón importante es la primera.

—No me has dado la única razón que podría convencerme —dijo Salomón.

—¿Cuál es esa razón? —preguntó Santos.

—Que me lo pides tú —dijo Salomón.

Santos lo tomó de la nuca y lo acercó. Lo separó después, lo miró fijamente, como lo había visto siempre, sin sombra de culpa, de rubor o de duda.

—Además de todo, te lo pido yo —le dijo.

—Si así lo quieres, así será —aceptó Salomón—. Pero no pronto.

—Con que sea bastará —dijo Santos—. Si quieres venir a la ciudad un tiempo, ven. No te faltará qué hacer.

—Ya estoy escondido aquí —dijo Salomón—. No quiero ir a esconderme también a la ciudad.

Santos me contó todo esto, con lujo de detalles, al volver de Mendoza. Le dije que exageraba y que Salomón podía haber sentido en su orden el orden de sus preferencias paternas.

—Mi preferencia es él —dijo Santos—. Tú lo sabes.

—Pero lo jodes a él —dije yo.

Me miró con una ráfaga de impaciencia que no había visto en su cara desde los días de gloria, cuando era difícil o inútil contradecirlo.

—No lo jodo, lo cuido —me dijo—. Busca otros argumentos.

—Me pregunto qué hubieras hecho tú en el lugar de Salomón —le dije.

—No lo sé —dijo Santos—. Nunca tuve un padre que cuidara mis pasos.

—¿Pero qué hubieras hecho?

—Hubiera obedecido a mi padre —dijo Santos.

—No creo —le dije—. Lo hubieras desconocido. Lo mismo hará Salomón.

—Salomón hará lo que prometió.

—Salomón hará lo que tú hubieras hecho —le dije.

—¿Y qué hubiera hecho yo?

—Lo que te hubiera dado la gana.

—¿Es decir?

—Salomón hará lo que le dé la gana. Primero, porque es tu hijo. Segundo, porque Inés es la primera cosa de la que tiene ganas en la vida.

Ni Salomón ni Silvana volvieron a hablar del caso. Cuando Santos preguntaba, lo declaraban resuelto en un tono nervioso de cartas bajo la mesa. Santos se dio cuenta del juego. Para saber lo que pasaba, habló con el capataz de las haciendas de Mendoza. El capataz no estaba al tanto del pleito y le dijo a Santos, con humor, hasta con cierto orgullo, que Salomón seguía viendo a Inés y a Martiniano Agüeros, y que iba a verlos con su madre. Santos le pidió pruebas de su dicho. El capataz era aficionado a la fotografía y había tomado fotos de un fandango en el rancho costeño de Martiniano, a unos kilómetros de Mendoza. Le mostró las fotos a Santos. En una de ellas, Silvana bailaba sobre una mesa, fruncido el ceño gitano, levantando la punta de la falda con la mano izquierda para mostrar los muslos mientras zapateaba. En la rueda de la mesa había un hombre de hombros grandes y pecho cuadrado. Tenía el cuello corto, las quijadas duras, el pelo blanco prematuro, de corte militar, que le nacía cerca de las cejas negras.

—Ese es Martiniano Agüeros —dijo el capataz—. Por esa foto me darían dinero en la zona militar.

Venía también la foto de Salomón abrazando a Inés Agüeros, una rubia pálida y exangüe, de muslos altos y talle largo en cuyos ojos claros, grandes como platos, podían beberse por igual toda la ternura y toda la soledad del mundo.

—Esa es Inés Agüeros —dijo el capataz—. La novia de su hijo Salomón. Hacen pareja a la vista, y también cuerpo a cuerpo.

—Sólo son unos chamacos —dijo Santos—. No saben bien ni dónde ponen los ojos.

Cuando Santos me contó la escena me reí de su alarma. Se había iniciado casi niño en los tumbos del amor, pero negaba la precocidad de su hijo. El amor es disparejo. Tratándose de amores, alguien anda siempre corto y alguien largo. Salomón andaba corto con Inés Agüeros por la sola petición de su padre, pues a partir de ella era Salomón quien arriesgaba más al empeñarse en el amor de Inés, que de por sí exigía pruebas de riesgo.

Insistí con Santos en que suspendiera sus prohibiciones. No lo hizo, pero me pidió que fuera a echar una mirada profesional al asunto. Llevaba años de no usar esa expresión, que había sido moneda corriente entre nosotros durante nuestro tiempo de política activa. Cuando alguna situación parecía enredada o enigmática a sus ojos, me pedía ir a echarle una mirada profesional, es decir mudarme al lugar del conflicto y explorarlo hasta tener una solución o al menos una idea precisa del juego. Me puso al tanto de sus diferencias con Silvana y de la charla con Salomón, que he referido. Entendí por su énfasis, sin embargo, que la mirada fundamental debía echarla sobre Martiniano Agüeros, no tanto para decidir qué hacer con él, sino para entender quién era. Acepté su encargo, llevado por la curiosidad, incluso por el morbo, y me dispuse a visitar Mendoza.

11

Se ha dicho que el conocimiento es un medio de volver al no conocimiento. Así me pasaba con Mendoza. Entre más sabía por Santos de Silvana y Salomón y del mundo en que vivían, menos sentía saber de ellos y sabía menos de Santos, lo entendía menos. Supongo que desde el principio de los tiempos la diferencia esencial entre Santos y yo es que él sabía ver el mundo como era, mientras yo necesitaba elaborarlo para que tuviera sentido. En Santos las cosas eran como venían, tuvieran o no interés para su mirada.

Salí para Mendoza en mi coche un fin de semana. Había ido con Santos otras veces y había hecho mi propia red de conocidos, empezando por el editor del diario de la provincia, Rutilio Domínguez, cronista mayor de la picaresca lugareña de la que él mismo era notable personaje.

Dos años atrás, en una tarde de ajedrez y oporto, que eran, como él decía, sus únicas pasiones civilizadas, Rutilio me había contado algunas de las miserias de la región, los pequeños secretos que son la llave de los pueblos chicos, eso que nadie dice y todos saben, invisible a los fuereños, porque sólo es visible para quien lo conoce, o lo padece. Yo había estado en los pueblos de la media montaña, donde Silvana cosechaba tabaco y café. Sabía algo de la costa, de sus ríos grandes y sus puertos fluviales, discretos fondeaderos de caseríos simples como dibujos de niños, con soles redondos, árboles enormes, casas de dos aguas y colores esenciales. Pero no había ido nunca a la sierra, el mar de los bosques altos, las barrancas y las rancherías perdidas donde se había enquistado la soberanía ilegal de Mendoza. Rutilio me había dicho alguna vez:

—La sierra no es un lugar, es un estado de ánimo. Un serrano de Mendoza tiene más emociones en veinticuatro horas que usted y yo toda la vida. No hace falta ir, basta que conozca a uno de sus hijos cabales. Basta que conozca a Martiniano Agüeros.

A eso venía ahora. La curiosidad me comía como a un novato.

Llegué un sábado por la mañana. La vivaz cabecera de Mendoza era un pueblo de calles vacías. Su quietud me recordó mi propio pueblo perdido medio siglo atrás, mi pueblo de aceras calientes y techos de teja, que seguía dibujando en mi cabeza el rostro curtido y agrio de mi padre. La razón de aquel vacío es que todos se habían ido a las carreras de la primavera que se largaban desde temprano en la pista de la hacienda de Martiniano Agüeros. Iba a hospedarme en la casa de Rutilio Domínguez, pero Rutilio tampoco estaba. Había dejado una nota diciendo que me esperaba allá, en la desviación de los flamboyanes de la carretera que iba al sur. Dejé las cosas, monté en el coche al muchacho que me esperaba con el mensaje y nos fuimos juntos.

La desviación de los flamboyanes podía verse a gran distancia desde el camino. Era una línea de copas anaranjadas en la planicie nítida de la costa, sólo alterada por los destellos ciegos del sol. Los flamboyanes vivían su brote de primavera, sus flores anaranjadas eran como penachos ardientes en las terrazas de sus ramas negras, profusas como tejidos pulmonares. Al final de aquella brecha faraónica podía verse el portón de la hacienda, una reja de bronce entre dos torreones de vigilancia que cerraban los muros militares de la propiedad. La reja estaba abierta hospitalariamente, pero había filas de atentos hombres armados, mostrando rifles largos y pequeñas metralletas. Pregunté por Rutilio Domínguez.

—Anda en el taste —me dijeron, mostrando el rumbo con una metralleta.

El taste era la pista de tierra donde se corrían las carreras. Había un gentío bebiendo cerveza, hablando a voz en cuello, cruzando apuestas. Acababa de terminar una carrera, el dinero cambiaba todavía de mano en mano. Una banda de pueblo cantaba corridos. Había en el aire un júbilo de otro tiempo. Rutilio peroraba frente a un grupo en la línea de meta. Tenía bigotes de bagre y una expresión contagiosa de burla ante las cosas del mundo. Hizo mi presentación ceremonial, con elogios por mi trabajo y disculpas por mis taras citadinas, como mi atuendo y mi acento.

—Venga, colega, vamos a buscar a Silvana y a Salomón —me dijo después, apartándome del grupo—: A nadie querrá ver usted tanto como a ellos, si no me engaño, y apenas me sé engañar.

Cuando nadie más oía, siguió:

—Corren ya las voces aquí, donde todo corre antes de que pase, que don Santos anda mohíno por la novia de Salomón. Algo de razón le asiste, pero nada más. Cualquier cosa que de eso salga, no traerá para Santos más que amistad en esta tierra, si me entiende usted. Mala idea, en cambio, es hacerle sentir a esta gente que no se la quiere y aun se la desprecia. Digo esto en confidencia de profesión, como primer chismoso de la zona, para abreviarle a usted el camino a la verdad.

—No traigo una encomienda inamistosa —mentí—. Ni siquiera una encomienda.

—Sea feliz entonces entre nosotros, colega, como es imposible no serlo en nuestra tierra pecadora. Ya sabe usted que entre nosotros no hay más que dos tipos de gente: los contentos y los muertos. Añado que los muertos, a su manera, también están contentos, pues descansan en paz.

Silvana venía con un grupo hacia el taste, nos cruzamos a

medio camino. Corrió a saludarme con alegría de muchacha, pero me dijo al oído:

—Las malas noticias, si las hay, hasta el fin de la fiesta.

—No hay malas noticias —le dije.

—Vamos al taste entonces, que viene la mejor carrera. Pero antes, le presento. Este es Martiniano Agüeros.

Me vi de pronto frente al hombre que conocía sentado en la foto. Era más alto de lo que la foto mostraba, más flaco también, pese a sus grandes hombros y su abdomen embarnecido.

—¿Usted viene a casa de Rutilio? —me preguntó al darme la mano—. Le advierto que por algo vive solo Rutilio: es insoportable. Cuando se harte de su compañía, acá tiene también su casa.

Señaló el lugar de donde venían, un casco de hacienda reconstruida en el centro de un prado verde y terso, como la mirada de Martiniano Agüeros, que adquiría al hablar un brillo altivo, seguro y burlón. Al toparme por primera vez con esa mirada creí saber que su dueño había cruzado el umbral del miedo, como si algo se le hubiera muerto dentro.

—No hay mujer que te aguante, Rutilio —siguió Martiniano, fastidiando a mi anfitrión.

—Ni mujer que aguante yo —dijo Rutilio—. El matrimonio pide mucha hipocresía. Como dicen en la sierra: pareja vieja, mentira vieja. Y, ultimadamente, a quién le importa que yo no retenga mujer. No aspiro a quedarme con ninguna, facilito el tráfico de un bien escaso.

Había un nuevo calor en la pista. Los caballos trotaban con los jinetes en ancas hacia el palo de la partida. Uno de los jinetes era Salomón. Tenía dos años de no verlo, apenas lo reconocí por los gritos de Silvana. Iba descalzo, con el torso al aire, sobre un tordillo frenado que era todo histeria y brío. Tenía una cinta atada a la frente para cortar los pelos que le caían hasta los hombros. Brillaban al sol como si tuvieran brea. Era flaco, duro, sin un gramo de grasa, y alto, demasiado quizá para montar compitiendo por dinero con los otros jinetes ingrávidos que montaban a pelo, como sin sentarse en los lomos de la bestia, haciéndoles sentir apenas su peso gentil de adultos niños, confundibles con el viento.

—Tu mejor caballo y tu mejor jinete, Martiniano —dijo Rutilio Domínguez—. El centauro que querían los griegos.

—Se nos pone culto Rutilio para impresionarlo a usted —me dijo Martiniano—. Cuando se pone a hablar en verso, alcanza la virtud de que no lo entienda nadie.

—Lo entiendan o no, Salomón en ese caballo es un centauro —dijo Silvana.

La carrera fue un suspiro polvoriento entre las filas de mirones y apostadores que apretaban los flancos del taste. Salomón llegó adelante medio cuerpo, justo frente a nuestros ojos, en la raya de cal de la meta. Siguió de largo lejos y volvió al galope, sonriendo. En medio de los vivas al ganador, la gente le abrió paso como si supiera qué buscaba. Buscaba a Inés Agüeros que lo esperaba con los brazos abiertos frente a nosotros. Salomón se la echó a la espalda con un tirón del brazo y trotó con ella aferrada a su cuerpo, las dos melenas al aire triunfantes de la carrera.

Se ha dicho: denme algo en qué creer y yo les daré las razones para creer en eso. La imagen de Inés y Salomón cabalgando en triunfo afirmó mi creencia de que los unía un lazo más fuerte y más antiguo que el que dejaba ver su edad.

Al terminar las carreras hubo una comida, abundante de música, gritos y brindis. No pude hablar con nadie, salvo con Rutilio, que gritaba en mi oído ocurrencias malignas. A un lado de las mesas había espacios para bailar. Silvana bailó sin parar. En un corte de la música se me acercó Martiniano:

—Me dice Rutilio que quiere ir para la sierra. Si no le incomoda, me ofrezco como guía. No hay uno mejor en el rumbo.

—Pensaba pedírselo —mentí.

—¿Cuándo quiere partir?

—Pasado mañana —dije.

—Pasado mañana no puedo yo, pero le mando gente y lo alcanzo al día siguiente. Puede subir en coche y luego en caballo, o en avioneta. Lo primero tarda ocho horas, lo segundo treinta minutos. ¿Qué prefiere?

—Las ocho horas —dije.

—Buena elección. La sierra sólo se conoce andándola. Pasado mañana estará mi gente por usted al romper el día. ¿Siete de la mañana está bien?

—Muy bien —dije.

Entrada la tarde fui a despedirme de Silvana. Bailaba en la pista con un sobrino de Martiniano de nombre Cruz Lima. Bailaba y algo más.

—Mañana puedo pasar a verla —le dije bajo la mirada de Cruz.

—A la hora que quiera, tío. Venga a desayunar, si quiere.

Me llamaba tío por extensión del hábito de la familia de Adelaida. Cuando fui a despedirme de Salomón, Inés me abrazó.

—Para que le conste que no muerdo —dijo con un dulce y claro reproche.

—Eso me consta —respondí.

Salomón me acompañó al coche:

—¿Cómo está el viejo? —preguntó.

—Bien.

—¿Encantado otra vez con la política? —sonrió Salomón.

—No tanto como tú con Inés.

—¿Se nota mucho? —dijo Salomón.

—Se nota a leguas.

—¿Y? —me miró Salomón.

—Algo le habías prometido a tu padre al respecto.

—Le dije que no iba a ser rápido —precisó—. ¿Usted vino a vigilar eso, tío?

—No. Yo creo que tu padre no tiene razón en esto.

—¿De veras? —se alegró Salomón.

—Tiene razón en el aspecto político. Pero la política no es todo en la vida, aunque vaya la vida en ello.

—¿O sea, tío? —preguntó Salomón.

—Es verdad que lo tuyo con Inés no ayudará a Sebastián.

—¿Pero qué puedo hacer?

—Puedes no hacer nada —le dije—. No hagas nada con Martiniano que signifique dinero. Ni juegos, ni pleitos, ni ayudas, ni montar sus caballos, como hiciste hoy, mientras todo el mundo apostaba.

—¿Eso le bastará a mi papá, tío? —preguntó Salomón.

—No. Ese es un consejo que yo te doy. Tu padre estará en desacuerdo de cualquier modo. Tendrás que arreglarte con él.

—Veo difícil el arreglo, tío —dijo Salomón.

—Yo también.

Volví a Mendoza por la tarde y fui al lago. Estaba cobrizo por el crepúsculo. Al día siguiente me levanté muy de mañana y volví al lago a leer y tomar notas de lo que había visto el día anterior. Luego fui a la casa de Silvana en las afueras de la población, por el sendero que bordeaba el lago. Al acercarme vi que salía de la casa el hombre llamado Cruz Lima, con quien Silvana bailaba en las carreras.

—Vino a tomar café —dijo Silvana, atajando mis preguntas, autorizando mis dudas.

—¿Qué le pareció nuestro anfitrión de las fiestas? —dijo luego, hablándome de usted, igual que siempre. Entre ella y yo la edad pesaba lo que no pesaba entre ella y Santos.

—No es lo más presentable que hay —dije yo.

—¿A los ojos de quién?

—A los ojos de Santos —respondí—. Y a los de cualquier fuereño con la gradación correcta en sus lentes.

—Aquí nos puso a vivir su amigo, mi marido —dijo Silvana—. Y aquí vivimos. Con todas sus consecuencias, con todos sus personajes. Santos tiene a su familia de primera en la ciudad. A su familia de segunda, en el monte. Aquí estamos en el monte, pues, atenidos a la ley del monte. Y a su fauna. ¿Qué quiere que hagamos? Dígamelo usted, que ha venido a eso. ¿Qué haría usted en mi lugar?

—La ciudad no está tan lejos de esto —dije—. Ni ustedes están en el segundo lugar del corazón de Santos.

—¿Qué puedo hacer yo con el corazón de mi hijo? —preguntó Silvana.

—Cuidarlo —dije.

—Para cuidarlo, debo estar junto a él —devolvió Silvana—. Y él ha decidido estar junto a Inés Agüeros.

—Sin separarse un poco de Salomón, no podrá cuidarlo —le dije.

—No como quiere Santos —dijo Silvana—. Yo no voy a sacrificarlo a los intereses de su hermano de allá.

—Yo no estoy de acuerdo con Santos en eso —dije—. Entre otras cosas, porque Salomón no le hará caso. Las soluciones que no se pueden practicar no son solución.

—¿Qué solución ve usted?

—Ninguna —dije.

—¿Es de veras muy grave lo de Salomón con Inés? —preguntó Silvana.

—Lo grave es Martiniano Agüeros —dije—. Nosotros vemos las cosas de cerca, vemos lo que sucede en la realidad: dos muchachos enamorados. Los enemigos de Santos en la ciudad querrán ver otra cosa: nexos oscuros de la familia Rodríguez con el jefe del narco Martiniano Agüeros.

—Usted va a visitar mañana al jefe del narco —dijo Silvana.

—Y hasta me puedo hacer su amigo. Pero me puede costar caro. Rumores, descrédito, vigilancia.

—¿Tanto temen a Martiniano allá en su mundo?

—Lo temen aquí —le dije a Silvana—. Allá sólo es un bandido.

—¿Usted cree que es un bandido?

—Sin duda —dije—. Y algo peor: está orgulloso de serlo.

Volví a la orilla del lago, ahora del lado de la casa de Silvana. Me senté a leer un libro de leyendas locales. Al volver pasé de nuevo frente a la casa de Silvana. En el portón estaba otra vez Cruz Lima, bebiendo una cerveza. Fingió una caminata para hacerme creer que pasaba por la casa rumbo al lago.

Santos me había dicho una vez: "Los hombres necesitamos distracciones. Las mujeres también. Yo en la vida privada de mis mujeres no me meto". Decidí no meterme yo tampoco.

En su vida con Santos, Silvana había tenido al menos una distracción de época. Era dada al fandango y a trabarse con desconocidos en saraos y jaranas, como se trabó con Santos el día que lo conoció. No era un vicio ni un hábito. Era una forma de curar su soledad y de soltar las riendas de su fondo ardiente. Cuando su amor por Santos cedió a la rutina, Silvana puso todo su afán en su hijo y todo su celo en cuidar los bienes que Santos le dio, el rancho de tabaco de los Rodríguez y el de café recobrado de la quiebra de sus padres. Santos la quería puesta en eso para quitar de su jornada diaria las tentaciones del ocio. Silvana cambió rentas por caricias y al hijo por el padre, y cerró su cuerpo a toda solicitación que no fuera la de Santos.

Pero cuando Santos chico cayó preso y Santos dejó de ir a Mendoza, Silvana cedió a los mimos de un jaranero cuyas coplas hacían furor en la costa, un mulato de pestañas rizadas y hombros redondos llamado Jacinto Ríos, que respondía al nombre artístico de Antonio Namorado. Bailaba con un vaivén prometedor de buenos tratos de cama y era un perico sentimental, capaz de todos los arrumacos. Hizo feliz a Silvana y la puso, sin querer, en pie de guerra. En el pico de su aventura, Silvana le dijo a Santos:

—Me has guardado años en este pueblo como si te diera pena tu dicha. Ahora voy a salir yo. Voy a ir a tus terrenos como tú vienes a los míos. Voy a ir a la ciudad a mostrar lo que tengo y lo que soy.

Silvana vino a la ciudad como Cleopatra a Roma, en el marco de una feria musical de Mendoza creada por ella misma. Adelaida fue a encararla aquella vez y tuvieron una escena. La belleza de Silvana la agravió tanto como su vulgaridad. Adelaida no pudo ver en ella sino a una pueblerina orgullosa de sus caderas, con ínfulas de diva. Le pidió a Santos que la quitara de su vista. Santos vio la forma de que contrataran al jaranero en una estación de radio, le montó una gira, le consiguió una grabación, lo alejó de Silvana.

Silvana volvió a Mendoza doblemente herida por los falsos amores de Santos y de su jaranero. No penó gran cosa. En los meses siguientes sus amores con Santos tuvieron un renacimiento: Santos volvió a Mendoza encendido por los celos, con la prisa devota de los primeros tiempos.

12

La noche antes del viaje a la sierra, Rutilio me contó la historia de Martiniano Agüeros.

Había quedado huérfano muy niño, durante una redada de la policía contra su rancho, en la sierra. Un bando rival de sembradores de amapola había denunciado las siembras de su familia. Su padre resistió el asalto con una carabina. Cuando los tiros se le acabaron, su madre salió a pedir clemencia. La detuvieron, sacaron después al marido de la casa y los mataron a los dos, hincados, entre las matas de amapola de su predio. Martiniano ponía mazorcas en la troje, junto a la casa. Vio la escena por las rendijas de la troje. Salvó la vida zambulléndose en la pila de mazorcas y tapándose con ellas mientras los verdugos revisaban el sitio.

Huyó del rancho, vivió de la ayuda de parientes y amigos. Fue buhonero, iba por los ranchos de la sierra cambiando sal y tabaco por quesos y gallinas, que vendía después en los pueblos. Tenía dieciocho años cuando entró a la policía de Mendoza, la misma que había matado a sus padres. Lo llevó a la policía su primo Florencio, también hijo de la sierra, ayudante en esos días del jefe policial de la región. Martiniano era un muchacho esbelto, casi un niño todavía, lo mismo que el hijo del gobernador para quien buscaban guardián. Para eso lo reclutó su primo Florencio: el gobernador quería guardaespaldas para toda la familia. Martiniano fue asignado a la casa de gobierno como guardia del hijo del gobernador.

Cuando terminó el gobierno que lo había contratado, Martiniano era amigo del hijo del gobernador, a quien había salvado una vez y por quien se había jugado la vida tres o cuatro. Le ofrecieron algo en pago por sus servicios. Pidió la vigilancia de la sierra. Le fue concedida por el gobernador, quien se había acostumbrado a ver en aquel guardaespaldas rubio, suave de maneras, una especie de ahijado, parte del paisaje familiar.

Martiniano Agüeros regresó triunfante a la sierra. Desplazó a los sembradores rivales de su pueblo como ellos habían desplazado a sus padres. Arrasó sus plantíos y abrió nuevas barrancas al cultivo, con nuevos sembradores, bajo su protección. Fue intocable para los gobiernos que siguieron, deudores todos del gobernador que lo había nombrado. Aquel gobernador había sido amigo íntimo del presidente que echó a Santos de la vida pública, lo que quiere decir que había sido su cómplice. Fue también su imitador, el jefe de una pandilla de políticos que gobernó veinte años la región de Mendoza.

Martiniano creció al amparo de esa pandilla, como parte de ella. Bajaba la resina de la amapola a pequeños laboratorios de Mendoza con ayuda de la policía y del ejército. Mandaba después la goma al norte y la hacía cruzar la frontera con ayuda de las policías fronterizas. Dejaba en el camino dinero a montones y lealtades de hierro. En poco tiempo tuvo una red segura. Llegó entonces el tiempo en que los capos colombianos de la coca buscaban nueva rutas al norte. Les habían cortado el paso por el Caribe y su país les había declarado la guerra por matar en las calles a un joven ministro de justicia. Al saber de la red de Martiniano Agüeros, tocaron la puerta. Martiniano la abrió y ellos fueron a verlo a su rancho de la costa en Mendoza. Fueron agasajados con jaraneros, tequila y mujeres en una fiesta legendaria, que todos en Mendoza podían contar como si hubieran ido. Rutilio Domínguez entre ellos.

Según Rutilio, ahí se había pactado el auge de la región, el paso de la coca colombiana por Mendoza. Los colombianos pondrían la droga en la costa, los hombres de Martiniano

Agüeros la harían cruzar la frontera. El tráfico de cocaína fue más lucrativo que el de goma y mariguana. Menos frágil, también, porque venía refinada, en pequeños fardos; no tenía que sembrarse ni cosecharse, como la amapola, ni podía verse desde el aire, desde los helicópteros que buscaban plantíos para quemarlos.

Poco después del pacto de Mendoza, Martiniano movía cuotas de coca que sólo habían movido hasta entonces los colombianos. Tenía una red que empezaba en los Andes y terminaba en las ciudades del norte, la gran nariz del continente. Tenía dos bancos, una flotilla de avionetas, una red de pistas clandestinas, otra de telefonía. Su imperio no había hecho sino crecer. Llevaba varios años de ser el hombre más buscado por narcotráfico en la región. Al mismo tiempo, como podía decir cualquier lugareño, era el menos oculto, el menos acosado ciudadano de Mendoza. Aparecía en público, apadrinaba bodas y bautizos, era el anfitrión en su rancho de la costa de las carreras de la primavera.

Desde las seis de la mañana, antes de abrir el día, los hombres de Martiniano Agüeros me esperaron fuera de la casa de Rutilio. Subí a un coche que al doblar la esquina fue parte de un convoy de cuatro. Subimos una hora de asfalto y otra de brecha por las verdes cañadas, hacia las alturas húmedas de la sierra. Al final de la brecha había un rancho donde tenían listo un almuerzo y ocho caballos. Los hombres comieron en silencio, igual que habían venido por el camino, respondiendo sin abundar a mis preguntas. Me pareció que estaban felices, acaso porque habían llegado a su querencia: eran todos serranos. Dejaron sus armas en los coches como si empuñarlas ya no tuviera caso, como si pudieran ser menos cautos entre más subiéramos. Luego del almuerzo trepamos a caballo por veredas que nadie podía hallar si no conocía. De tanto en tanto podía verse la inmensidad del valle costanero abajo, entre las altas cimas redondas y boscosas de la sierra. Iban saliendo a nuestro paso pueblos y rancherías como callos del paisaje. En todos había un cierto festejo por nuestra llegada, y algo de comer o beber.

Llegamos por la tarde al pueblo de Agüeros, un caserío de tres mil pobladores, limpio, recién pintado, como a punto de estrenarse. La calle mayor empezaba y terminaba en dos grandes arcadas. Era una recta de adoquines con casas de muros blancos y techos rojos a los lados. Las calles tenían todas un trazo perfecto, hasta donde el pueblo terminaba. No había casa sin encalar ni calle sin pavimento. Todas las viviendas tenían luz y agua. Martiniano había electrificado el pueblo con su propia planta, alimentada por el cauce de un manantial vecino. Podían verse cada tanto elegantes farolas de bronce con globos redondos asomando a las fauces de dragones barrocos.

En las afueras del pueblo había un centro deportivo con un gimnasio bajo techo y una cancha de futbol. Sobre una loma que dominaba el pueblo podía verse la casa de cantera roja de Martiniano Agüeros, con una antena parabólica en la cima. Uno de sus ventanales miraba al pueblo, el otro hacia un terreno irregular, sembrado de amapola, en cuyos linderos podían verse una choza precaria y una troje. Frente a la troje había dos cúpulas de mármol. Eran las tumbas de los padres de Martiniano. Martiniano había conservado ante su vista la choza donde nació, la troje donde salvó la vida, el campo que habían sembrado sus padres y el lugar donde habían muerto.

Me dieron una de las dos recámaras grandes de la casa. Tenía su propia sala, un baño con tina de pórfido tan grande como una alberca. Todo el lugar era ostentoso, un monumento al dinero sin gusto vertido a manos llenas en muebles y herrajes, mármoles, maderas. Terminaba de darme un baño cuando oí el motor de la avioneta, nítido en el silencio virgen de la sierra.

—Se adelantó el patrón —dijo uno de los muchachos—. Lo esperábamos para mañana, pero ya está aterrizando.

Poco después se oyeron las camionetas frente a la puerta. Martiniano bajó en medio de un enjambre de cuidadores febriles, también sin las armas a la vista que eran su costumbre en la costa. Lo vi llegar por la ventana y fui a la puerta a recibirlo.

—Algo surgió, no iba a poder venir mañana —me dijo—. Así que vine hoy y me voy mañana, si no le importa.

—Está usted en su casa —le dije—. Y sus muchachos también. Los veo más confiados que en la costa.

—¿Sin armas, dice usted? —sonrió Martiniano. Se quitó la cazadora, la echó sobre uno de los sillones de cuero y fue hacia el bar—. Estos son mis terrenos. Aquí me cuidan las gentes, la fauna, hasta la flora. Yo soy de aquí como los reyes son de su castillo y los animales del monte. Libre como el viento. ¿Qué quiere tomar?

Pedí un whisky con agua. Él se sirvió medio vaso de coñac.

—Venga —me dijo—. Quiero que vea esto antes de que no haya luz.

Salimos al campo de amapolas y volvió a contarme su historia, con estas palabras:

—En aquella choza nací yo. En la troje me escondí cuando vinieron a matar a mis padres porque sembraban amapola. Los mataron donde están aquellos monumentos. Es el lugar donde los mataron. Yo lo vi desde la troje. Los echaron después en una fosa que no pude nunca localizar. De modo que esas no son sus tumbas, sino sus memoriales. Sus cuerpos andan en algún lugar de este campo o en las pendientes de los lados. Lo sigo sembrando para que lo sigan nutriendo y no dejen de rebrotar.

Me contó luego de sus negocios, con menos precisión que Rutilio, salvo en lo referente a su circo aéreo, donde se soltó las riendas. Cuando empezaba a describir la red de pistas clandestinas que tenía a lo largo de la sierra le dije:

—No me cuente de más. No me interesa la aeronáutica.

Cenamos entre historias de caballos, que eran su perdición. Me hizo contarle de mi amistad con Santos. Luego preguntó a bocajarro:

—¿Usted cree que Sebastián Rodríguez puede ser presidente?

—Hay una posibilidad —dije yo.

—¿Cómo le irá a estas tierras con su llegada?

—Depende de lo que pase en estas tierras —dije.

—Sin cambio ninguno —dijo Martiniano—. Así como están: con toda su gente, toda su fauna y toda su flora.

—Habrá líos con la flora —dije yo.

—¿Nada más con la flora?

—También con algunos vuelos de la aviación local —dije.

—O sea, con toda la zona —se rió Martiniano.

—Si eso es toda la zona, puede haber líos con toda la zona —dije.

—Lo que no se entiende bien de nuestra región —dijo Martiniano— es hasta qué punto todo lo bueno que pasa en ella viene de la negociación y todos sus líos vienen del pleito. No se entiende hasta qué punto esta región de hombres violentos es una región de gente que busca la paz. Aquí se puede pactar y negociar todo. Pero no se puede imponer nada. Dígale a su amigo Santos que yo sé hablar y sé pactar. Y que cuando quiera verme, mis puertas están abiertas para él.

Volvió las riendas de la plática a sus historias de caballos. Ya de madrugada, como si lo recordara de pronto, fue a la recámara y trajo el retrato de una mujer.

—Construyendo lo que usted ha visto perdí a esta mujer —me dijo—. Es la madre de Inés, fue la mujer de mi vida. Yo no puedo contar la historia sin que me gane la emoción. Usted y yo no somos todavía amigos suficientes para eso. Dígale a Rutilio Domínguez que se la cuente, que lo autorizo a ello. Usted entenderá mejor que nadie lo que la historia dice y también, ojalá, lo que no dice.

Vi en el retrato a Inés Agüeros con un peinado antiguo, los labios pintados en un corazón, la mirada como un tintineo de cristales, sin la trenza melancólica que había en los ojos de Inés, porque eran los ojos y el rostro de su madre.

Nos dormimos tarde. Me despertó el zumbido de la avioneta que se llevaba a Martiniano con la primera luz de la mañana.

Pasé cuatro días en la sierra, tomando notas de los pueblos y preguntándolo todo, en particular la historia de la madre de Inés. Muchos la sabían, en una o en otra versión, pero nadie quería contarla, como si fuera cosa de iniciados. Volví de la sierra bañado por una sensación de ligereza como la que dejan los sueños de vuelo, como si me hubiera limpiado de pesos al contacto de las barrancas de vértigo, los cielos claros, la gente libre de la sierra.

Rutilio me contó finalmente la historia de la madre muerta de Inés. En una de las guerras del narcotráfico, una pandilla venezolana la había secuestrado junto con su hijo menor, el hermano menor de Inés, de sólo cuatro años. Estaban de vacaciones en un balneario, al margen de los líos de Martiniano con sus socios. Inés estaba con su padre. Los secuestradores pidieron unas cargas de coca a cambio de los rehenes. Martiniano las entregó. A vuelta de correo recibió un fardo con la cabeza de su mujer y las manos cortadas de su hijo. Desató una cacería cuyo saldo final fue de veinticuatro ejecuciones. Desde entonces había radicado a Inés en Mendoza y no la dejaba salir de ahí, donde podía cuidarla, decía él, como si anduviera en el patio trasero de la casa.

Cuando fui a despedirme de Silvana, supe que ella también conocía la historia.

—Una solución hubiera sido que Inés y Salomón salieran de Mendoza —le dije—. Pero, por lo que veo, no podrán salir.

—No —dijo Silvana—. Ojalá pueda explicárselo a su amigo.

Mi informe descompuso a Santos.

—Todo eso le abre un flanco tremendo a Sebastián —me dijo—. Imagínate: el hermano del ministro enredado con la hija de un capo del narco.

—Ni la muchacha ni tu hijo andan en el narco —recordé.

—El narco anda en medio de ellos —dijo Santos—. No hace falta más. No me preocupa sólo la política. Me preocupa Salomón, me preocupa volverme rehén de Martiniano Agüeros, que me tenga agarrado por la bragueta de mi hijo.

—Los vi juntos un buen rato, a Inés y a tu hijo. No es un asunto de bragueta.

Me pidió que le hablara de Martiniano Agüeros. La historia del capo atrajo su atención más que mi idea sobre los amores de su hijo.

—No será fácil —dije al final de mi relato—. Es un hombre sin miedo y sin precio, dueño además de un mundo propio, que no cambiará por ningún otro.

—Voy a ir a verlo —decidió Santos—. Creo que debo verlo con mis propios ojos.

Al mes siguiente Santos Rodríguez fue a Mendoza en busca de Martiniano Agüeros. Cuando supo que Santos lo buscaba, Martiniano se ofreció a ir a su encuentro. Santos pidió ir al rancho de la costa, donde habían sido las carreras. Quería verlo en sus terrenos, para verlo de verdad.

Fue una reunión memorable, al menos en el recuerdo de Santos.

Hubo un prólogo de caballos y caminos, los caballos que Martiniano conocía, los caminos que según Santos necesitaba la región. Entraron al tema de la familia, luego al de la política. Martiniano dio el primer paso a fondo de la charla, tan a fondo que estuvo a punto de acabar con ella. Le dijo a Santos:

—Usted sabe muy bien que ha tenido protección en Mendoza contra sus enemigos del gobierno central.

—No pedí esa protección ni sé que la haya tenido —respondió Santos.

—Aquí ha vivido en paz y ha hecho una familia —dijo Martiniano.

—Mi familia es cosa mía —respondió Santos.

—La tranquilidad de su familia ha sido nuestra preocupación —dijo Martiniano.

—No me pase facturas de cosas que no he pedido —respondió Santos—. A nadie le pedí protección, ni puedo aceptarla a toro pasado.

—Usted no la pidió, pero la tuvo —dijo Martiniano—. Y yo fui el encargado de que la tuviera. Si no la notó, habrá sido buen trabajo. Juzgue usted por las consecuencias. Usted no recibió en Mendoza una sola molestia política. Ni siquiera un ataque de prensa. Cuando vinieron a preguntar aquí del supremo gobierno cómo vivía usted y qué hacía en Mendoza, no se les dijo nada, ni pasó un solo agente federal a cerciorarse de nada por él mismo. Nadie vino a investigar. Así fueron las cosas, le gusten o no, las sepa o no.

—Ni me gustan ni las sé —dijo Santos.

—Puede que no las sepa, pero las entenderá sin esfuerzo. Los señores que mandan aquí han sido miembros, y muy ilustres, de la pandilla del gobierno central, pero no han sido sus sirvientes. Usted fue un caso elegido para mostrarles allá que acá no se reciben órdenes. En todo caso se llega a acuerdos, y en determinados casos, ni eso. Los casos no importan mucho, lo que importa es pintar la raya y que la respeten, si me entiende usted.

—Entiendo —dijo Santos—, pero no reconozco esos tratos. Sencillamente porque no los hice. Mis tratos con usted han de empezar ahora o nunca. No puedo asumir tratos que no hice.

—¿Y qué tratos quiere ahora? Dígalos bien claro, para que no podamos olvidarlos luego.

—No es un oferta de tratos —dijo Santos—. Es una oferta de estilo.

—¿De qué estilo habla usted? —preguntó Martiniano

Santos sacó la baraja que llevaba en la bolsa de la cazadora, la extendió sobre la mesa, la recogió, la hizo pasar como un acordeón entre sus manos.

—As de diamantes —dijo, sin ver la carta, y echó el as de diamantes sobre la mesa—. Dos de corazones —y echó el dos de corazones—. Reina de tréboles —y echó la reina de tréboles.

Martiniano Agüeros sonrió, gratamente avasallado, como un niño.

—Es posible —dijo Santos—, sólo posible, que en un tiempo cercano por venir estemos en condiciones de hacer esto con la política del país.

—¿Estemos, quiénes? —preguntó Martiniano.

—Nosotros, mi familia —dijo Santos—. Y usted si quiere. Podremos hacer todo con la baraja, pero no en un casino ilegal. Menos aún si el casino vende drogas. ¿Me explico?

—Entiendo —dijo Martiniano—. Pero no me gusta.

—La única limitación de esta baraja es que todo lo que salga de ella debe ser legal —repitió Santos—. Si usted llena ese requisito, puede pedir la carta de la baraja que quiera. Si no, no puede pedir. Y en lugar de un *dealer* va a visitarlo un policía.

—Nos acabamos de conocer y ya me amenaza usted —se rió Martiniano.

—No lo amenazo, le hago una oferta.

—Véalo desde mi lado —dijo Martiniano, sonriendo todavía—. Desde mi lado, lo que yo veo es que usted no escarmienta. Comparado conmigo, no ha hecho usted un negocio chueco en toda su vida. Vaya, ni siquiera uno digno de sospecha. Pero lo trataron como delincuente años, hasta que hace poco le llegó la tregua. Yo me he saltado todas las trancas y soy el señor de Mendoza y sus alrededores. Ahora dígame: ¿qué convino más? ¿Su baraja legal o mi ruleta clandestina?

—Mi baraja legal —dijo Santos—. Porque ahora es posible, sólo posible, que podamos resultar dueños legales de la baraja. Lo que le digo es que en esa baraja no hay lugar para su ruleta clandestina. Si la baraja cae en nuestras manos, las ruletas clandestinas van a ser perseguidas.

—Sería un acto poco amistoso dada nuestra mutua afición por el juego —sonrió Martiniano.

—Así será —dijo Santos.

—Pues va a ser muy rudo —dijo Martiniano—. Usted me pide que cambie mi vida.

—Eso le pido, efectivamente. Que cambie de vida.

—Pero a mí me gusta la vida que llevo —dijo Martiniano—. Toda ella, incluidos los riesgos. Si no es que con los riesgos en primer lugar.

—Lamento que no le vea el flanco bueno. Dicho esto, hay otro pacto que me interesa de usted.

—El que quiera —dijo Martiniano.

—No sé qué vaya a pasar entre sus giros actuales y el gobierno. Anticipo que nada bueno, como le he dicho. Pero tengo un hijo metido hasta el corazón de su familia, y queriendo ir más adentro.

—Que vaya tan adentro como quiera —dijo Martiniano con una carcajada—. Si mi hija lo deja.

—No me refería a eso —dijo Santos, riendo también—. Discúlpeme el albur involuntario.

—No sólo se lo disculpo, se lo agradezco —dijo Martiniano—. Salomón es mi orgullo de suegro. Aquí en mis dominios, se inclina a su paso hasta el ganado, si me entiende usted. ¿Qué tiene que ver su pacto con Salomón?

—Con Salomón y con Inés —dijo Santos.

—Y con Inés —aceptó Martiniano.

—Inés y Salomón no tienen por qué vivir ni penar nuestras vidas —dijo Santos—. Pase lo que pase, dejémolos fuera de esto.

—Para mí están fuera —dijo Martiniano.

—Usted sabe muy bien que no. Están adentro como el que más. Viven en el centro de este mundo.

—¿Y qué quiere usted que hagamos, si de aquí son? ¿Quiere que los enviemos al extranjero? ¿A estudiar museos? ¿A aprender finanzas? Yo no puedo cuidar a mi hija si no la tengo al alcance de mi gente. Inés no puede salir de aquí.

—Salomón no puede vivir aquí —dijo Santos.

—Él decidirá —respondió Martiniano.

—Decidiremos nosotros —dijo Santos.

—Yo no —dijo Martiniano.

—Yo sí —dijo Santos.

—Adelante con su decisión —dijo Martiniano.

Santos no supo qué más decir, entendió que la cosa había llegado a un punto muerto.

Martiniano se paró, fue al bar, sirvió dos copas de coñac, volvió, puso una copa frente a Santos.

—Bueno, consuegro —le dijo—. Nuestro encuentro ha sido un total fracaso, pero no quisiera olvidarme de sus talentos. Hágame otra vez el juego de las cartas.

—Con gusto —dijo Santos.

Hizo el acordeón de nuevo y fue echando las cartas anunciadas sobre la mesa:

—Rey de diamantes —dijo, y echó el rey de diamantes—. Rey de tréboles...

Echó después los otros reyes hasta que estuvieron los cuatro abiertos sobre la mesa. Luego puso las cartas en la palma de Martiniano.

—Aquí está el resto de la baraja —le dijo, sosteniendo el mazo con su mano derecha—. A ver si encuentras cómo matar ese pócar de reyes, entendiendo que en esta baraja ya no quedan los ases —y mostró a Martiniano los cuatro ases de la baraja en un abanico de su mano izquierda.

—Me gusta el tuteo, consuegro —dijo Martiniano—. Al menos eso hemos ganado en esta reunión. Aprovechando la confianza digo esto: no te preocupes por tu muchacho. Antes caeré yo que algo le pase.

—Yo arreglaré que nada le pase antes de que caigas —dijo Santos.

Esta fue la única conversación que tuvo Santos Rodríguez con Martiniano Agüeros. Cuando Santos me contó la escena, le pregunté:

—¿Esperabas convencerlo de algo con esos argumentos?

—No —respondió Santos—. Quería dejarle claro que le tendía un puente y no lo aceptó.

—¿Será la guerra entonces?

—Si hace falta, será la guerra.

13

Difícil o imposible describir un país. No es una cosa clara, es una teoría de nuestros afectos, una ilusión de mapas y orgullos que aprendimos en la escuela. En los tiempos de que hablo, el mío era un estruendo de cambios silenciosos. Estaba partido en dos, o en diez, preguntándose quién era. Había abierto sus puertas a todas las plagas de la modernidad, pero tenía el ombligo viejo, cosido a sus siglos inmóviles. Era todas las cosas que había sido y algunas de las que deseaba ser, indio en sus pérdidas, blanco en sus privilegios, mestizo en sus tristezas, gringo en sus negocios, europeo en sus letras, conquistador en sus sueños, conquistado en sus penas de pueblo llano, resignado de sí. Perseguía su propia sombra confundiéndose con ella. Era futurista en el día y tradicional por las noches, seguía sintiéndose una aldea originaria pero era ya un solo airón de ciudades en marcha llenas de muchachos morenos, callados, perdidos, trasplantados, nómadas. Aparecían estadios, hoteles, autopistas, puertos en las bocanas de los ríos, trampas de cría de peces en los lagos, cadenas de hoteles en antiguas caletas. En las cuencas del golfo quemaban gas toda la noche las plataformas del petróleo. Pirámides prehispánicas eran rescatadas de los bosques con planes de inversión que sellaban el orgullo nacional y daban rentas turísticas. Una ola de sátira en las letras y feísmo en las artes rompía los muros del realismo cómodo, el folclor patriosublime que había sido marca de la casa de nuestra república, sabia en todas las formas de falsa autoctonía.

Cuando empezaron a decir que Sebastián y los suyos

querían tomar por asalto el país, yo pensé que lo que hacían en realidad era subirse a los cambios que ya habían llegado y nadie quería ver. Querían, en todo caso, darles nombre a esos cambios, su nombre, hacerlos suyos y multiplicarlos con vigor despótico, como si no supieran bien, tampoco ellos, que los cambios tenían ya su propio paso y ellos iban sólo acompañándolos.

Sebastián abrió el gobierno de Urías como jefe de asesores del presidente. Su misión fue crear una oficina de control del gabinete. El presidente en aquella república era el jefe de todo en teoría, pero en los hechos cada secretario hacía y deshacía a su gusto, nadie podía probar la verdad o la falsedad de sus dichos, cotejar sus cifras o seguir sus pasos por las cuevas laberínticas de una burocracia arcaica. Era célebre el caso de un secretario que, luego de seis años en el puesto, en la última semana de su mando tuvo el primer acuerdo con el director de una oficina del ramo que no conocía.

Sebastián y su tribu crearon una red para vigilar al gobierno desde la casa presidencial. Fue la primera en su tipo. Rubén Sisniega puso las reglas de lo que se llamó desde entonces el gabinete económico, Juan Calcáneo las del gabinete social, Itza Sotelo las del viejo gabinete político. Tenían un buró de opinión pública, otro de prensa, otro de prospectiva. Supe de todo eso por ellos mismos con un asombro indulgente. Santos fue bastante más duro, creyó ver en todo un síntoma de falta de instinto político de Sebastián, quien iba a dedicarse, según Santos, a hacer juegos de escritorio en vez de a manejar la realidad.

Lo cierto es que aquellas redes de números fríos y datos cruzados fueron grandes armas políticas. Hubo por primera vez en la casa de gobierno un cuadro de costos y beneficios del ejercicio del poder. La oficina de Sebastián lo medía todo: la eficacia del gabinete, el pulso de la opinión pública, los gastos superfluos, los gastos necesarios. En su malla caían, tarde o temprano, todos los peces grandes del fangal burocrático.

Los diagnósticos de la oficina de Sebastián se volvieron una adicción para el presidente. Tenía a través de ellos una visión clara, o al menos la apariencia de una visión clara, de los problemas que debía resolver, su tamaño, su costo, sus tiempos. La adicción de Urías le dio a Sebastián el peso en la realidad que Santos echaba de menos. Su oficina fue pronto la de mayor tráfico del gobierno. Todos los hilos llegaban a ella, todas las cosas de cierta monta se veían ahí, a sabiendas de que no pasarían con Urías sin el visto bueno de la "tribu persa". Así llamó Galio Bermúdez a Sebastián y a sus amigos, la "tribu persa", en doble alusión a su poder despótico y su rampante extranjería. Venían en verdad de otro lado. Podían por ello, como los persas del clásico, mirar sin velos las taras de su medio, aprovecharse de ellas para cumplir su vocación, altanera y exótica, de cambiar a fondo las cosas del país al que amaban y despreciaban por partes iguales, como todos los reformadores.

Era una nueva camada de déspotas ilustrados, nietos de ilustres ancestros, dispuestos a sacudir el país viejo y su identidad de andrajos, el país moroso, lento, inmemorial, sobre el que caía la modernidad como las bombas sobre los volcanes, arañándolo sin alterarlo, rompiendo su piel sin tocar su fondo.

Supe en persona de la fuerza de los informes de esa oficina el día que Sebastián vino a verme a la casa que conservaba como despacho. En esa casa había vivido mis pocos años de casado y no quise vivir los de viudo, razón por la cual tomé un piso frente al bosque, el único de la ciudad, en una calle que fue apacible un tiempo, y dejé la casa como biblioteca. Iba a ella a trabajar y a leer, más a leer que a trabajar, por las mañanas y un poco en las tardes, mientras había luz natural. La luz del día bañaba por un lado la bien orientada casa y me traía recuerdos diáfanos de mi vida en ella, a diferencia de la noche, que los traía melancólicos y afantasmados.

Sebastián llegó con el trajín de escoltas que eran su cortejo desde que Urías tomó el poder. Me saludó mansamente, con el supremo encanto de sus maneras, infinitamente capaces de sugerir proximidad y afecto. Pagó el tributo de inspección debida a las fotos de las paredes, que repetían la efigie risueña de mi mujer, y el tributo de curiosidad a los libros que estaban sobre mi mesa de trabajo.

—Cada vez más clásico —me dijo, traduciendo con la mirada socarrona: "Cada vez más viejo"—. Quisiera venir un día a leer sus subrayados, tío.

Adquirí joven la mala maña de subrayar líneas y pasajes de los libros para leerlos después en mi propia antología. Santos solía memorizar mis subrayados para decirlos luego en fiestas y reuniones, con lo que daba un golpe casual de personaje del renacimiento. Sebastián tuvo también una época en que venía a verme y se sentaba a leer mis subrayados para impresionarme luego con ellos, visto que, por lo general, se me habían olvidado.

Luego de aquellos saludos, Sebastián tomó asiento y puso entre nosotros las carpetas que traía bajo el brazo. Eran dos informes de la oficina de seguridad, experta hasta entonces en grabar el teléfono de amigos y enemigos del gobierno. Sabían así algo de sus humores políticos y casi todo de sus debilidades humanas: secretos, negocios, vicios, mujeres, toda la bisutería de vida privada que puede convertir las faltas de un pecador promedio en un escándalo público de proporciones legendarias. Uno de los informes era sobre mi viaje a Mendoza. Incluía fotos de la carrera de caballos en la hacienda de la costa de Martiniano Agüeros. El otro informe era el expediente criminal de Martiniano.

—De acuerdo —dije, luego de hojear los expedientes—. ¿Qué quieres saber?

—Quiero saber lo que pasa ahí.

—Puedo decirte muy poco que no sepas —murmuré, barajando con el pulgar las hojas de uno de los reportes—. En todo esto, no hay novedad para ti.

No la había, en efecto. Sebastián estaba al tanto de la familia de su padre en Mendoza. Era una de sus complicidades con su padre, una complicidad que no tenían sus hermanos, enterados sólo en lo general de las faltas de Santos, el hombre con el que habían vivido sin penetrar en sus secretos. Sebastián había cruzado ese umbral hasta tener con Santos un trato de amigos y compinches más que de hijo y padre.

Cuando Silvana, para fastidiar a Santos, vino a la capital con Antonio Namorado, Sebastián se acercó al asunto con ánimo festivo, no como el guardián de los derechos de Adelaida —papel que asumió Santos chico, retirándole la palabra a su padre durante semanas—, sino como el amigo joven que comparte los desarreglos amorosos del amigo viejo, y hasta los celebra como promesa de futuras correrías comunes.

Sebastián frecuentó a Silvana en esa temporada. De hecho, fue él quien sugirió a su padre lo que acabaron llamando la "solución laboral" del *affaire*, es decir, buscar para Namorado aquellos trabajos en la radio que le cumplieran otras tentaciones y lo alejaran de Silvana. Sebastián mismo cerró la puesta en escena hablando con Namorado para hacerle ver que los amores de su padre con Silvana eran asunto de salud familiar, vale decir, de la seguridad del estado. El cantante tomó nota de los riesgos nacionales de su amor, dijo adiós a Silvana en una escena de vidas rotas por el destino y se fue de gira. Silvana volvió a Mendoza y poco después Santos fue tras ella. A partir de entonces, Santos y Sebastián hablaban libremente sobre la familia Rodríguez de Mendoza. Sebastián preguntaba sin falta por su hermano. "Mi hermano de Mendoza", decía, sin que se colara en su dicho la menor sombra de ironía, estigma o desconocimiento.

—Con relación a la familia, no hay novedad —dijo Sebastián—. Pero de los tratos con Martiniano Agüeros no estaba enterado.

—No hay que ver cosas de más en esos tratos —dije, sin convicción.

—Las cosas de menos ya serían preocupantes, tío —alegó Sebastián—. Me van a caer encima como un saco de sapos. Pero lo que vengo a preguntarle no es eso. Lo que quiero saber es lo que pasa dentro de mi padre.

—¿En relación con Mendoza?

—No —dijo Sebastián, ahorrándose esta vez el gesto afable para mostrar sólo el ceño duro—. En relación con mi hermano.

—¿Qué te preocupa en relación con tu hermano? —pregunté.

—He pensado siempre que mi padre y yo tenemos una complicidad. Una preferencia. De pronto, percibo en esto una preferencia por mi hermano de Mendoza.

—¿En qué la percibes?

—Lo que sucede con mi familia de Mendoza es una situación de riesgo para mí, tío. No tardará en explotar en la prensa.

—¿Y?

—Mi padre no me ha dicho una palabra de ese riesgo.

—Quiere arreglarlo sin decirte.

—Siempre hemos arreglado las cosas hablándolas —dijo Sebastián—. Pero esta situación, la más íntima, la más peligrosa, me la oculta.

—No es así —dije.

—Defiende a mi hermano de Mendoza por encima de mí

—cortó Sebastián. Su rostro se encendió—. Para cuidarlo a él me oculta las cosas, me descuida a mí.

—No es eso —insistí.

—Usted sabe que es eso —dijo Sebastián—. No me consuele con medias verdades. De hecho, sus medias verdades me confirman que mi padre ha preferido en esto a mi hermano de Mendoza.

—Nadie tiene en la cabeza de tu padre mayor espacio que tú —le dije.

—¿Y en su cariño, tío? ¿Quién pesa más en su cariño?

—También tú —mentí.

—Usted sabe que no —dijo Sebastián.

La mano que tenía puesta en la mejilla empezó a temblar.

—Digo lo que sé —murmuré.

—Dice lo que debe decir —sentenció Sebastián.

—Lo que sé —repetí, pero no pude sostenerle la mirada.

Por lo demás, los hados sonreían.

En la oficina de la tribu persa nació la oleada reformista que sacudiría al país en los años siguientes. Se ha dicho que el líder de sus contemporáneos debe alzarse por encima de ellos, pero también cerca de ellos. Sebastián y su grupo se alzaron lejos, apuntando con fuego de descubridores más allá de la vista de todos, hacia una tierra que sólo ellos veían con claridad. "Hay que modernizar este país", repetían Sebastián y sus amigos. A sus escritorios llegaban muestras sin fin de las prácticas viciosas que probaban su dicho.

En los primeros meses de gobierno, Rubén Sisniega recordó como nunca el caso de la viuda del general Perales, concesionaria única de la venta de chile del país, de la que siempre hablaba Santos. Sisniega se topó con más de treinta monopolios invisibles atados a prebendas oficiales. Un solo proveedor vendía las medicinas para el sistema de salud, un solo impresor sellaba la papelería del gobierno, una familia le vendía los útiles de oficina, sólo una casa comercial tenía permiso para importar vinos de mesa, otra para importar vísceras, otra para tramitar permisos aduanales en los puertos. Detrás de cada exclusividad había un favor político; detrás de cada favor, una fortuna.

Al año de gobierno de Leopoldo Urías murió de un infarto mesentérico el presidente que había perseguido a Santos. El cortejo fúnebre fue un desfile de prebendas. No faltó a la cita fortuna ni prestigio, líder ni bataclana del elenco nacional. Tampoco faltó Urías, desde luego, con todo su gabinete. Se rindieron honores de prócer al fundador de la república mafiosa en que chapoteábamos todos, tratando de cambiarla unos, tratando de exprimirla los más, atentos unos y otros al rigor de sus reglas no escritas que llevábamos grabadas en el alma como una marca de herrar. La muerte del fundador tuvo fuerza de símbolo. Sugería el fin de algo, el inicio de otra cosa. La república presente en el duelo lucía más satisfecha por el botín logrado que triste por la pérdida sufrida. Mientras corrían los discursos inventando las glorias del muerto, Sebastián dijo al oído de Juan Calcáneo:

—Todo eso que elogian es lo que hay que desmontar.

Repitió la frase en el almuerzo familiar del mismo día.

—Hablas de "todo eso" como si fuera un bosque muerto —dije yo—. Pero no es un bosque muerto. Chueco o derecho, "todo eso" es el país.

—Más bien chueco, tío —respondió Sebastián, con su domada malicia de rostro afable y fondo radical—. Habrá que enderezarlo, aunque les cueste.

La idea de que los costos serían para otros, para *ellos*, me hizo sentir que el espíritu de cambio hablaba por la boca de Sebastián tanto como el de venganza. Había tenido el placer de ver pasar el cadáver de su enemigo frente a la puerta de palacio nacional, que ahora era su casa. Pero no había en su cabeza sino el propósito de completar ese funeral: desmontar todo lo que el muerto había creado.

14

La modernidad no es un lugar que se alcance, es un punto de fuga en continua expansión. No se elige al gusto, como en un catálogo de cortinas. En realidad, es una furia que viene de todos lados imponiendo su lógica con una violencia floja que acaba siendo la peor de todas, la más difícil de resistir. Crea tanto como lo que destruye, y destruye antes de crear.

La pasión modernizadora de Sebastián y su tribu no venía tanto de su formación cosmopolita y extranjerizante. También, sobre todo, del trato diario con la colección de ruinas públicas en que se había convertido la república. En todos los renglones de la vida nacional que sus controles mostraban, Sebastián y su tribu no veían sino ruinas; ruinas en potencia o ruinas en acto, ruinas que necesitaban tiempo para mostrar su verdadero estado y ruinas que ya lo eran, disfrazadas sólo por subsidios o desinformación, por complicidad política o por simple vergüenza de mostrarlas al público, lo cual era una desvergüenza. Nadie había querido mostrar las quiebras, todos habían encontrado la manera de pasarlas al sucesor, quien las había asumido sin chistar, multiplicando el costo del silencio para el siguiente gobierno.

Ninguna ruina era tan clara como la de las finanzas públicas. Urías había recibido el poder junto con una hipoteca de inflación, devaluación y deuda que le impidió hacer nada al principio de su gobierno, aparte de cortar gastos y frenar dispendios. El hábito mayor de los políticos de nuestra república era gastar. De todos los rumbos del gobierno se recibían exigencias de más dinero para mantener en pie maltrechas torres burocráticas. Los acuerdos de Urías con sus colaboradores tendían a repetir la misma escena: le llevaban planes urgentes que requerían fondos extraordinarios para desmontar conflictos inminentes. Cada acuerdo con el presidente era un desacuerdo. Las necesidades de los colaboradores resultaban siempre muy superiores a los recursos del jefe.

La tarea de cortar y apretar el gasto público recayó, por petición propia, en la oficina de Sebastián, cuyo equipo fue el único que en los inicios de gobierno le ofreció a Urías soluciones, aunque fueran duras, y esperanzas, aunque fuera sólo la promesa de una luz al final del túnel. Urías convirtió la oficina de Sebastián en aduana obligada de sus colaboradores, para que perdieran ahí las ilusiones y dejaran de traerle al escritorio cosas que era inútil discutir porque era imposible financiar. "Vean con Sebastián lo que es viable, para no amargarnos el poco rato que estamos juntos", decía a sus ministros. En la oficina de Sebastián, los miembros del gabinete aprendieron a preparar sus acuerdos bajo un espíritu no peticionario, poniendo en blanco y negro no lo que iban a hacer, sino lo que iban a dejar de hacer. No estaban para gastar sino para sanear las finanzas de sus ministerios.

Los cortes del gasto público fueron rápidos y a fondo, tanto, que antes del segundo año se abrió en el horizonte del gobierno de Urías un cuadro de fin de la austeridad. Sebastián y su tribu fueron los primeros en percibirlo y en abrir las llaves. Lo hicieron con rigor técnico y con partidismo político, quitándole las trabas a quienes habían colaborado con ellos en la etapa de contracción, y no a quienes los habían combatido en la prensa como una pandilla tecnocrática sin sensibilidad social, más interesada en el equilibrio de sus cuentas que en el bienestar del pueblo.

Hubo otra vara también para medir lealtades en los tiempos difíciles y premiarlas al fin de la austeridad. Fue la apertura que ministros y gobernadores tuvieron a las sugerencias de

Sebastián para nombrar segundas y terceras manos en sus dependencias, gente que hablaba el mismo lenguaje de la tribu sebastianita y garantizaba una fluida comunicación con ella.

La pandilla de jóvenes educados y cosmopolitas de Sebastián pareció multiplicarse en esos años, como si Sebastián y sus amigos tuvieran un aparato reproductor para los puestos intermedios del gobierno federal, sobre todo para las dependencias económicas. Estas fueron los blancos de la propagación burocrática. La tribu persa creía a pie juntillas, con el aforismo de Rubén Sisniega, que las batallas se ganan en la política pero la guerra en la economía.

Sucede de tanto en tanto que los relojes se ponen a tono con una anticipación generacional y las modas embonan con los gustos de quien viene desafiando las certidumbres de los demás. Al desplegarse, aquellos jóvenes ubicuos, dedicados a la tarea política primigenia, siempre actual, de controlar el dinero público, fueron comiéndose a una generación intermedia, atrapada en los viejos modales de la contención y la mesura. Tenía esa generación tantas ambiciones como la de Sebastián y mayor experiencia, pero tenía anclas en el pasado que le impedían volar, tomar riesgos, dejar la manada atrás. Habían aprendido que en seguir la manada estaba su acceso al futuro, pero en la manada estaba sólo el lastre de las cosas como son, distintas por naturaleza de lo que habrían de ser adelante, en el futuro que el país buscaba a tientas, tan ignorante de sus impulsos como inequívoco en su vocación de cambio.

Tal como anticiparon Santos y Sebastián, el asunto de Mendoza llegó a la prensa. Guardo en mis archivos los recortes de aquella primera andanada. Voy a resumirlos más que a citarlos, pues obedecían en su diversidad a un mismo formato que los enterados podían oler a la primera hojeada. Era el formato conocido de las ofensivas políticas de prensa en las que era virtuosa ejecutante nuestra república.

El recital empezó con la columna de un viejo colega, identificado desde siempre con la familia Rodríguez. Se rasgaba las vestiduras por el malintencionado rumor que vinculaba a Santos con un barón del narcotráfico en Mendoza. Describía las propiedades cafetaleras de la familia Rodríguez en Mendoza y limpiaba de toda sospecha el apellido, atribuyendo el rumor al deseo de manchar la carrera política de Sebastián, estrella emergente del nuevo gobierno.

Aquella historia, dicha en favor, detonó la secuela de historias en contra. Una revista de escándalo político trajo la siguiente semana retratos de las propiedades de Santos en Mendoza y noticias de su otra familia, cuya existencia se planteó como un rumor que nadie había confirmado en la región. Junto a la nota sobre Santos, en la misma revista, salió un reportaje de los ranchos y la leyenda de Martiniano Agüeros. Los diarios se hicieron eco de ambas cosas y empezaron a manejarlas a partir de entonces como piezas de la misma información, de modo que el nombre de Martiniano y el de Santos aparecieron juntos, en adelante, como partes del mismo caso.

—Cuando aparezca el rumor de la entrevista de mi padre con Martiniano, sabré quién está detrás —me dijo Sebastián a la vista de los primeros recortes—. Pero necesito informar de todo al presidente, antes de que se entere por la prensa. Dígame si hay algo que me falta saber.

Le faltaba saber la historia de Inés y Salomón, mi creencia de que aquella pareja iría más lejos de lo que pudieran marcarle las conveniencias políticas. Le conté mis impresiones y lo invité a hacerse a la idea de que habría que vivir con eso abierto.

—Eso lo arregla mi papá, si quiere —dijo Sebastián—. Basta que quiera. ¿Usted cree que querrá?

—Querrá —le dije.

—¿Usted puede pedírselo por mí?

—Por él también —le dije.

—Yo me encargo de vacunar al presidente. Usted vacune a mi padre.

Entendí que le costaba menos desafiar al presidente que a su padre. Encarar a su padre era impensable para él. Pero la vida es una guionista adversaria y la escena que Sebastián temía tener con Santos, la tuvo a plenitud una noche inesperada.

Sebastián había ido a visitar a Adelaida tarde en la noche, confiando en que su padre no estaría, pues había temporada de ópera, a la que Santos no sabía fallar, sobre todo si estrenaban por enésima vez *La Bohemia*, como era el caso. De *La Bohemia*, decía Santos: "Casi no necesito que la canten o la toquen. Me hace el efecto con sólo saber que es eso lo que puedo estar oyendo. Igual que Silvana, a veces. No necesito que me consienta o me acaricie. Con sólo tenerla cerca, la memoria de los buenos tiempos hace el trabajo por ella. Astucias de la vejez".

La función de esa noche fue tan desastrosa que Santos dejó la sala al terminar el primer acto. Cuando entraba a su casa se cruzó con Sebastián, que salía.

—¿Vienes a escondidas? —le preguntó, con malhumor casual, resto del naufragio operístico.

—Se esconden otros —respondió Sebastián, que tampoco estaba de buen talante.

Venía de ver a su madre. La había encontrado cansada y lenta, un tanto harta de su edad, lo suficiente para inducir en Sebastián la triste epifanía de todos los hijos que llegan al día de ver a su madre vieja por primera vez, comida por el tedio anticipatorio de la muerte.

—¿A qué te refieres? —devolvió Santos.

—Tú sabes a qué me refiero —dijo Sebastián—. Te lo habrá contado mi tío.

Yo le había contado a Santos mis escenas con su hijo de la capital tan acuciosamente como las de su hijo de Mendoza. Él, por sus propias razones, había decidido no oírlas del todo.

—Algo me contó —dijo Santos.

—¿Y algo habrás hecho? —avanzó Sebastián.

—Nada.

—¿Pero algo harás? —dijo, casi ordenó, Sebastián.

—No sé qué pueda hacer.

—Ponerte de mi lado —ordenó Sebastián.

—Siempre he estado de tu lado —contestó Santos.

—No esta vez —dijo Sebastián—. Esta vez estás del lado de tu familia de Mendoza.

—No es así —dijo Santos.

—La forma en que lo niegas lo confirma —concluyó Sebastián.

La rabia le cerró la garganta y no pudo hablar más. Salió atragantado de la casa de sus padres. Hizo detener el coche en la verja de entrada, se asomó por la puerta y vomitó.

Me lo dijo al día siguiente, en un aparte de la junta a la que Santos no acudió. Durante el resto de la junta, viendo a Sebastián dar instrucciones, pensé que lo que hubiera debido vomitar aquella noche era ya parte inseparable de él, el pacto firmado con su padre a lo largo de los años.

Santos me culpó de su escena con Sebastián, como si yo hubiera sembrado en su hijo aquella rabia por haberle explicado de más, o de menos, las cosas de Mendoza. Tal cual:

—Algo de más o algo de menos debes haberle dicho —me dijo—. Su reacción no es natural.

—Algo de menos habrá sido —apunté yo—. Pero déjame decirte esto de más. Lo antinatural de la reacción de Sebastián es que se la haya aguantado hasta ahora, luego de descubrir que él podrá ser presidente, pero tú prefieres al hermano.

—No hables de más —dijo Santos.

—Puedo no añadir una palabra —añadí—. Eso en nada cambiará el enredo, cuyo verdadero inconveniente es su absoluta claridad.

—¿O sea?

—O sea que prefieres a Salomón.

—Yo no he elegido eso —se revolvió Santos—. No tengo que elegir entre mis hijos.

—No elijas entonces —sentencié—. Equilibra.

—Tengo que hablar con Salomón —urdió Santos—. ¿Qué es, según tú, lo que tengo que decirle?

—Que espere —definí—. No es pedir demasiado y será lo primero que le pidas en la vida, a diferencia de sus hermanos, a los que les has pedido tanto.

—¿Qué les he pedido a sus hermanos? —preguntó Santos.

—Les has pedido a tus hijos lo más terrible que se le puede pedir a alguien —dije—. Les has pedido que triunfen.

Se quedó pensando un rato y dio por terminada la entrevista. Me llamó días después para decirme que se iba a Mendoza.

—Voy a hablar con Salomón, como quedamos —me dijo.

—¿Decidiste qué vas a pedirle? —me entrometí.

—Que espere —dijo—. Y algo más que eso.

"Siempre algo más", pensé entre mí, y le deseé buen viaje.

Una ola de inconformidad me bañó en aquellos días pensando que Sebastián hubiera podido ver a su madre como no la veía yo: en el inicio de su vejez. Para mí, la Adelaida de aquellos días estaba envuelta en un aura de juventud. Acaso porque no la tomé cuando pude, la seguía conservando fresca, detenida en mis deseos, resistente a los años.

La vida se había ido como las buenas fiestas, rápido, y dejando pocas huellas. Pero en la mujer que había empezado a cubrirse los brazos con vestidos de manga larga, a moderar las cascadas de su pelo con cortes a la oreja, yo seguía viendo a la danzante aérea de la fiesta de otros tiempos, con las hermosas clavículas y los brazos al aire. Adelaida conservaba de aquellos tiempos idos una infatigable alegría doméstica. Mantenía una distancia aristocrática frente a los estragos del tiempo en su rostro y en su cuerpo. Aceptaba los daños exteriores sin someterse a ellos en su fuero interno, como la mayoría de los viejos jóvenes.

Adelaida no era ajena, en absoluto, al ajedrez que Santos jugaba con sus hijos. Aunque en esto también, como en la evidencia de sus mujeres y de su otra familia, había optado por una rendición suave, una rendición para uso externo. Había elegido su propio campo de batalla incitando bajo cuerda la ruptura de sus hijos con la megalomanía de Santos. Era la arquitecta secreta de la fuga de Salvador al paraíso del violín, y del motín burriciego de Santos chico, a quien prefería en la rebelión que en la política. Los triunfos de Sebastián eran su fracaso íntimo, la prueba de que Santos había prevalecido. Esa era la vejez que venía a su rostro, el desencanto sin retorno, cuando Sebastián venía a verla a solas y ella anticipaba las penas que caerían sobre su hijo, lo mismo en el triunfo que en la derrota.

La experiencia de Santos le había enseñado que no hay nunca verdadera ganancia en el negocio de gobernar a los demás. Aun el triunfo traía en esos asuntos la extraña penitencia de tener que retirarse de la ambición luego de verla cumplida. Su escepticismo en la materia era el centro de las pasiones de su casa, se trasminaba al resto de las cosas, de modo que, junto a su alegría, había siempre una sombra de distancia y, junto al optimismo contagioso de su vida diaria, acechaba siempre un desengaño a punto de decir su nombre. Aquella mezcla de buen ánimo para cada día y radical desconfianza de la suma de los días, la mostraba sabia ante mis ojos y desconcertante para Santos, que no gustaba de ver desafiados sus propósitos, aun si esos propósitos no eran claros para él.

Como tantos maridos viejos, Santos había perdido la perspicacia y el encanto frente a su mujer. Para Adelaida era cada vez más claro, rencorosamente claro, que Santos había trazado desde el inicio un rumbo familiar y lo había mantenido sin cambio aun cuando, en el camino, el rumbo elegido hubiera perdido su sentido para él. Ya que no pudo evitar que Sebastián tomara ese camino, Adelaida decidió no premiarlo por sus logros. Las visitas de Sebastián a su madre adquirían por ello un tono agrio y seco, de voluntades fuertes peleando en la sombra.

El escándalo de la prensa por el lío de Mendoza alegró a Adelaida en el fondo, aunque la descompusiera en la superficie. En los cables cruzados que anudaban su vida, las malas noticias sobre el futuro político de Sebastián eran buenas noticias para ella. Vivía en un mundo sin arreglo, donde los triunfos de Sebastián eran derrotas para ella y sus deseos sólo podían lograrse si Sebastián no alcanzaba los suyos. Pagaba largas cuentas de culpa por esa bifurcación fatal de sus emociones, pero mantenía la cuerda tensa en el fondo de sí, tras la fachada de entusiasmo por las pequeñas tareas, fueran estas el arreglo de la casa o el cambio del menú familiar.

—Ese escándalo de Mendoza y el narcotráfico puede ser la salvación de Sebastián —me confió un día, como siguiendo en voz alta el hilo de sus pensamientos.

—El escándalo será caro para todos —le dije.

—El triunfo será más caro —me dijo—. Ayer soñé a Sebastián coronado. A sus pies había un pájaro muerto. Yo no lo veo feliz en su ascenso, lo veo llenarse de nubarrones. ¿No te preocupa mi sueño?

—Me gusta —le dije—. Ojalá se cumpla.

—¿Qué quieres decir?

—Ojalá veamos a tu hijo coronado y al pájaro muerto.

—¿Cómo puedes decir eso?

—Tu hijo ya anda tras la corona. Va a pagar de cualquier modo el precio de estar en el juego. Así las cosas, mejor que gane. Si el precio de la corona es un pájaro muerto, pues le damos al pájaro un solemne entierro como no ha tenido pájaro alguno.

—Eres igual de cínico que Santos —se rió Adelaida.

—Esa es la risa que debías darle a tu hijo cuando viene. No debería decírtelo, pero a fuerza de que le pones mala cara, te ha empezado a ver como una viejita.

—¿A mí? —saltó Adelaida—. ¿Sebastián piensa que estoy viejita? ¿Cómo puede pensar eso?

—Le pones cara de viejita cuando viene.

—¿Yo? ¿A Sebastián?

—Le pones cara de pájaro muerto.

Se rió de nuevo, como sorprendida en falta. Pasó una mano por la oreja queriendo arreglar el mechón que solía estar ahí cuando tenía el pelo largo, pero no encontró sino el pelillo corto ajustado a la sien, pensado para atenuar la vanidad juvenil de su hermosa cabellera de siempre, abundante y larguísima, sus cabellos de antes.

15

—Será sólo un año —le dijo Santos a Salomón—. Si tu hermano pierde la presidencia, a nadie le importará lo que suceda con su familia. Si la gana, nadie querrá meterse con su familia.

—Me caso con ella y nos largamos —ofreció Salomón.

—Es el vínculo con ella lo que hay que aplazar —dijo Santos.

—Pero yo no tengo muerto ni vela en ese entierro, papá.

—No elegiste el entierro, pero te toca asistir a él.

—Tú no sabes lo que me estás pidiendo —dijo Salomón.

—Lo sé perfectamente.

—No lo sabes —dijo Salomón—. No has sentido nunca por ninguna mujer lo que yo siento por Inés. Una u otra, para ti han sido esta o aquella.

—Qué sabes tú de mis mujeres —dijo Santos.

—Sé lo que hay que saber —dijo Salomón—. Para empezar, que han sido muchas. Yo no he tenido mujeres, viejo. Yo sólo he tenido a Inés, sólo quiero a Inés.

—Eso pasa. Y se pasa —dijo Santos.

—No lo entiendes, papá. ¿Ves que no lo entiendes? No sabes lo que me estás pidiendo.

Repitieron esa misma plática con ligeras variantes durante los cinco días que Santos pasó en Mendoza. Al final de una tarde de remo por el lago, Santos volvió a la carga:

—Es posible que no entiendas bien lo que te pido, ni lo que significa para ti. Pero tengo que pedírtelo. Y te lo estoy pidiendo: tienes que salir de Mendoza un año. Sin Inés.

Sentado en el lugar de los remos, la espalda al aire cortada por el sol que se iba metiendo en el lago, Salomón dejó caer la cabeza sobre su pecho.

—Necesito una semana para despedirme —dijo.

—Las que quieras —respondió Santos—. Tómate dos.

La rendición de su hijo le provocó alivio y culpa. Se curó de la culpa en el lecho de Silvana, donde no sólo no hubo la resistencia que esperaba sino una hospitalaria alegría. Aprovechó la ocasión para decirle completo su plan. Mientras pasaba el fragor político, Silvana debía salir también de Mendoza. Había que enfriar los nexos de la familia en la región, pensar incluso en venderlo todo. Silvana podía mudarse con Salomón a la capital o a una ciudad intermedia. Saldrían de la clandestinidad, le dijo, tendrían el reconocimiento que Silvana siempre había exigido, el reconocimiento, añado yo, que andaba de por sí en la prensa y sería difícil evitar en adelante. Haciendo de la necesidad virtud, pensaba Santos, podían romperse los vínculos con Mendoza y fortalecer los vínculos con la ciudad, de modo que cortar amarras con Mendoza sería una manera de acercarse entre ellos. Eso quería venderle a Silvana: ruptura con acercamiento. Eso le compró Silvana sin regatearle una caricia.

—Quiero que gane tu hijo de allá para que ganemos los de acá —le dijo a Santos, al final de aquellos acuerdos—. Si así van a ser las cosas, me voy de Mendoza encantada.

En la anuencia de Silvana pesaban sus propias cosas. Luego de un amorío que quiso rápido con Cruz Lima, el sobrino de Martiniano Agüeros, el hombre con quien la vi bailar y a quien sorprendí saliendo de su casa, las pretensiones amorosas de Cruz se habían vuelto una carga. Cruz había pasado del encanto a la exigencia. Celaba a Silvana como si fuera su propiedad. El amor se había vuelto furia; el cortejo, vigilancia. La oferta de Santos de salir de Mendoza le vino a Silvana como anillo al dedo, lo mismo que la condición de que nadie supiera en Mendoza que se iban ni a dónde.

—No lo pienses como una ruptura —aconsejó Santos a Salomón—. Piénsalo como un viaje que harás con tu madre. Porque eso es lo que harán. Un viaje por España y Portugal, los primeros meses, para que decidan dónde quedarse los siguientes.

—Para mí será lo mismo —dijo Salomón.

—En cuanto veas los sitios, verás que no es igual —dijo Santos—. Es sólo un viaje largo, nada más.

Las semanas de despedida de Salomón fueron las más desdichadas de su vida. Lo despertaba antes del amanecer una gloriosa pesadilla. Se soñaba fugado con Inés en las ancas de un caballo, dejando atrás a todo galope las amarras de Mendoza y los mandatos de su padre. Despertaba temblando, mordido por la angustia del desacato, húmedo por las lágrimas felices de su fuga.

Tuvo lo que no había tenido hasta entonces, miedo de Inés, al punto de ocultarle la inminencia de su partida. Se proponía decírselo todos los días. Todos los días reculaba espantado por la posible reacción de Inés. Cada minuto de silencio el agravio crecía, su precio imaginario también, haciendo cada vez más dura la confesión y más alto su precio.

Inés era la más tierna, pero podía ser la más feroz de las compañeras. Tenía una cabeza rápida y serena a la vez, miraba con penetración instantánea y transgresora, lo que quiere decir que entraba a saco en los secretos mejor guardados, en los pudores inconfesables de los otros. Pero estaba loca por Salomón, protegida en el sueño de su mutua pertenencia, de modo que tenía la guardia baja y no veía los síntomas de su pérdida, tan claros por otra parte en la conducta de Salomón. No era la primera vez que iban a separarse, pero por primera vez Salomón pensaba que podía ser la última.

Se habían conocido muy niños, en la escuela municipal de Mendoza. Un día Inés volvió a casa con un pedazo de tela que había cortado de la camisa de Salomón. Le dijo a su madre, con la voz irrefutable de sus ocho años:

—Me voy a casar con Salomón.

—¿Y quién es Salomón? —preguntó su madre.

—El niño con el que me voy a casar —respondió Inés.

Pasó la tarde dibujando corazones de cartulina en los que puso sus nombres. Colgó uno en su cuarto y llevó el otro a Salomón para que lo colgara en el suyo. Diez años después los corazones seguían colgados donde diez años antes. En el curso de esos años, las guerras del padre de Inés los habían separado tres veces.

La primera, Inés fue subida a los ranchos de la sierra durante año y medio, mientras pasaba un ajuste de cuentas en la costa. Inés tenía entonces doce años. No pudo despedirse de Salomón ni explicarle las razones de su ausencia, pero le hizo llegar un mensaje que decía: "Aunque me desaparezca, estoy contigo. No hagas caso de que no estoy". Salomón no hizo caso. Cuando Inés reapareció en el patio, ahora de la escuela secundaria, con los pechos crecidos y las caderas redondas al final de unas piernas que se habían alargado como si anduviera en puntas de bailarina, se acercó a ella y la tomó del talle, sin hacer aspavientos ni hablar de su regreso, como si la hubiera visto el día anterior.

La segunda desaparición de Inés fue después del verano en que mataron a su madre. Cuando volvió había cumplido dieciséis años y una mujer alta y bella usurpaba sus formas de niña. La huella de la muerte en su mirada hacía más honda su expresión, eran más altos los trazos de su nariz romana, más amplia su frente rubia, más hondas las cuencas de sus ojos, y más larga la curva de su cuello.

La tercera vez que Martiniano Agüeros recluyó a su hija en la sierra fue cuando la guerra intestina dividió a su banda en distintas jaurías de competidores. No pudo someter a los disidentes. Terminó aceptándolos, luego de una paz que nunca fue definitiva, y que le hizo acuñar la expresión que se volvió dicho regional de Mendoza: "No hay nada como la unidad de uno, pero ni esa es posible". Para entonces, Salomón era un muchacho sin riendas que se había presentado por su propio pie en el rancho de la costa de Martiniano Agüeros, reclamando la presencia de Inés. Los guardias lo detuvieron y luchó con ellos una pelea desigual. Ese día Martiniano Agüeros lo adoptó dentro de sí como su yerno.

—Tienes arrestos —le dijo, cuando sus hombres lo llevaron, golpeado, a su presencia—. Eso ya califica para que andes con mi hija. ¿Sabes en la que te metes?

—No es con usted, es con su hija —respondió Salomón.

Entró como a un juego en el mundo de la gente de Martiniano, del brazo de su amor infantil por los caballos y su mano de jinete sereno. Ganó la admiración de su suegro montando triunfalmente una carrera de revancha, pactada por pundonor con la certeza de que habría de perderse. Peleaba a puño limpio en las encerronas de establo que los hombres de Martiniano organizaban entre ellos, para desaburrirse. Inés lo sintió suyo como nunca viéndolo montar los caballos de su padre y mezclarse como uno más entre sus hombres, incluso si la mezcla lo acercaba a parrandas que querían decir otras mujeres. Desde muy pequeña, forrada por la certidumbre de su mutua pertenencia, Inés había matado los celos dentro de sí.

—Te han de sobrar mujeres —le dijo a Salomón el día que cumplió diecisiete años—. Tienes todo para que te sobren mujeres. Cuando hayas terminado con ellas, aquí estaré yo, que fui tu primera y voy a ser tu última. Todas las demás son accidentes, como todos los hombres para mí son malas copias del original, o sea, tú.

Salomón había picado aquí y allá, pero sus aventuras, como predijo Inés, habían sido accidentes comparados con el pacto a rajatabla que tenía con ella. Se habían tenido antes de que ella sangrara la primera vez, y habían crecido juntos en los brazos del otro viéndose aparecer el vello púbico y las formas del cuerpo. Ahora, por primera vez, Salomón temía separarse un tiempo de aquellos vínculos que le habían parecido siempre intemporales. No sabía cómo decirle a Inés que la guerra de su familia se lo llevaba ahora a él.

Finalmente, Salomón decidió escribirle una carta a Inés pidiéndole resignación y amor. La hizo llegar al rancho de la costa una hora antes de ir él.

—Maricón —le gritó Inés al verlo, sacudiendo la carta—. Ni siquiera me das la cara. ¿A dónde te llevan?

—No lo sé —cabeceó Salomón.

—¿Te dejas llevar como un fardo a donde sea, maricón?

—Me dejo llevar porque me lo pide mi padre —aceptó Salomón.

—Estoy harta de mi padre y de tu padre —tronó Inés.

—Es mi último pago. Déjame explicarte —dijo Salomón.

Le contó entonces la historia de su hermano Sebastián, que Inés ignoraba por completo.

—Gane o pierda mi hermano, lo nuestro quedará resuelto en un año —prometió.

—Lo nuestro no necesita el triunfo o la derrota de tu hermano —dijo Inés.

—Me refiero a que volveré.

—Desde luego que volverás.

—Y nos casaremos —dijo Salomón.

—Repite eso —ordenó Inés.

—Volveré y nos casaremos —repitió Salomón.

—¿Me estás proponiendo matrimonio para calmarme, maricón? —dijo Inés.

—Tú y yo estamos peor que casados —dijo Salomón.

—Sí, sí, ¿pero me estás proponiendo matrimonio?

—No me vas a perder por este viaje —dijo Salomón.

—Yo no temo perderte por este viaje ni por ningún otro —dijo Inés—. Pero es que no me da la gana tenerte lejos. No me da la gana.

—Voy porque me lo pide mi padre —dijo Salomón.

—No me importa tu padre. Vuélveme a pedir matrimonio.

—Te pido matrimonio —dijo Salomón.

—No, no, dime: "Cuando acaben las cosas de mi hermano el presidente y de mi padre y de tu padre, quiero que te cases conmigo". Di eso.

—Quiero que te cases conmigo —dijo Salomón.

—Dilo de nuevo.

—Que te cases conmigo cuando acabe todo esto.

—Me encanta que me lo pidas —dijo Inés—. La respuesta es sí. Cuando acaben las cosas de tu hermano el que va a ser presidente, y de mi padre y de tu padre, quiero casarme contigo. Y si no acaban, también.

—¿Si no acaban? ¿Qué quieres decir?

—No vamos a esperar toda la vida —dijo Inés—. Vamos a hacer este pacto por un año. Esperamos un año y punto. Un año y ya.

—De acuerdo —dijo Salomón.

—Eso hará más fácil la espera —dijo Inés—. Ahora, igual no me da la gana separarme de ti. Te quiero ver, te quiero tocar, te quiero oler. Llévame contigo.

—Que estés conmigo es lo que se trata de evitar —recordó Salomón.

—Dime entonces dónde vas a estar y yo te alcanzo.

—No sé dónde voy a estar.

—Cuando llegues, me avisas y te alcanzo.

—Es lo que se trata de evitar —repitió Salomón.

—Entonces no te alcanzo —dijo Inés—. Pero me avisas. Si no me avisas, no me caso contigo.

—Te aviso —dijo Salomón—. ¿Pero si no te aviso?

—Igual me caso, pero desengañada de ti, maricón —dijo Inés.

Silvana fue la primera en cuidar que no quedaran huellas de su partida para ponerse a salvo de la inspección de Cruz Lima. Salió del pueblo una noche, con Salomón y unas pocas maletas. Santos mandó luego un abogado a cerrar la casa y encargó al administrador de Silvana, un contador católico cuyo único exceso era la fe, poner en orden las cuentas de las haciendas para proceder a su venta. Silvana aceptó venderlo todo menos un coche de colección, color lila, que había comprado en el mercado negro y en el que circulaba por todas partes como certificado de su ciudadanía ilegal, la genuina ciudadanía de Mendoza.

La segunda parte de la fuga la arregló Olaguíbel, cuyo padre, un emigrante asturiano, había hecho una fortuna en América y vuelto a su tierra natal a construir una mansión que miraba por un lado a los picos de Europa y por la otra al mar. Años atrás, Santos había pasado un tiempo con Silvana en aquella propiedad. Había recorrido la zona y sus rías con la misma minuciosidad que el cuerpo y los humores vacacionales de Silvana. "Quiero volver a ese lugar y quedarme para siempre", había dicho Silvana entonces. En Santos se había detenido también la memoria de aquel sitio como un lienzo encantado al que su cabeza volvía siempre que algún obstáculo se cruzaba en su camino. Acompañó a Silvana y a Salomón en el viaje, para reverdecer sus memorias y para cerciorarse de que su segunda familia, de menos riendas y límites que la primera, llegara efectivamente a donde iba, sin ocurrencias de viaje o digresiones del ánimo que pusieran en riesgo la empresa.

16

Los enemigos son una constelación obligada, en cierto modo necesaria, para quien busca el triunfo político. Nada enseña más que la escalera de los enemigos. El que quiere subir, sube por ella dejando atrás riñas y rivales, aprende ahí lo necesario. Para los políticos verdaderos, la dificultad y el placer de vencer van de la mano: no saltan nunca por sobre la batalla de cada día, saltan hacia ella. Luchan cada pulgada como si ella fijara el destino de la causa, como si cada choque definiera la guerra. La guerra es permanente, pero se cumple en la batalla de cada día. Los políticos de alcance dicen tener causas colectivas, librar la guerra de muchos. En realidad, a la hora del fragor de la batalla, la causa es cada quien, cada batalla gana o pierde la guerra de cada uno.

Los cortes presupuestales alzaron un muro de enemigos en el camino de Sebastián. Ministros, gobernadores, líderes obreros afectados por los cortes, echaron sobre él las culpas que no podían echar sobre Urías. En lo fundamental, tenían razón. Como he sugerido antes, para los usos y costumbres de la república mafiosa, política quería decir, sobre todo, dinero. Los muros de la política eran las clientelas, y su cemento el unto de botines públicos: licencias, contratos, comisiones, subsidios.

La república era un piélago de complicidades. Nadie podía arrojar la primera piedra porque nadie estaba fuera de la red de prebendas del régimen. El dispendio había roto la fuente, antaño generosa, de los dineros públicos. No se podía aceitar la maquinaria como antes. Las viejas reglas de la política debían cambiar, por la sencilla razón de que no era posible pagar su precio. Cambiar esas reglas básicas del estado era atentar contra su estabilidad, pero era indispensable hacerlo para tener un estado sólido: había que cambiar el estado de raíz, aunque para cambiarlo de raíz hubiera que ponerlo en riesgo. Eso buscó hacer el presidente Urías, bajo el influjo de Sebastián y su tribu: cambiar el estado, reformar el poder. El presidente, para conservarlos; Sebastián, para heredarlos.

Sebastián castigó a sus enemigos y premió a sus aliados con la vara del gasto público. Dio fondos especiales a gobernadores afines, apoyos a nuevos líderes en el partido oficial, alivios de caja chica para amigos de gabinete, arcas abiertas para la prensa. Cambiando el flujo del dinero, tocó el corazón del régimen, el sentido mismo de la política del país. Esta era la causa eficiente de los agravios que había dejado a su paso. Pero había una causa final: su influencia sobre el presidente y la proliferación de su tribu en gobiernos y dependencias.

Por sugerencia de Sebastián a Urías, Rubén Sisniega fue hecho subsecretario de hacienda, el poder tras el trono de las finanzas públicas. Juan Calcáneo era asesor consentido del fiscal de la república, que obtenía a través de él recursos inaccesibles a otros miembros del gabinete. Itza Sotelo esperaba su nombramiento como subsecretario de trabajo para negociar con la red de sindicatos públicos, espinazo mayor de la república mafiosa. Urías retenía el puesto de Itza porque la prensa había empezado a hablar del poder tras el trono de Urías y de la entrega adelantada de la presidencia a Sebastián Rodríguez.

Las cábalas sobre el asalto al poder de Sebastián adquirieron rango de evangelio en el tercer año de gobierno, cuando Urías no sólo nombró subsecretario a Itza Sotelo sino que nombró también a Sebastián secretario de industria y comercio, el mismo puesto desde el que Urías había saltado a la presidencia. Los amigos del nuevo secretario crecieron como la espuma. Los enemigos también. Cuando terminó el tercer año de gobierno de Leopoldo Urías, que gobernó seis, la situación de Sebastián me recordaba a la de su padre, décadas antes: un barco triunfal rodeado de amigos inciertos y enemigos verdaderos.

Había llegado a la tribu persa un nuevo personaje que fue pronto parte del círculo íntimo. No era tan brillante como Rubén Sisniega, tan intuitivo como Itza Sotelo, ni tan eficaz como Juan Calcáneo, pero reunía algo de los tres en una mezcla afable de buenas maneras y pasiones básicas. Le gustaban el poder, las mujeres y la carne asada; la ópera, el trabajo y la amistad. Atrás de su rostro joven, risueño y sincero, y de su cuerpo duro, cultivado a la intemperie, había un jugador de pócar que apostaba sin ingenuidad pero sin inquina, ocultando el esfuerzo de su triunfo, como si las buenas cartas cayeran en su mano por un azar del que no tenía la culpa, y no debía, por lo tanto, ofender al derrotado. Toda su vida había sido una repetición de aquella naturalidad con que las cosas venían fácilmente a él, servidas por la obsequiosa fortuna. Sebastián percibió rápido ese don extraño de ganar sin agraviar, de mover las cosas sin que se vieran los hilos, de caer de pie en todas partes sin mostrar las ganas locas de ocupar un sitio especial en el mundo.

Se llamaba Antonio Bernal. Para abrirle un espacio en las filas de la tribu, Sebastián aprovechó el cambio político en el gabinete, que había buscado por meses. Fue el cambio en la procuraduría de la república. Urías la había puesto en manos de un viejo y prestigiado jurista, su maestro. El maestro de Urías había traído a la fiscalía más prestigio que eficacia, pero Sebastián se hizo su aliado. Atendió sus urgencias financieras, anticipándose a veces a la petición. A cambio, el fiscal le dio información reservada sobre el estado de la seguridad pública y recibió de Sebastián, a través de Juan Calcáneo, estudios sobre el tema en diversos países del mundo. De los estudios surgieron ideas de reforma; de las ideas de reforma, la busca de un ejecutor confiable. Juan Calcáneo se había ganado la confianza del viejo fiscal y fue nombrado su adjunto para hacer la reforma. Poco tiempo después, Calcáneo era el poder efectivo de la fiscalía, cuyo titular trabajaba pocas horas. Al principio delegaba en Calcáneo las pequeñas cosas; al final, las pequeñas y las grandes.

Durante una junta de inicio de semana, el fiscal acusó un dolor de tórax que lo puso en el hospital con un infarto. Juan Calcáneo fue nombrado fiscal interino, por sugerencia del propio enfermo, que no veía en el laberinto de su fiscalía mejor persona en quien confiar que aquel abogado joven, diligente, infatigable, frío, ajeno al mar de arbitrariedad y corrupción en que chapoteaba la justicia de la república. Cuando la salud del fiscal dictó su retiro, Calcáneo tenía ocho meses de interino. Fue confirmado en el cargo. El dominio de Sebastián se extendió así al gabinete político. Calcáneo fue el primer miembro de la tribu de alto nivel en ese ámbito. Su lugar en el equipo de trabajo de Sebastián fue ocupado por Antonio Bernal.

El futuro político de Sebastián quedó ligado así a la suerte de Juan Calcáneo en la procuraduría de la república. El futuro de Calcáneo, a su vez, quedó ligado a la lucha contra el crimen. Una parte central de la lucha contra el crimen era ya en aquellos años la batida contra el narcotráfico. Una parte central de los escándalos del narco eran las historias de Santos y Martiniano Agüeros publicadas en la prensa. El triunfo de Calcáneo en la fiscalía hizo a Sebastián guardián público de las andanzas de su padre en las fronteras nómadas del narco.

Se dice que si las cosas pueden empeorar, empeorarán. Empeoraron para la familia de Santos y para la tribu de Sebastián. De la siguiente manera:

La ciudad mayor de Mendoza estaba en la costa. Se llamaba Rosales en honor al virrey español que la había fundado dos siglos atrás. Ciudad Rosales era un puerto de abrigo en una amplia bahía de boca estrecha y gran calado. En una de sus tenazas habían construido el castillo que protegía la rada de piratas. Su faro guiaba los barcos al estrecho. Rosales era una ciudad de calles barrocas y balcones de madera. Tenía un malecón de palmeras esbeltas y en su puerto fondeaban cargueros de todo el mundo. El auge hizo crecer la ciudad hacia todos los rumbos, pero sobre todo hacia su costa sur, que vio surgir flamantes bulevares con anchos camellones y casas de jardines enormes. El corazón de la costa sur era la colonia Médano Azul, que los jefes de la droga fueron tomando paso a paso hasta volverla su feudo. Llegaban sin parar nuevos dueños a Médano Azul, aparecían nuevas fachadas de mármol y cantera, portones de fierro, piscinas moradas, guardias que cuidaban casas, cerraban calles, imponían su mirada. En la bulliciosa quietud de Rosales empezaron a oírse disparos, al principio aislados, luego con una frecuencia rítmica que acabó siendo parte del rumor de la ciudad. Los nuevos habitantes se hicieron notar en el centro viejo de Rosales con sus coches de vidrios negros, las armas al cinto, los pelos enmarañados, los brazos con esclavas, los pechos con collares, los dedos con anillos de oro y olor a pólvora. Tras los narcos vinieron los agentes antinarcos, nacionales primero, de fuera después.

Los turistas Bob Rodríguez y Raymond Foster murieron en Ciudad Rosales una noche de luna, crucial para esta historia. Todo, o casi todo, sucedió en un comedero llamado *El camarón andante.* La prensa dio tres versiones de esas muertes: la del mesero del restaurante, la del gerente del sitio y la de los hombres que los mataron.

Según la versión del mesero, Rodríguez y Foster se asomaron sobre la puerta de resorte de dos hojas de *El camarón andante*, fueron metidos violentamente al lugar, derribados a golpes y, en el suelo, pateados y heridos con navajas. Los pusieron de pie, les taparon las cabezas con chamarras, los sacaron del restaurante y los subieron a los autos de sus agresores, una limusina negra y una camioneta con antena.

Según el gerente, los turistas llegaron tarde a *El camarón andante*, les dijeron que no había servicio y trataron de retirarse. Al oír su español de acento extranjero, los hombres que bebían desde la comida en una mesa larga saltaron sobre ellos. Los metieron a una bodega junto a la cocina y allí los agredieron a puntapiés y con picahielos. Todos los comensales, unos quince jóvenes con camisas abiertas y collares en el pecho, circularon por la bodega. El jefe de todos ellos se daba también sus vueltas y permanecía en la bodega unos minutos. Salía después a tomar algo en la mesa, y regresaba.

Según el mesero, la golpiza duró cinco minutos. Según el gerente, una hora, al cabo de la cual sacaron a los turistas de la bodega. Iban sin conocimiento, dejando un rastro de sangre. Les taparon la cabeza con manteles y servilletas de tela, además de sus chamarras, los subieron a los autos; antes de marcharse, ordenaron al velador que limpiara la bodega. La encontró llena de sangre, regada por todo el piso.

Según los pistoleros, que enviaron una explicación a la prensa, los turistas habían entrado a *El camarón andante* para provocarlos. La provocación fue aceptada y los provocadores sometidos para interrogarlos. El interrogatorio tuvo lugar en la cocina del restaurante. Duró más de tres horas. No atacaron a sus víctimas en grupo sino por turnos. Usaron picahielos, cuchillos y navajas. El hombre llamado Foster murió ahí. El llamado Rodríguez salió del lugar con vida, pero inconsciente.

Foster y Rodríguez, explicaron los pistoleros, eran dos agentes antinarcóticos que trabajaban en Rosales haciéndose pasar, uno, como veterano de guerra retirado; otro, como turista cubano de vacaciones en el mar. En realidad, tenían la misión de infiltrarse en la organización de los narcos. Habían logrado su propósito, y denunciado un enorme plantío, propiedad del dueño de *El camarón andante*, un jefe del narco llamado Cruz Lima, sobrino y lugarteniente de Martiniano Agüeros. Los agentes fueron ejecutados como escarmiento. Sus cuerpos fueron enterrados en el Bosque Díaz, el gran parque público abierto como un pulmón desde principios de siglo, al otro lado del puerto, en el corazón de Rosales. Ahí podían encontrarlos.

¿Por qué dieron su versión los pistoleros a la prensa? Porque querían que todo mundo se enterase. Querían decir a quien quisiera oírlos que Rosales no era territorio abierto para quienes no respetaran la ley de sus amos invisibles.

La prensa extranjera hizo un escándalo. La prensa local usó el hecho para soltar una andanada contra Juan Calcáneo, que dejaba al hampa enseñorearse del país.

—Habrá que actuar —dijo Calcáneo, en la junta diaria de la tribu. Quería decir: habrá que actuar sobre Ciudad Rosales, sobre Mendoza toda, sobre los narcos de Martiniano Agüeros.

Tenían esa junta todos los días, muy de mañana, en casa de Sebastián. Iban Calcáneo, Sisniega, Sotelo y ahora Antonio Bernal. A veces, nos invitaban a Santos y a mí. Calcáneo dio su parte de los hechos perentoriamente, buscando la opinión de Sebastián. Sebastián oyó los detalles del desastre mirando por la ventana hacia los jardines de su casa, llenos de ardillas nerviosas a las que dejaba nueces en el balcón de su oficina.

—No te metas solo en esto —dijo, sin dejar de echar nueces a las ardillas—. Busca aliados. Busca al ejército. Vas a encontrar eco ahí. El general secretario está en pie de guerra contra los narcos de Mendoza.

Dijo entonces que uno de los turistas muertos, Bob Rodríguez, era el inesperado sobrino del general secretario, hijo de su hermana preferida. Era veterano de guerra, en efecto, pero también era experto en tareas de inteligencia y asesor confidencial de su tío. Quizá estuviera en Rosales haciendo las tareas que le imputaban. El tío quería venganza, pero no podía plantear una represalia en gran escala sin que pareciera un asunto personal. Si Calcáneo proponía al gabinete político una ofensiva sobre Mendoza, sugirió Sebastián, tendría en el ejército a un aliado.

En la reunión del gabinete de aquella tarde, Calcáneo propuso una intervención federal para limpiar Mendoza de narcotráfico. El secretario de la defensa apoyó la idea. Durante los días siguientes, trabajó con Calcáneo en un plan de limpia de la región que bautizaron internamente como *Operación Buitre*, porque iba a terminar con la carroña. Para el público llevó el nombre de *Operación Águila*. Preveía la ocupación militar de la región y una acción masiva de busca y quema de plantíos. Flotillas de helicópteros peinarían la sierra, barranca por barranca, echando defoliantes y metralla.

—Ya tenemos el rifle —dijo Sebastián, cuando terminó de leer las ocho páginas del plan aprobado—. Ahora necesitamos resultados. Porque sólo los resultados justificarán esta barbaridad.

17

La gente de Mendoza vivía en paz con su violencia, era parte del paisaje. La violencia que trajo a sus pueblos la *Operación Buitre* fue intolerable en su novedad y enloquecedora en su método.

Uso el nombre esotérico de la operación, en vez de su nombre oficial, *Operación Águila*, porque describe mejor la intención de aquella empresa. Todo empezó como un desfile militar, que adquirió pronto las trazas de una ocupación. Por los cuatro puntos cardinales, incluido el mar, entraron a Mendoza convoyes y transportes que iban dejando a su paso retenes militares en las carreteras, pelotones de vigilancia a la entrada y la salida de los pueblos. Dos buques de la armada hicieron descender escuadrones de marinos para custodiar el puerto industrial de Rosales y los muelles de otros cinco puertos somnolientos del estado. Una flotilla de helicópteros cruzó los aires en formación de parvada migratoria y fue bajando por turnos en el inmenso predio trasero de la base militar que habían desenmontado para ello.

Mendoza se llenó de soldados. Eran tan ajenos a la zona, sustraída a la presencia federal, que llamaban doblemente la atención. Se multiplicaron los retenes militares en carreteras y caminos. Fueron incautadas y sometidas a vigilancia militar todas las pistas clandestinas. El comandante de la operación estableció sus cuarteles en la sede del gobierno estatal. El gobernador del estado no volvió a poner un pie en su oficina. Se estableció en Ciudad Rosales un estado de sitio no declarado, con toque de queda y suspensión virtual de las garantías individuales. La colonia Médano Azul, donde las huestes de Martiniano Agüeros habían tomado asiento, fue puesta en cuarentena. Fueron allanadas todas las residencias sospechosas de albergar sospechosos. Sebastián había aconsejado un despliegue dramático de fuerza, apoyado en un dicho de Santos sobre el uso gubernamental de la violencia: "Hay que mostrar bien los dientes, para no tener que morder". Los dientes fueron mostrados, pero los perros mordieron hasta desgarrar. Hubo centenares de víctimas inocentes, incontables muertes idiotas, infinitos errores sangrientos de las fuerzas del orden.

La arbitrariedad despertó la protesta. En un extraño achaque de independencia, la prensa local se volteó contra las fuerzas de ocupación. Alzó la voz por las víctimas y refirió sin temor las barbaridades del operativo, la lista de crímenes cometidos en nombre de la ley. Milagros de la república mafiosa: aquella prensa comprada por el narco, parte estelar de la corrupción pública, vanguardia de la complicidad con el crimen organizado, fue la defensora de la gente de Mendoza durante los meses amargos de la *Operación Buitre.* La corrupta prensa local tuvo un comportamiento heroico, fue una heroica prensa corrupta. Sus turbias razones eran claras: al defender a la sociedad de la *Operación Buitre* ponía en el banquillo de los acusados al ejército, no al narco. Lo cierto, sin embargo, es que sirviendo al narco sirvió a la república, pues marcó un límite a la arbitrariedad.

Nacieron organismos de derechos humanos financiados, casi sin excepción, por las tribus de Martiniano Agüeros, pero puestos al servicio de la gente contra los abusos de poder. Protestaban por detenciones arbitrarias, allanamientos ilegales, homicidios impunes, destrucciones de patrimonio público y privado, quema de bosques, defoliación de zonas rociadas por helicópteros y fumigadores. Tenían razón: el uso de la violencia legal, monopolio particular del estado, se había vuelto en Mendoza capricho de coroneles y comandantes. El gobierno curaba la zona con una medicina más mortífera que la enfermedad.

Quedaron de manifiesto en aquellos meses de estupidez y sangre los caminos torcidos de nuestra república. La persecución del crimen hizo nacer en Mendoza un clamor de justicia. El hampa organizada financió la prensa libre, la organización ciudadana, la defensa de la sociedad y las leyes. La más ilegal de las regiones del país resultó cuna de legalidad y derechos humanos.

Los ocupantes de Mendoza quemaron y defoliaron miles de hectáreas de amapola y mariguana, volvieron Ciudad Rosales un infierno de redadas, y la región entera un coro de quejas y sufrimientos. Pero no detuvieron a Cruz Lima, ni a los otros responsables de los homicidios de *El camarón andante.* Entre más sangre corría, más agravios se sumaban a la región, dueña, como se ha dicho, de su propia violencia endémica con la que, sin embargo, la gente del lugar sabía vivir en paz.

Un amplio reporte de la prensa extranjera recogió en varias entregas la colección de agravios de Mendoza. Sebastián entendió que habían cometido un error mayúsculo en todos los órdenes, salvo en uno: los daños de la *Operación Buitre,* sugerida por él, eran suficientes para acreditar que no era cómplice del crimen en Mendoza. Pidió a Juan Calcáneo un informe del desastre para el presidente. Calcáneo hizo un recuento frío, escalofriante, de los daños. Su informe convenció al presidente de que debía parar la *Operación Buitre.* Calcáneo anticipó la decisión al secretario de la defensa. Pese a los malos humores que venían de la prensa, el general seguía pintado de guerra y accedió de mala gana a la noticia.

—Haré lo que me ordene el presidente —dijo el general a Calcáneo—. Pero sepa usted, como civil novato en estas cosas, que sólo hemos podado la mata. La mata, por lo tanto, reverdecerá. Crimen que no se castiga, se repite.

El general secretario acató la orden de poner fin a la *Operación Buitre*, pero lanzó un último zarpazo: ordenó la ocupación del pueblo serrano de Agüeros, que no tenía valor logístico pero sí un valor simbólico. El ejército subió al pueblo de Martiniano, en el nido de niebla de la sierra, y lo ocupó sin resistencia. Los soldados dedicaron tres días a destruir el alumbrado público y a romper el drenaje. Hicieron algo más: degollaron a todos los animales del pueblo. No quedó en los patios una gallina, un cerdo, un perro, un guajolote, un gato, un caballo, una vaca, un perico, un becerro. No quedaron en el pueblo más seres vivos que los hombres, las mujeres y los niños, bañados todos por el sangriento luto de su soledad natural, atónitos, sin compañía, en un mundo despojado de todas las otras especies vivientes, salvo los insectos y los pájaros.

La ocupación de su pueblo desquició a Martiniano Agüeros, porque Inés estaba ahí. La había remontado, como otras veces, para tenerla en lugar seguro mientras terminaba la tormenta. Los soldados cayeron sobre el pueblo de madrugada, fueron directo a la casa a buscarla, sorprendieron a los guardianes y detuvieron a Inés. La secuestraron tres días en su propia casa, sin tocarle un pelo, dándole trato de amables sirvientes y diligentes compañeros.

Martiniano Agüeros no era hombre que se pudiera amedrentar, pero la última jugada del general secretario le tocó una fibra perdida. Leyó la prisión blanca de su hija y el siniestro vacío natural dejado en el pueblo, como aviso de una ofensiva más vasta y más demoledora que toda la *Operación Buitre*, un mensaje de muerte para Inés y de arrasamiento para la sierra, sin más testigos mudos que las víctimas. Fue uno de los grandes errores de su vida: creyó que las cosas empezaban, cuando en realidad estaban terminando.

Siguió su juicio erróneo y buscó una negociación. Mandó un mensaje a Santos diciéndole que no sólo estaba al margen de los homicidios de Cruz Lima, sino que estaba en contra. Y no sólo estaba en contra, sino que, para llegar a un arreglo con el gobierno, él mismo iba a entregar a su sobrino. Envió su mensaje de puño y letra, con un viejo caporal que había trabajado en los cafetales de Silvana y trabajaba ahora en el rancho de la costa de Martiniano.

Santos seguía en Asturias y no pudo recibir al caporal. Rutilio González me pidió que lo recibiera yo. El caporal se presentó en mi biblioteca con la carta de Martiniano. Decía que iba a entregar a Cruz Lima como un acto de buena voluntad. Cuando terminé de leer la carta, el caporal habló:

—Dice el patrón que pasó una semana desde que envió esa carta. Que ya tiene lo que promete en ella. Y que puede usted encontrarlo en este punto.

Me dio entonces una segunda carta de Martiniano, también de su puño y letra. Traía escrito el lugar donde Martiniano entregaría a Cruz Lima, un rancho en las sierras vecinas de la capital. Las reglas del trato eran simples: Cruz Lima y sus secuaces debían tener un juicio justo y una prisión a modo.

Según el viejo caporal, Martiniano los había capturado en el pueblo de la sierra donde se refugiaban de la tormenta. El pueblo había sido tomado por los hombres de Cruz, que llevaban semanas tomados por el alcohol. La gente de Martiniano los sorprendió dormidos, borrachos, en distintos lechos lugareños. Cuando Martiniano llegó, al alba, despertaron a Cruz Lima. Dormía entre dos hermanas.

—Tienes que entregarte —le dijo Martiniano.

—Busque otro fiambre que entregar, tío —respondió Cruz Lima.

—A ti es al que buscan —dijo Martiniano—. No sirve ningún otro.

—¿Tengo alternativa? —preguntó Cruz.

—No —contestó Martiniano—. Pero quiero que te entregues voluntariamente.

—¿Voluntariamente a güevo? —se rió Cruz Lima.

—Voluntariamente —dijo Martiniano—. En este negocio cada quien responde por sus actos. Tú te saltaste las trancas, ahora te persiguen. Para dar contigo, nos joden a todos. Tu pellejo cuesta demasiado.

—Si fuera su pellejo diría otra cosa —rezongó Cruz.

—Cada quien ha de pagar el riesgo que toma —dijo Martiniano.

—Haga como quiera —dijo Cruz Lima—. Pero si va a entregarme, entrégueme muerto. No quiero caer vivo en esas manos.

—Vas a tener un juicio limpio y una prisión a modo. Salvo la libertad, no te faltará nada. Y la libertad la recobrarás antes de lo que te imaginas. Tus intereses, lo mismo que tu lugar aquí, estarán intactos cuando vuelvas. Ese es mi compromiso.

—Contra mi pellejo —dijo Cruz Lima.

—Contra tu pendejada —sentenció Martiniano Agüeros—. ¿Quién quieres que te acompañe en ésta?

—¿Cuántos culpables necesita? —preguntó Cruz.

—Tú y tres más —dijo Martiniano.

—Escoja los que quiera.

—Escógelos tú —ordenó Martiniano.

—Que escojan ellos —dijo Cruz—. Explíqueles de qué se trata. A ver quién quiere venir.

Hubo nueve voluntarios para entregarse con Cruz Lima.

—Echen volados —dijo Martiniano—. Sólo quiero tres.

El viejo caporal estaba en el pueblo y acompañó la redada. Martiniano le ordenó contármela. Se la repetí a Santos en una carta que Sebastián le hizo llegar. De la copia de mi archivo recojo ahora la escena, incrédulo y sorprendido nuevamente de su contenido. Luego de leer mi carta, Sebastián me dijo:

—Con tipos así se podría construir un país.

—Y destruirlo —dije yo.

Sebastián logró que el presidente Urías aceptara las condiciones de Agüeros. Cruz Lima y sus tres amigos fueron entregados a Juan Calcáneo y a los mandos del ejército que iban con él, en una vieja hacienda de la sierra de La Soledad, donde a mediados del siglo XIX se había firmado un lunático plan de guerra contra la opresión del centro. Al recibir a los presos, Calcáneo refrendó las garantías de un juicio limpio y una prisión amigable. La gente de Martiniano entregó su carga y se fue.

Calcáneo quiso levantar de inmediato el acta judicial con las declaraciones de los detenidos, pero los militares los habían recluido en cuartos separados de la hacienda y negaron el acceso a ellos, hasta nueva orden. Calcáneo no volvió a verlos esa noche. Preocupado, llamó a Sebastián, quien a su vez llamó a Urías, pero Urías estaba dormido y no fue despertado. A primera hora del nuevo día Sebastián pudo hablar con Urías, pero este ya tenía en sus manos el parte del secretario de la defensa.

Según el parte, Cruz Lima y tres de sus cómplices habían sido entregados muertos, con los genitales cortados y tiro de gracia, en la hacienda serrana de La Soledad. Los narcos habían sido muertos por sus propios secuaces, decía el parte, como un ajuste de cuentas interno y como una forma de pedir tregua al gobierno. Los cuerpos habían sido llevados a las instalaciones de la defensa en la capital y turnados al forense militar para su autopsia.

Cuando Calcáneo fue a pedir explicaciones, el general secretario le dijo:

—Usted garantizó la vida de esos reos. Pero mi gente los encontró muertos. Tendrá que explicar esto.

—Yo los entregué vivos a su gente —dijo Calcáneo.

—El parte dice que se recibió a esa gente muerta —respondió el general secretario—. Y los partes del ejército no mienten. Le sugiero, para evitarse líos, que respalde usted nuestra versión. A esos narcos los mataron sus propios secuaces, para congraciarse con el gobierno. Es la versión que conviene a todos y en especial a usted, que hizo el trato con la banda de Agüeros. Yo le aconsejo discreción en esto. Nosotros estamos dispuestos a tenerla.

Juan Calcáneo tenía aún la boca seca y el pulso alterado cuando contó su entrevista con el general en una junta de emergencia de la tribu, a la que Sebastián me pidió ir.

—Se los despachó el general —dijo Calcáneo—. Los castró, los mató, los remató, y ahora amenaza con culparnos a nosotros.

Sebastián había oído la historia sin decir palabra, como si estuviera en otra parte.

—Genitales cortados —dijo, sombríamente—. Tiros de gracia. ¿Este es nuestro ejército? No sé cómo le voy a explicar esto a mi padre.

—No es tu padre quien debe preocuparnos, sino el general secretario —dijo Itza Sotelo—. Nosotros también somos víctimas en esto. Mató a nuestros detenidos, nos robó el triunfo de la captura y nos volvió sus rehenes políticos. Todo es parte del pleito por la sucesión presidencial. El general ya escogió candidato que apoyar, y su candidato no eres tú.

—Ser garantes del trato fue una novatada —dijo Juan Calcáneo—. Ahora se la debemos también a Martiniano Agüeros.

—Buscarán que Martiniano haga público el trato —dijo Itza Sotelo—. Y quedaremos mal en todos los frentes. Por un lado, ante la opinión pública, porque negociamos con criminales; por el otro, ante Martiniano Agüeros, porque traicionamos nuestros tratos de garantizar la vida de sus cautivos.

—Usted ya vio esta película en la pelea pasada, tío —me dijo Sebastián—. ¿Qué opina?

—No es posible tragarse esos muertos sin regurgitarlos —le dije—. Hay que aclarar lo que pasó, al costo que sea.

—¿Aclararlo en la prensa? —preguntó Sebastián.

—Aclararlo con el presidente —dijo Antonio Bernal.

Yo asentí.

—Tu padre le debe también una explicación a Agüeros —agregué.

—Nosotros también se la debemos —aceptó Sebastián—. ¿Usted puede encargarse de ese flanco, tío?

—Puedo intentar. Puedo ir a Mendoza y tocar la puerta de Rutilio González.

—Inténtelo, tío. Vaya a Mendoza —dijo Sebastián—. Explíqueles exactamente lo que pasó. Cierre ese frente, usted es el único que puede hacerlo. No quiero que mi padre regrese a ver este tiradero.

—¿Qué hacemos con el general secretario? —preguntó Calcáneo.

—Haz lo que te dice que hagas, pero no le aceptes nada más —ordenó Sebastián—. Ya habrá tiempo de ajustarle las cuentas.

—El peligro no es él, sino su aliado —insistió Sotelo—. Y su aliado, ya saben quién es.

Diré después algo sobre el aliado de que hablaba Itza, el rival de Sebastián. Ahora digo sólo que Martiniano Agüeros no esperó mi llamado. Antes de que yo moviera los hilos para acercarme, hizo su jugada. De la siguiente manera:

Parientes modestos reclamaron los cuerpos de Cruz Lima y sus lugartenientes. El cuerpo de Cruz Lima tenía los labios rotos, los huesos del rostro descuadrados por la deflagración del tiro de gracia. Lo recogió su madrina de bautizo, porque Cruz era huérfano de padre, de madre y de toda parentela. Horas después del entierro vino la respuesta de Martiniano.

Un domingo de música y niños en el kiosco municipal de

Mendoza, luego de dejar sus oficinas, mientras daba la vuelta por la plaza de laureles y flamboyanes en su coche, el procurador del estado fue partido en dos por tres ráfagas de metralleta. El procurador era primo de Juan Calcáneo y había sido nombrado por él. La prensa de Mendoza publicó al día siguiente las fotos del muerto diciendo que había recibido dinero del narco. "Aceptó dinero. Perdió la vida." Así cabeceó la noticia el diario de Rutilio Domínguez, con fotos en primera plana de cheques firmados por Agüeros a favor del difunto. Esa fue la respuesta de Agüeros para Calcáneo, a reserva de mejorarla.

Una semana después murió en un hotel de paso de Ciudad Rosales el intendente militar del estado. Recogieron su cuerpo desnudo, boca arriba en la cama, cosido a puñaladas. Tenía pestañas postizas, el rostro pintado de un fúnebre bilé violeta que le habían corrido de los labios los muchos besos o los últimos manotazos de esa noche. Al pie de la cama, estaban sus extraños arreos de *cocotte,* el *corset* bordado de *ballerina,* las medias negras de punto abierto, la liga de encajes rojos, el tocado de plumas para la cabeza. El diario de Rutilio publicó las fotos de la escena del crimen, junto con este agravio informativo, el mayor de todos, porque era cierto: el militar sacrificado por sus amantes había roto meses atrás su compromiso de boda con la hija del comandante de la zona. Ahora se sabía por qué.

—Es la respuesta de Martiniano para el general secretario —dijo Calcáneo.

—La venganza —precisó Itza.

—¿Terminó aquí su venganza o apenas empieza? —se preguntó Sebastián.

—La venganza puede haber terminado —dijo Bernal—. Pero la violencia está empezando.

Asentí, como casi siempre, al buen ojo de Bernal.

18

Oí decir una vez, creo que a Renato Capdevila, que el amor es un verbo que se conjuga en presente perfecto, en pasado perdido y en futuro inminente. Cuando lo tenemos, el tiempo deja de pasar. Cuando lo perdemos, vuelve a nosotros con fuerza nostálgica. Cuando se acerca, nada es tan urgente como su llegada. En los tres tiempos quería Salomón a Inés Agüeros, ahora que la había perdido: era su presente, su nostalgia y lo único que esperaba del porvenir.

En su exilio asturiano, Salomón iba al mar todos los días. Bajaba a la playa por el acantilado de la propiedad de Olaguíbel, una casa de dos torres con palmeras a la entrada, la señal triunfadora del indiano. Pasaba horas contando las olas, respirando la memoria de Inés. De vuelta a la casa, buscaba en el cajón secreto y olía las prendas que le había robado, un calzoncito de lazo, un sostén de algodón, unas tobilleras de hilo con flores bordadas.

Se ha dicho que el paraíso anda en fragmentos por el mundo, y que se da en esquirlas, sin plenitud ni armonía. Así era el recuerdo de su amor perdido para Salomón, con el consuelo de que sería recobrado.

Los hechos apuraron su nostalgia hasta volverla desesperación. Estaba sentado un día en el muro de la playa, tomando una cerveza, cuando Silvana le trajo el diario local. Traía la noticia de la ocupación del pueblo de Martiniano. Rutilio la había contado en su diario con potente rigor. Sus detalles macabros la habían hecho dar la vuelta al mundo. Para Salomón fue una descarga. Vio a Inés inerme, rodeada de soldados, en el pueblo neblinoso de su padre. Lo quemó la nitidez de su visión. Le dijo a Silvana:

—Tengo que volver.

Silvana le meció el pelo de cerdas oscuras, su corona de rey, para consolarlo del regreso imposible. Al día siguiente, no lo encontró en su cuarto. Pensó que habría bajado a la playa o ido a correr por el farallón de la costa. Los guardias no lo habían visto salir de la casa, ni lo habían acompañado en su correría matutina. La busca siguió por el resto del día, y en los días sucesivos.

La siguiente cosa que Silvana o Santos supieron de su hijo la supieron por mí. Me lo topé en la plaza de armas de Mendoza, con los pelos radiantes en el crepúsculo, la mirada oscura, como llegado de otro planeta, buscando quién le dijera algo de la suerte de Inés. Llevaba un día en la ciudad, luego de un confuso itinerario. Venía, como yo, a buscar a Rutilio para ir a donde estaba Inés, es decir a la guarida de Martiniano Agüeros.

Su primer impulso al verme fue huir. Corrió hacia el otro lado de la plaza como un carterista de feria. Ya se perdía entre los almendros bajos, de sombras anchas y frescas, del centro peatonal de Mendoza, cuando se detuvo. Vi sus hombros alzarse, rindiéndose a la realidad y al ridículo. Dio la vuelta y vino caminando hacia mí, con una mueca de hartazgo primero, con la sonrisa de su padre después, brillando en su rostro bronceado.

—Pero usted no sabe que estoy aquí, tío —advirtió, tendiéndome una mano cómplice.

—No lo sabía, pero ya lo sé —le respondí.

—Lo que quiero decir es que ando huido de mi padre, y no quiero que sepa dónde estoy.

—Yo no puedo ocultarle esto a tu padre —le dije—. Tengo que decirle por lo menos que estás bien.

—Pero no le diga dónde estoy. Si no me promete eso, me

le pierdo a usted también y no vuelven a verme en un buen rato. Hasta que resuelva mi asunto.

—¿Cuál asunto quieres resolver?

—Me disculpa, pero me lo callo, tío. Ya lo verá por sus resultados.

—Hay una guerra aquí —le dije—. Tu apellido es parte de esa guerra.

—¿Qué quiere decir? —dijo Salomón.

—Que no puedes andar solo y sin escudo.

—Me vale, tío.

—Hago un pacto contigo —le dije—. Aceptas mis precauciones para tu protección y le digo a tu padre sólo lo estrictamente necesario. Luego, si quieres, te ayudo a resolver tu asunto.

—Mi asunto es muy sencillo, tío. Quiero ver a Inés.

—No tan sencillo entonces —dije—. Inés es parte de esta guerra.

—Yo lo sé.

—No sé si el padre de Inés mantenga alguna confianza en tu apellido. Mi impresión es que no.

—¿Pues qué pasó?

Le conté lo de Cruz Lima mientras caminábamos a mi hotel. Lo metí a mi cuarto y acabé la historia. Al terminar, había nubes de ira en sus facciones tercas.

—Qué enredo, tío. ¿Pero Inés y yo qué tenemos que ver en este desmadre?

—Son reos de este desmadre —le dije.

—No acepto eso. Yo necesito una salida.

—Todos necesitamos una salida, pero no la hay.

Le pedí que no se mostrara más por la ciudad, que me esperara en mi cuarto del hotel mientras tenía mi entrevista con Rutilio.

—Te prometo gestionar la tuya con Inés —le dije.

Desde el mismo cuarto, frente a Salomón, llamé a Santos por teléfono. Le dije que su hijo había reaparecido.

—Me consta físicamente que está bien —añadí—. Y nada más diré por este medio.

Le había dicho suficiente, porque Santos sabía que yo estaba en Mendoza y si había visto físicamente a su hijo, su hijo estaba conmigo en Mendoza.

Fui a ver a Rutilio Domínguez en la redacción del diario. Su edificio en ruinas hervía de movimiento, había un trajín contagioso en los pasillos, antes dormidos, despiertos hoy por la bulla de las noticias prohibidas que se pescan en fuentes de riesgo.

—Vivir a fondo en Mendoza en estos días es como jugarse la vida —me dijo Rutilio, fumando un cigarrillo negro. Echaba el humo aromado, mientras hablaba, entre sus bigotes de aguacero—. Siempre soñé con vivir un momento radical de la historia, el Moscú de la invasión napoleónica, digamos. Ahora tengo, modestamente, en Mendoza, esa cosa única de vivir en el borde, de saber que cualquier paso en falso puede llevarse la triste vida de uno justamente cuando la vida ha dejado de ser triste y vale más que nunca en nuestro corazón encendido, por una vez, de compromiso y riesgo.

Rutilio tenía razón. Había en Mendoza una calma vibrante que paraba los pelos de punta, una energía suelta, una locuacidad en las calles y en las bocas, una fiesta de intemperie asumida como no había visto en mi vida.

—¿Cuál es su compromiso y cuál su riesgo? —pregunté.

—Entiende usted muy mal las cosas si piensa que puede confesarme a cambio de nada —dijo Rutilio—. Usted y su familia adoptiva, la de Santos Rodríguez, tienen un problema serio aquí en Mendoza. Yo sé bien en qué consiste ese problema y puedo ayudarle a arreglarlo. Pero algo tiene usted que ofrecer a cambio. No digo dinero, sino verdadera reciprocidad.

—Soy todo oídos —dije.

—Usted viene a que yo le informe y le sirva de conducto hacia Martiniano —se prendió Rutilio—. Le pregunto: ¿qué información recíproca me trae a cambio? ¿Con quién puede servirme recíprocamente de conducto?

—No sé qué le interesa —dije.

—Me interesa saber lo que sucedió realmente con Cruz Lima —dijo Rutilio—. Además, quiero que me acerque a Sebastián Rodríguez, que será el próximo presidente de la república.

—Puedo las dos cosas —ofrecí.

—¿Qué quiere a cambio? —preguntó Rutilio.

—Su visión de lo que pasa aquí —dije—. Y una entrevista con Martiniano Agüeros.

—Podemos desahogar el primer punto si me permite invitarlo a cenar esta noche —dijo Rutilio—. Usted paga. Respecto de la entrevista con Martiniano, ¿cuál sería el propósito?

—Informarlo —dije—. Y sacar a su hija Inés de este enredo.

—¿Tiene una propuesta de cómo?

—Tengo una idea.

—Las ideas nunca sobran en este mundo —dijo Rutilio, con ostentosa ironía.

Durante la cena le conté lo que sabía de Cruz Lima, sin ahorrarme nada. Hablé mientras él comía, más de una hora. Cuando terminé, Rutilio mascaba unos higos cristalizados en azúcar.

—Existe un problema en la versión que usted me acaba de dar —dijo—. El problema es que su familia adoptiva queda demasiado bien. En realidad, demasiado mal. Para ser familia de poder, luce demasiado incauta. ¿Cómo explica usted eso?

—Los políticos son seres normales que se proponen cosas anormales.

—¿Por ejemplo? —dijo Rutilio.

—Por ejemplo, gobernar a otros.

—¿O sea? —dijo Rutilio.

—Son ciegos que se creen tuertos.

—Muy filosófico para un periodista de provincias —dijo Rutilio—. ¿Lo que usted me quiere decir es que estos superhombres son tan pendejos como cualquier mortal, salvo que se creen inmortales?

—Más o menos.

—Eso le va a gustar a Martiniano. Dígaselo cuando lo vea.

—¿Voy a verlo?

—Está acordado —dijo Rutilio—. Espere la señal.

Me contó luego el enredo que la ejecución de Cruz había sembrado en los dominios de Agüeros. De tiempo atrás, dijo, Cruz Lima era el ángel rebelde en el coro de Martiniano. Quería ser libre, tener su propio mundo. Se había vuelto el barco insignia de la insurrección de los capos jóvenes, los capitos les decía Rutilio, que revoloteaban en torno a él como los insectos en las bombillas de los ranchos. Martiniano era un sol distante. Cruz era el jefe de a pie, amigo de fiestas y correrías. Los capitos afines a Cruz eran los que habían ocupado Médano Azul en Rosales, los que se habían hecho visibles en la ciudad y se enseñoreaban en ella contra la opinión de Martiniano, partidario del bajo perfil, del poder silencioso. Cruz y sus hombres se habían hecho amigos y cómplices de los comandantes de policía que debían perseguirlos, al grado de confundirse con ellos en distintas operaciones. El trato asiduo con los comandantes, impensable en Martiniano, había dado paso a la confianza, y esta a la infiltración policiaca de los clanes del narco.

—No hay en este juego gente limpia —dijo Rutilio—. La corrupción corta igual del lado de la ley que del lado del crimen. Hay gente en cuya corrupción se puede confiar, porque cae a favor de uno. Y hay gente cuya corrupción no es confiable, porque cae a favor de otro. Otorgar mal la confianza cuesta caro. La confianza en un agente policiaco equivocado hizo perder a Cruz su gran siembra de mariguana, la que iba a hacerlo rico. La rabia por esa pérdida lo hizo descuartizar a los tipos de *El camarón andante.* Creyó que eran agentes, cómplices de los soplones que habían denunciado su siembra. Vea lo que siguió. Cruz y sus jefes no sólo no aceptaron su error, sino que lo volvieron bravata. Contaron a la prensa los detalles de su salvajada, como un aviso del trato que darían a los traidores. La consecuencia de aquel desplante, ya la vio usted, fue muy cara, nada menos que la *Operación Buitre.* Créame si le digo que Martiniano había previsto el desastre en una reunión con Cruz y sus capitos. Les dijo: "En este negocio de locos, el pecado es pasarse de loco". Eso es justo lo que hizo Cruz, se pasó de loco, y en el pecado llevó la penitencia. Los comandantes amigos de Cruz Lima explicaron las cosas de otro modo. Y acá es donde viene el cuatro. Según los comandantes, las muertes de aquellos turistas fueron sólo un pretexto del general y del gobierno para echarse sobre Martiniano Agüeros. Martiniano era el blanco, según los comandantes, porque era demasiado visible ya. Estorbaba el negocio porque el gobierno no podía seguir haciéndose de la vista gorda con él. Según los comandantes, Martiniano era la pieza que había que quitar de en medio para que el gobierno volviera a hacerse de la vista gorda con el negocio del narco.

Rutilio bebía oporto y fumaba sin parar.

—¿Cuál es su conclusión de todo el asunto? —pregunté.

—Mi conclusión es que el ejército se echó sobre Mendoza porque el general secretario protege el tráfico en otras zonas del país —dijo Rutilio—. Limpiando Mendoza mata dos pájaros de un tiro: se lava la cara y quita la competencia. Parte de su plan contra Martiniano fue alentar la rebelión de Cruz Lima. Algo logró. Martiniano tuvo que aguantar el ataque del gobierno y parar el motín de sus locos. Pensó, mal, pero eso pensó, que el gobierno se le iba a venir encima en serio, que el general secretario de la defensa iba a arrasar su pueblo de la sierra y la sierra toda.

—¿Esa fue su razón para entregar a Cruz Lima?

—Esa: parar al gobierno —dijo Rutilio—. Pero tenía también otra razón de peso, una razón interna. Tenía que mostrarle a sus tribus quién tenía el mando. Probar eso enredó mucho las cosas. Mire usted: Cruz Lima y su gente fueron entregados al gobierno por un chamaco malaentraña a quien llaman *El Güerín* Morales, hijo de un célebre matón de los tiempos heroicos, *El Güero* Morales, a quien tuve oportunidad de conocer, ya retirado, anciano, cosido de heridas, en alguna de mis andanzas periodísticas. *El Güerín* Morales era enemigo mortal de Cruz Lima. Sólo en él podía confiar Martiniano para entregar a Cruz atado de pies y manos al gobierno. Y a él se lo confió, a *El Güerín* Morales, para que este lo fuera a entregar al gobierno. Cuando se supo aquí que Cruz y sus muchachos fueron entregados al gobierno muertos y castrados, a nadie le extrañó, porque se sabía del odio de *El Güerín* por Cruz Lima. *El Güerín* y Cruz apenas podían verse sin que salieran a relucir las pistolas. A todo mundo le pareció creíble que Martiniano, para ajustarle las cuentas a Cruz, hubiera mandado a *El Güerín* a entregarlo. Y a todo mundo le pareció creíble también que *El Güerín* entregara a Cruz muerto, cortado de todas partes. ¿Me sigue, colega?

—Lo sigo. ¿Pero por qué Martiniano no desmintió esa versión?

—Porque nadie le iba creer entre la gente de Cruz. Entonces Martiniano hizo de la necesidad virtud: si nadie iba a creerle entre los capitos que no había mandado matar a Cruz, mejor que se les pararan los pelos creyendo que de ese tamaño se las gasta todavía Martiniano Agüeros. Si eso era capaz de hacerle a su sobrino, qué no podría hacerle a los capitos.

—¿Agüeros no desmintió la versión para asustar a sus capos rebeldes?

—Así es —dijo Rutilio—. Para ver si los domaba por las malas, ya que no los había podido domar por las buenas. Ahora bien, como siempre sucede en estas cosas, hubo en todo el asunto un hilo podrido de más. Y es este: uno de los voluntarios que fueron ejecutados con Cruz Lima era el hermano menor del capo más loco y peligroso de Cruz, un chiflado de época llamado Erubiel Carmona, a quien apodan *El Jano*. Por la muerte de su hermano menor, *El Jano* Carmona le juró venganza de muerte a *El Güerín* y al propio Martiniano. No es amenaza de desestimar. Mire, colega, para que se dé una idea de quién es *El Jano* Carmona, oiga esto. Dicen que se "desaburría" de sus crudas preguntando a su gente: "¿Alguien que quieran matar? Ando de vena". Después de la ejecución de su hermano menor, *El Jano* anda de vena como nunca.

—¿Va a vengarse de Morales?

—De hecho, su venganza contra *El Güerín* Morales ya empezó —dijo Rutilio—. Un hermano menor de *El Güerín* fue ajusticiado hace cuatro días en un rancho de la sierra. Note usted la simetría con el hermano menor de *El Jano* muerto en compañía de Cruz Lima.

—Pero Morales no mató al hermano de Carmona. Lo mató el ejército.

—Así es, colega —dijo Rutilio—. Pero *El Jano* sí mató al hermano de *El Güerín* y *El Güerín* ha jurado vengarse de *El Jano* por la muerte de su hermano menor. En consecuencia, lo que antes de la ejecución de Cruz era una rebelión en las filas de Martiniano, ahora es una guerra interna de la banda. *El Jano* ha empezado a disparar sobre todo lo que suene a Martiniano Agüeros.

—¿Cómo resume usted la situación?

—El resumen es este —dijo Rutilio—: lo último que hubiera querido Martiniano es ver muerto a Cruz Lima, su sobrino. Eso, pese a los muchos indicios de que sería Cruz quien terminaría cortándole la cabeza. Martiniano no negó haber matado a Cruz, porque no iban a creerle. Algo podía sacar de esa muerte apareciendo ante los capos jóvenes, los seguidores de Cruz, como un verdugo sin alma. Martiniano juzgó todo con la precisión habitual, salvo la furia de *El Jano*. No es asunto menor, colega. *El Jano* es una amenaza para cualquiera y es un aliado deseable para los enemigos de Martiniano. *El Jano* es también una esperanza para los capos jóvenes, que se le sometieron a la fuerza a Martiniano pero quieren vengar la muerte de Cruz. Esos capitos creen, además, como le he dicho, que una vez caído Martiniano los negocios volverán a la normalidad en nuevas manos, es decir, en las de ellos. ¿Qué le parece?

—Intrincado y transparente.

—Eso es, colega —dijo Rutilio—: intrincado y transparente. Pero ha empezado a sangrar. Ahora, la increíble historia de todo esto no es la de Martiniano y sus jóvenes turcos, sino la de Martiniano y el general secretario. ¿La conoce usted? ¿Quiere escucharla? Le cuesta dos oportos.

Pedí dos oportos.

—Apunte en su recta cabeza, colega —dijo Rutilio—. El general secretario se la juró a Martiniano Agüeros muchos años atrás, cuando era todavía un orgulloso coronel en ascenso. Tendría entonces cuarenta años, y tres de viudo. Pero la próstata adulta no conoce el duelo prolongado, mi amigo. Martiniano Agüeros le puso enfrente al coronel la clase de mujer con quien le urgía salir de viudo y perder la calma. Se llamaba Jacinta. Oficiaba, novicia, en un burdel de Rosales. Martiniano la trajo de Rosales para agradar al coronel, porque el coronel no sabía mirar hacia otra parte cuando los cargamentos de Martiniano pasaban por los retenes. El coronel puso los ojos en Jacinta. Desde el primer momento tuvo por ella la más cursi de las pasiones, esa que llamamos amor a primera vista. Jacinta tenía una cintura pequeña, colega, y unas caderas anchas. También tenía una sabrosa risa de puta, que le salía como una llamarada del fondo del alma. Y tenía unos dientes blancos y una cara de virgen. La puta virgen, colega, mezcla irresistible. Tal como previó Martiniano, bajo la cáscara del militar de hierro había un tonto de alcoba, un sardo al que nunca le había pasado por la cama una mujer de campeonato. Porque Jacinta era una mujer de campeonato, colega. Era quince años más joven que el coronel. Quince años más viva, también. Jacinta le inventó al coronel un gran romance adulto y lo hizo comer de su mano. El coronel se puso una encuerdada de época. Dice el refrán que jalan más dos tetas que dos carretas. Las nalgas de Jacinta jalaron en el coronel lo que no habían jalado la ambición ni la codicia. Todo lo que había sido imposible sacarle hasta entonces, se lo sacó Jacinta. El coronel dejó de ser hostil a las cargas prohibidas de Martiniano, se volvió su cómplice. Del brazo del coronel, urgido de billetes para los antojos de Jacinta, Martiniano abrió la red de pistas aéreas que tiene todavía. Grandes cargas de coca venían del sur, tocaban nuestro querido suelo y seguían rumbo a la frontera norte, para ponerse a tiro de la naricilla de nuestros vecinos. Todo iba bien, pero el crimen es imperfecto, colega y, como siempre, alguien erró. Ese alguien fue Martiniano. Había escogido a Jacinta para el coronel siguiendo su propio gusto y siguiendo su propio gusto le dio por frecuentar a Jacinta. Fue y vino de ella como su dueño, sin precaución, hasta que lo supo el coronel. Una noche, Martiniano salía de una cantina de Mendoza con Jacinta colgada del hombro y el coronel les salió al paso apuntándoles con una escuadra. Le temblaba de rabia en la mano. “Te he faltado”, aceptó Martiniano, tratando de aplacarlo, “pero todo se puede arreglar”. El coronel no estaba en vena de arreglos, sino de ajuste de cuentas. Como dueña del animal que era, Jacinta se adelantó a calmarlo, pero justo en ese momento el coronel saltó al vacío y disparó. Jacinta cayó hacia atrás con un tiro en el pecho, fue el escudo involuntario de

Martiniano. El coronel corrió hacia ella gritando. Cuando volvió en sí, los hombres de Martiniano lo tenían copado y Jacinta había muerto. Martiniano cubrió el crimen, dio sepultura a Jacinta y tuvo al coronel en sus manos. Huyendo del chantaje de Martiniano, el coronel pidió su traslado a otra región. Pero el agravio siguió pendiente. Con el tiempo, el coronel borró de su agravio el detalle de haber sido él quien disparó. Martiniano Agüeros quedó en su memoria como el asesino de Jacinta. El coronel prosperó, fue general, luego subsecretario. Ahora es secretario de la defensa. De aquellos lodos vienen estos polvos, colega. Detrás de la *Operación Buitre*, está la *Operación Jacinta*. ¿Qué le parece?

Me despedí de Rutilio en la mitad del siguiente oporto. Le dije:

—Respecto de la visita a Martiniano, debo decirle que no voy solo. Va a venir conmigo Salomón Rodríguez.

Rutilio aceptó la nueva con una sonrisa roja y dulce, como su oporto.

—Supe que andaba por aquí —me dijo—. La señal de marcha incluirá a Salomón, desde luego. También allá tienen ganas de verlo.

19

Nos llevaron a una casa de campo en las estribaciones de la sierra. Cruzamos garitas de hombres armados como quien cruza siembras por el camino. La casa tenía torreones con vigías y nidos de ametralladoras. El frontis tenía una puerta de madera labrada y un corredor donde esperaban, avisados de nuestra cercanía, Inés y Martiniano Agüeros. Cuando bajamos del coche, Inés vino corriendo y saltó, las piernas abiertas, sobre las caderas de Salomón. Se perdieron en un abrazo bajo la cabellera de Inés. No hubo más realidad para ellos que su encuentro. Martiniano quedó para mí.

Nos saludamos en el corredor con un alerta apretón de manos. Era la tercera vez que nos veíamos. La primera en su rancho de la costa, la segunda en su pueblo natal de la sierra, ahora en aquella fortaleza artillada que describía bien el asedio a que estaba sometido. Encontré al mismo hombre alto, cuadrado y fresco, como recién bañado, con una cenefa de luz en la piel y las facciones curtidas, forradas por un bozo fino, como el de la gamuza. En su frente bailaban ahora no sólo las arrugas de la intemperie, que habían dejado un cauce claro, sino también una sombra de tormenta: contratiempo y mal humor.

Pasamos a la sala de la casa de campo, a la infaltable colección de muebles de cuero, fierros de ganadería, mármoles y jarrones chinos fuera de lugar. Martiniano pidió unas cervezas para refrescar el daño del camino, según dijo. Me preguntó por Santos, respondí generalidades. Pregunté después generalidades y él respondió generalidades. Luego fui al grano. Mi encargo era decirle lo que había pasado con Cruz Lima. Nadie lo sabía tan bien como él, pero no abrevié mi relato. Lo solté todo apenas nos trajeron las cervezas y quedamos solos en la gran sala de techo de ladrillo abovedado. Me oyó con atención, sin interrumpir una sola vez. Cuando terminé, dijo:

—Le agradezco el relato. Veo que allá también tienen sus problemas, los únicos problemas que hay en el fondo, que son problemas de lealtad y traición. Respecto al general secretario, dígale al muchacho de Santos que no se preocupe. Yo sé quién es ese cabrón, y lo que busca. Me queda claro que en esta jugada los ingenuos fuimos el muchacho de Santos y yo. No creí que entregaba a Cruz y a sus locos al ejército, sino a la fiscalía. Debí asegurarme de que el ejército no fuera parte del trato. Yo no quería la muerte de Cruz, aunque él soñara con la mía. Quería sacarlo un tiempo de la circulación, darle unas vacaciones para que se aplacara. Me lo regresaron muerto, con sus partes cortadas, y culpándome a mí de haberlo hecho. No negué la versión porque hubiera sido inútil. Y porque la versión asustó a los fieles de Cruz. Vinieron a ponerse a mis órdenes. No tengo respeto por esos locos, pero vale más tenerlos asustados y obedeciendo que engallados y sueltos. Aun así, uno ya se ha saltado la cerca. Le dicen *El Jano*. Recuerde su nombre, *El Jano* Carmona. Traerá muerte. Va a oír de sus hazañas como si fueran mías, como si *El Jano* fuera mi subordinado. Pero no lo es, al contrario. ¿Se lo contó Rutilio?

—Sí.

—Se lo refrendo yo. A usted ya le han dicho lo que pasa en Mendoza —siguió Martiniano—. No le digo nada nuevo. Usted tampoco agrega mucho con su relato a lo que yo ya sabía. Acepté verlo, con los riesgos que implica, porque tengo un pacto que ofrecerle al muchacho de Santos.

Se pasó una mano cavilosa por la frente y por la mandíbula. Preguntó:

—El muchacho de Santos, ¿puede ser presidente?

—Puede —dije.

—¿Es gente de visión y coraje?

—De sobra —dije—. Ese puede ser su problema.

—Entonces quizá vamos por buen camino —dijo Martiniano—. Mire, yo soy un hombre terco, lo he sido toda la vida. Pero entiendo que este negocio no puede durar para siempre. En algún rato hay que salirse de él, si no quiere uno que lo saquen a tiros. Mi hora de saltar fuera está muy cerca. Eso es lo que quiero, que me dejen fuera. Mi propuesta es como sigue: yo puedo desmontar este negocio, o ayudar a desmontarlo, porque lo conozco desde acá y desde allá. Lo conozco desde nuestro lado y desde el lado del gobierno. El gobierno, como usted sabe, es la mitad de nuestro negocio. Nosotros somos buen negocio para mucha gente del gobierno. Ustedes, la parte del gobierno que no es parte de este negocio, no saben dónde tienen al enemigo y dónde al socio. No saben cuánto les cobra el socio, ni cuánto les paga, cuándo les cumple y cuándo les deja de cumplir. Yo sé exactamente cuándo, cuánto y quiénes. Eso es lo primero que puedo ofrecerle al gobierno, al muchacho de Santos: el mapa de cómo están efectivamente las cosas. Eso le ayudará a limpiar, si quiere, del lado de allá. Puedo anticiparle que muchos de los enemigos políticos del muchacho tienen las manos metidas en esto. Me quieren cortar a mí para que ganen sus socios. Ese es el juego del general secretario: sacarme a mí para que ocupen el terreno sus protegidos. Entiendo que le contaron la historia de Jacinta. Aquello cuenta, pero no tanto como esto que le digo. Mi ex amigo el general es un cabrón, pero es un cabrón estratega, y harán muy mal en subestimarlo como adversario. Entonces, aquí van estas cuatro cosas: primero, puedo ayudar a parar el tráfico en Mendoza; segundo, puedo decirles quiénes del gobierno están en esto; tercero, mientras paramos el tráfico en Mendoza, garantizo el control de la violencia y la seguridad en la zona. Le recuerdo que así estuvo mucho tiempo, hasta que se desbocaron los locos de Cruz. Cuarto, garantizo que no expandiré mis operaciones ilegales a otras zonas del país sino que me mudaré con mis capitales, muchos o pocos, a negocios legales. Invertiré en esta zona lo que de aquí he sacado.

—¿Qué espera a cambio?

—Cuatro cosas —dijo Martiniano—. Primero, que acaben de una vez la *Operación Buitre.* Dicen que la van a terminar, pero el ejército sigue dueño de Mendoza. Ha sido una poda sin fruto; nosotros seguimos escondidos, pero intactos. Segundo, que saquen de Mendoza a los comandantes y a los agentes dedicados a combatir el tráfico; ellos son los grandes padrinos del negocio. Tercero, que me autorice la limpia de la mala yerba local, según una lista razonada por mí y validada por el gobierno. Cuarto, facilidades para el paso de mis capitales y mi gente a la legalidad.

Recordé que la última opción era la oferta que Santos le había hecho a Martiniano cuando se conocieron. Martiniano la había rehusado con altiva elocuencia. Pensé que, después de todo, la *Operación Buitre* no había sido inútil en sus efectos. Al menos había puesto a Martiniano al borde de la extinción, o en el camino de la humildad. Vista así, su oferta era ridícula, la oferta de un negociador ahorcado. Luego entendí que su plan no venía de la humildad, sino de la prepotencia. Ofrecía un trato de poder a poder, para hacer él lo que el gobierno no podía: controlar el hampa, pacificar la región. Ninguna de las cuestiones de estado que Martiniano ofrecía podía hacerlas el estado. Hasta aquí había llegado nuestra tolerante república mafiosa, hasta la posibilidad de que un gran capo del crimen organizado le ofreciera un pacto de buen gobierno.

—Si aceptan el trato que propongo, hacemos una limpia para diez años —dijo Martiniano—. Hasta que se vuelva a pudrir la mata. Pero yo estaré fuera para entonces. Es mi compromiso. Y mi oferta.

—Mi tarea era contarle —dije—. De lo que usted ofrece, no puedo decidir.

—Puede darme su opinión —dijo Martiniano.

—Es posible que usted tenga razón. Es posible que esto sólo pueda arreglarse mediante un pacto con ustedes.

—¿Usted apoyaría ese pacto?

—No —le dije—. Por lo menos, no públicamente.

—No busco un pacto público —dijo Martiniano—. Todo lo contrario: lo que quiero es un pacto clandestino, pero que tenga efectos públicos. Al final, eso es lo que importa. ¿No cree usted?

—No del todo —dije—. Tarde o temprano los medios tiñen los fines.

—Agradezco su sinceridad, aunque lamento su postura —dijo Martiniano—. ¿Puedo confiar en que transmitirá mi mensaje o debo buscar otro conducto?

—Transmitiré hasta su última palabra —dije—. Mejor aún, escribiré la propuesta para que la autorice, con la certidumbre de que será entregada a quien usted me diga.

—No me gustan los papeles —dijo Martiniano—. En mi mundo basta la palabra.

—No tiene que firmar nada —le dije—. Basta que lo lea y apruebe su redacción.

—Usted es mi invitado, puede hacer lo que quiera —dijo Martiniano.

Por la noche salimos al patio de la hacienda. El cielo estaba estrellado y sin nubes. Había un velo de luz fría sobre los pinos, un brillo en el curso de un río sierra arriba, una víbora de plata.

—Me dijo Rutilio que tiene usted una idea sobre cómo sacar a Inés de todo esto.

—Sacándola —le dije.

—Más fácil decirlo que hacerlo —dijo Martiniano—. ¿Tiene alguna idea de cómo?

—Deje que se la lleve Salomón. Déjelos ser lo que son.

—¿Y qué son?

—Como dice el poeta: son una pareja par.

—Una pareja par. Qué bien dicho. Pero el poeta no va a cuidarlos. Serían una presa fácil para muchos.

—Basta soltarlos lejos de aquí —dije yo—. Que salgan de su medio podrido, de sus historias, que sean sólo dos que viven juntos.

—Lo único que puede darme miedo en la vida es Inés inerme —dijo Martiniano—. No puedo ni pensarlo.

—Hay más riesgo para Inés en el corral cerrado de Mendoza que en el mundo ancho y ajeno.

—Mendoza es mi cueva —dijo Martiniano—. Nada puede sucederle aquí.

Entendí que en su cabeza Mendoza era un coto de hierro blindado contra el azar, el coto de su omnipotencia.

Salimos al otro día de la hacienda artillada de Martiniano. Para Salomón nuestro paso por ahí fue un suspiro, para Inés nuestra partida casi una afrenta. Tuve que convencerla de que Salomón debía volver conmigo: yo lo había traído a verla, ella debía ayudarme a que lo vieran sus padres. Se dieron un adiós largo, como su encuentro. Martiniano me llevó aparte.

—Algo de lo que hablamos ayer se me quedó dando vueltas —me dijo—. Le pregunté a usted si Sebastián Rodríguez era hombre de visión y coraje. Me dijo usted que tenía esas cosas de sobra y que ese podía ser su problema. No entiendo. ¿Cómo puede sobrarle a alguien visión y coraje?

—Cuando la realidad es ciega y mezquina, la gran visión puede ser tontería, y el coraje, necedad.

Martiniano me dio un abrazo ceñido, intencionado, alerta. Puso la mano enorme sobre los hombros de su hija, mientras subíamos al coche. Nos vieron partir desde el corredor techado de la casa, Inés movió la mano despidiéndonos hasta que el camino nos sacó de la vista.

Salomón y yo volvimos sin hablar, entre un bosque de pinos, garitas de vigilancia, cauces de agua que bajaban de la sierra haciendo serpentinas. Salomón dijo que quería regresar, quedarse con Inés. En una curva larga desde la que podía verse el valle neblinoso abajo, pedí al chofer que hiciera un alto para orinar. Le dije a Salomón que bajara. Caminamos unos metros a la orilla del camino, lejos del coche, y le pedí que me hablara de Inés.

—Está presa, tío —me dijo—. Yo quiero estar preso con ella.

—Lo que hay que buscar es que estés libre con ella.

—¿Cómo, tío?

—Premeditando —le dije.

—No tengo paciencia. No quiero pensar.

—No renuncies a lo que no conoces.

—¿Me va a regañar?

—No estás en edad.

—Bastante bizca me la han puesto, tío. No me diga que no.

—Tú no hiciste este enredo —le dije—. Pero tú lo tienes que desenredar.

—No es justo.

—Es la vida. No culpes a otros de tu vida. Resuélvela tú.

—No me joda, tío. Ayúdeme.

—Ya te demostré que soy tu aliado.

—Así es. Muchas gracias.

—No hay nada que agradecer todavía.

—Usted no estuvo con Inés —dijo Salomón. Respiró el aire limpio de la montaña—. Si hubiera estado, sabría cuánto le debo.

—Me gusta esa deuda —le dije—. No causa intereses. ¿Estamos de acuerdo?

—De acuerdo.

—Ahora que lleguemos a Mendoza, estarán tus padres.

—No me joda, tío. ¿Por qué no me dijo?

—Te estoy diciendo.

—No me joda.

—Aguanta —le dije—. Premedita. Cuida bien tus respuestas a tu padre. Y ni una palabra de más frente a los señores que nos llevan.

Viajamos en silencio tres horas hasta la cabecera de Mendoza. Ahí nos esperaban, desesperados, Santos y Silvana. Santos la había hecho venir de Asturias, de la capital habían volado a Mendoza en un avión del gobierno que les prestó Sebastián. No llegaron a la hacienda del lago, que no habían vendido aún, sino a la casita de recibir que tenían en el pueblo, como seguían llamando a la cabecera de Mendoza, ya una ciudad de cien mil habitantes.

La angustia de Silvana se disolvió en llanto cuando vio a Salomón; la de Santos, en reproche.

—No puedes perderte de esa forma —le dijo, antes de abrazarlo—. No puedes tenernos en ascuas sin saber dónde estás. Esta región se ha vuelto peligrosa para ti.

Salomón me echó una mirada de fastidio y otra de entendimiento. No dijo nada, se echó en brazos de su madre y escuchó los reproches vacíos de Santos. Una comilona de porquerías locales disipó las nubes del encuentro.

Por la noche le conté a Santos mi charla con Martiniano.

—Quiere tomar el camino que le ofreciste —dije.

—Tarde y caro —dijo Santos—. Cuando yo se lo ofrecí era oportuno y barato. Ahora hay que ser sus cómplices para hacerlo. Imagínate: sacar al ejército de Mendoza para que él haga la limpia. Parece una broma. Cuando se lo ofrecí, él era una solución. Hoy, es el problema.

Estuve de acuerdo. Comenté que el ejército tampoco era la solución, sino el problema.

Me levanté con las brumas de la noche y fui hasta la hacienda del lago, al embarcadero. Era invierno, el no invierno seco, algo frío, amarillo, de Mendoza. El lago tenía un metro de niebla fantasmal. El sol del alba la fue disolviendo ante mis ojos. Volví temprano a preparar un café con yema. Huida de su cuarto, entró Silvana a la cocina, todavía cruzándose la bata sobre el pecho. Quería saber lo sucedido con Cruz Lima. Le conté la historia en unas cuantas frases, saltando los detalles sangrientos. Mi versión la calmó sin convencerla.

—Júreme que Santos no tuvo nada que ver en eso —exigió.

—Nada —contesté.

—Júreme que Sebastián tampoco —siguió, algo fuera de sí.

Entendí que Cruz Lima seguía vivo en su memoria, como una espina en la carne, y que Sebastián estaba lejos de sus afectos, como un pariente indeseado, obligatorio pero dudoso.

—Tampoco —dije.

—Júreme que esto nada tuvo que ver con Salomón. Ni conmigo.

—Nada —mentí.

Antes del desayuno oí las primicias en la radio: un tiroteo nocturno en el centro de Rosales había dejado veintisiete muertos y un rastro de metralla por la ciudad vieja. El ejército había ocupado las calles de la ciudad, el gobierno había declarado estado de excepción. Entre los nombres de las víctimas dieron el de Jorge Morales, apodado *El Güerín.* Llamé a Rutilio González.

—No es buena idea que vaya ahora —dijo, sobre mis ganas de ir a Rosales para ver las cosas por mí mismo—. Aquí estalló una guerra y no va a terminar pronto. Todos los fuereños son sospechosos. Más si han venido a entrevistarse con Martiniano Agüeros.

—¿Es decir?

—Están haciendo correr la especie de que Martiniano pidió ayuda a la familia Rodríguez y que este ajuste de cuentas es porque la recibió.

—Es mucho inventar —dije.

—Esa es el agua que corre bajo los puentes —dijo Rutilio.

—¿Qué pasó en realidad?

—Unos pistoleros de *El Jano* se toparon con *El Güerín* Morales en una disco. Se dispararon a quemarropa, mataron a *El Güerín* y a dos de sus hombres. También a doce parroquianos. Los agresores huyeron en dos camionetas pero la gente de *El Güerín* salió atrás de ellos. Los persiguieron disparando por la ciudad vieja. Murieron otros cinco pistoleros, de ambos bandos, y un número indeterminado de transeúntes, porque cruzaron en medio de un baile popular que echaba sus últimas boqueadas. La gente de *El Jano* aprovechó el momento. Fueron a la casa de *El Güerín* en Médano Azul, entraron, secuestraron a la esposa y a los hijos de *El Güerín*, a su suegra y a una tía diabética. Los hijos de *El Güerín* tienen seis y nueve años. *El Jano* los tiene como rehenes, nadie sabe si vivos o muertos.

—¿Qué va a hacer Martiniano?

—Va a responder —dijo Rutilio.

—Salgo en unas horas a la capital. ¿Puedo llamarlo llegando?

—Puede llamarme cuando quiera. Recuerde que me debe una entrevista con el próximo presidente.

Convencí a Santos de que subiéramos al avión que los había traído para volver de inmediato a la capital del país. En el hangar de Mendoza había ya un grupo de periodistas haciendo preguntas. ¿Qué pensaba la familia Rodríguez de la masacre de Rosales? ¿Cuál era la relación de Sebastián Rodríguez con Martiniano Agüeros? ¿Era verdad que yo había sostenido una entrevista con el narcotraficante? Brincamos sobre las preguntas hacia la escalerilla.

—Los periodistas no pueden saber de nuestro avión sino por aviso de alguien —le dije a Santos.

—Viene mal —dijo Santos, cuando los dejamos atrás.

—Mal es un eufemismo —le dije.

20

Los tiroteos de Ciudad Rosales fueron la noticia del día. En el hangar de la capital al que llegamos había una nube de periodistas, alertados por nuestros amigos. Las filtraciones eran la especialidad de la prensa en nuestra república mafiosa. No me quejo. Quien anda en safaris no debe quejarse de los cazadores. El poder, al fin, no es sino una cacería. Había cámaras y reporteros en busca de una declaración. ¿Tenía la familia Rodríguez nexos con Martiniano Agüeros? ¿Mediaba Santos Rodríguez entre el gobierno y el narco? ¿Había tenido yo una entrevista con el capo?

En las noticias de la noche vimos el efecto de tantas atenciones. Según el noticiero televisivo, parte de la familia, hasta hoy desconocida, del secretario Sebastián Rodríguez, había llegado en un vuelo privado de Mendoza (aquí imágenes de las vegas del gran río, los lagos, los pueblos como milagros de pintura ingenua, embarcaderos, mariposas), donde unas horas antes había hecho erupción la violencia del narco (aquí cuerpos acribillados en las calles, los escombros del saqueo, costurones de tiros en las paredes). Mendoza era el refugio de la familia clandestina del padre del secretario Sebastián Rodríguez (aquí Santos, en una vieja foto, con un sarakof paródico, abrazando a una sonriente Silvana, los dientes blancos al aire, joven y fresca en su huipil de tela cruda, los pechos altos bajo la lujosa cenefa indígena, bordada a mano, del cuello). La familia del padre del secretario Rodríguez mantenía relaciones amistosas, hasta ahora no desmentidas, con el capo mayor del narcotráfico en la región,

Martiniano Agüeros (aquí una foto desleída de Martiniano joven, la mirada ebria, desconfiada y risueña del enemigo público en ciernes, camino a su cumbre de sangre, leyenda y cacería). Según algunas versiones que los medios buscaban confirmar, el consejero de toda la vida de la familia Rodríguez (aquí yo, con mi corbata gruesa, mi traje de solapas anchas de otra época fumando un cigarrillo cuyo humo se iba al cielo junto con las puntas de una corbata que se soñaba bandera) había sostenido una larga entrevista con Agüeros en su refugio secreto de Mendoza, donde el capo capeaba el temporal de la *Operación Águila* (aquí la primera imagen seria del circo: una secuencia filmada de la hacienda de Martiniano donde yo acababa de estar con Salomón, la toma como con un rifle de mira telescópica del coche en que Salomón y yo llegamos a la propiedad, los rasgos distantes, borrosos, inidentificables, del hombre mayor de corbata y el muchacho de pelos africanos que bajan del automóvil, la muchacha que espera en el frente de la casa junto a otro hombre borroso y salta hacia el joven de los pelos de palmera, entre dos laureles de copas imperiales que crecen en la rotonda de la entrada a la fortaleza).

—Eso es de antier —dije—. Filmaron nuestra visita de antier.

Estábamos en la oficina de Sebastián viendo el noticiero. Le había contado ya mi entrevista con Agüeros (aquí, durante mi relato, el dedo índice de Sebastián yendo y viniendo a la punta de la nariz para espantar las moscas de la sorpresa, la contrariedad, la ira).

—No sé cómo vamos a salir de esta —dijo Sebastián cuando terminó el noticiero.

—Agüeros está ofreciendo un trato —dijo Santos.

—Agüeros no está en condiciones de ofrecer tratos —respondió Sebastián—. Agüeros está en condiciones de rendirse y obtener, si acaso, un salvoconducto. Quiero decir, una prisión segura, que garantice su vida. Nada más.

—La última promesa de prisión segura que recibió fue la de Cruz Lima —dijo Santos.

El dedo de Sebastián volvió a su nariz a espantar la mosca de la ira, mientras miraba a Santos, conteniéndose, dejando de mirarlo, volviéndolo a mirar.

—Agüeros está en medio de una guerra que no tiene que ver con nosotros —explicó Santos, con impertinencia doctoral—. Su guerra con el ejército es la que menos le preocupa. Su problema es cortarle la cabeza a sus retoños, volver a ser el hombre fuerte de Mendoza. Para eso necesita cargarse a *El Jano* y someter a los demás.

—Eso quiere decir que siguen más muertes —dijo Sebastián—. Más municiones para la prensa contra nosotros. Necesitamos separarnos públicamente de Agüeros.

—¿Qué quiere decir separarnos? —preguntó Santos.

—Perseguirlo —dijo Sebastián—. Traer su cabeza antes que el ejército.

—Sería lo contrario de lo que hablamos —dije yo, también imprudentemente.

Ni Santos ni yo queríamos negociar con Martiniano, y sin embargo parecíamos empeñados en ello. Acaso queríamos sólo contradecir a Sebastián.

—Usted no fue a negociar a nuestro nombre con Martiniano Agüeros, tío —me dijo Sebastián, desatando sobre mí la furia que había contenido con su padre—. No crea lo que dice la prensa.

Se había puesto de pie, como solía hacer cuando iba a decidir algo, como si pensara haciendo.

—Agüeros hizo lo contrario de lo que le ofreció a usted —me dijo—. Antier le ofreció pacificar la zona, controlar la violencia. Ayer sus gentes rociaron de tiros Ciudad Rosales. Veintiocho muertos civiles, peatones, bailadores de la tanda popular. ¿Esa es la paz que ofreció Agüeros?

—Si quieres paz en Mendoza tendrá que ser a tiros —dijo Santos.

Sebastián volteó hacia él como un gallo de pelea.

—¿Qué quiere usted decir, papá?

—Alguien tiene que echar tiros para terminar con la balacera —dijo Santos—. ¿Quieres ser tú o que sea otro?

—Otro, desde luego —dijo Sebastián, volviendo a espantarse la mosca de la nariz.

—Ese otro no puede ser más que uno de dos: el ejército o Agüeros —siguió Santos—. ¿Cuál prefieres?

—¿Y eso qué quiere decir, papá? —volvió a saltar Sebastián—. ¿Qué es lo que propone usted?

—Propongo no hacer nada hasta ver la respuesta de Agüeros —dijo Santos—. Creo que será contundente, creo que retomará los hilos de su banda. Entonces, podremos negociar con él.

—¡Pero es que nadie va a negociar con Martiniano Agüeros, papá! —gritó Sebastián—. Yo soy secretario de estado, no negocio con delincuentes.

—Negociaste la entrega de Cruz Lima —dijo Santos, sin medir el calor del momento.

—Recibí unos presos ofrecidos —devolvió Sebastián, enrojeciendo—. Y así me fue.

—Abriste una ventana —dijo Santos—. Puedes cerrarla, pero la abriste.

—La abrí por ti —dijo Sebastián, apretando los dientes—. Para ayudarte con tu enredo familiar de allá.

—Agüeros no forma parte de mi enredo familiar de allá, como tú le llamas —dijo Santos—. Agüeros es una posibilidad, heterodoxa, lo reconozco, pero una posibilidad de arreglar el problema del narco en el país.

—Hablas con el corazón, no con la cabeza —dijo Sebastián.

—Trato de pensar con la cabeza —dijo Santos—. Pero si te refieres a tu hermano…

—A él me refiero —dijo Sebastián, sin dejarlo terminar la frase.

—No pensaba en él —dijo Santos.

—No necesitas pensar —dijo Sebastián—. Tú eres él.

El giro de Sebastián fue tan rápido que Santos quedó atrapado por la avalancha como un fósil en el hielo. Sebastián salió de la oficina limpiándose la mosca de la nariz.

Acompañé a un Santos silencioso, sumido en el asiento del coche, a la suite donde había hospedado a Silvana y a Salomón, en el piso veinticinco del nuevo hotel de la ciudad. Se alzaba sobre el bosque como sobre un jardín privado y sobre la mancha parda de la urbe como un anticipo de la ciudad porvenir.

Silvana recogió a Santos cuando entramos para llevarlo a la recámara.

—¿Cuándo podré volver a Mendoza? —preguntó Salomón, pasando por encima de la postración de su padre.

—Pronto —mintió Santos.

Al salir del hotel pasé a ver a Adelaida. De un tiempo a la fecha su casa parecía más grande y Adelaida más sola en medio de tantos cuartos impecables y vacíos. No era una soledad de viuda en pena sino de solista concentrada en su oficio. Manejaba su casa como quien toca una sinfonía, la casa era su partitura, los objetos y los muebles su instrumento. Añadía sin cesar mesas, floreros, cuadros, fotos de familia del álbum de los muertos, tapices de escenas rurales que le recordaban su niñez, y un piano negro con filigranas de bronce. Cada tanto cambiaba las flores de barandales y rellanos. Era la fiesta de las rosas, de las nubes, de las gladiolas, de los amarantos, en medio del jardín drenado, del matrimonio marchito que era el inquilino verdadero de la casa.

Adelaida tenía un dedal de vino en los ojos y un brillo rojo en los labios. Vestía una blusa color alabastro, cerrada al cuello, ceñida en los puños y en el talle, hasta la cintura de la falda, también estricta, que descubría sus piernas jóvenes de bailarina.

—No hace falta que me digas que vino con su mujer y su hijo —dijo, alzando su copa de oporto—. Los vio todo el país en los noticieros. Yo también. No es poca cosa el muchacho. Tiene aura. Ella también, pero de querida de puerto. No voy a hablar de eso, qué puedo decir yo de esa burrada. Y luego el tiroteo, los muertos. Hasta dónde fue Santos a buscarse otra vida. Los hombres quieren olores fuertes. No sé por qué esas ansias de puerto. Tienen algo de zopilotes. Lo peor es que entre más tienen esa parte sucia, más atractivos resultan. No sé por qué. ¿Tú, que puedes explicarlo todo, puedes explicar eso? No. Tú eres igual que ellos. Y tan distinto. ¿Quién eres tú? ¿Quién es mi marido? ¿Quiénes somos? Explícamelo tú, que sabes explicarlo todo. Háblame de Sebastián, ¿cómo va a afectarle este jaripeo?

—Mañana será un mal día —le dije—. Pero habrá pasado a estas horas.

—¿Así de malo? —me miró Adelaida.

—Intolerable antes de suceder, tolerable luego de haber sucedido.

21

Tuve el dudoso honor de ver mi nombre, al día siguiente, en las primeras páginas de los diarios. Fue como mirarme en un cartel que dijera *Se busca.* Según las notas de prensa, yo era la eminencia gris, el gestor secreto de la familia Rodríguez. Mi visita a Martiniano Agüeros era la prueba de los tratos de Sebastián con el narco. De acuerdo con una versión, yo había ido a buscar el dinero que Agüeros le pagaba a Sebastián para que Juan Calcáneo, el fiscal, le dijera los planes de la lucha del gobierno contra el tráfico de drogas. La fuente de esa versión era un testigo protegido, un narco preso, cuyo nombre no podía revelarse. Todas las notas subrayaban la cercanía de la familia Rodríguez con Agüeros. Repetían después lo ya dicho sobre el tema. Cada repetición de lo viejo parecía probar lo nuevo, a saber, que mientras el gobierno batía al narco en Mendoza, los Rodríguez hacían tratos con el capo mayor de la región.

Ninguna de estas versiones salió en la prensa de Mendoza, lo cual hizo pensar a Rutilio que eran notas filtradas en la capital del país. No venían del narco, me dijo, y a nadie servían sino a rivales mutuos de Agüeros y de Sebastián. Tuve el impulso de negar las versiones y contar lo que sí había sucedido. Mientras escribía me di cuenta de que la verdad de aquellos hechos, tal como la he dicho aquí, era clara en el fondo, pero turbia en la forma, y en política, como en literatura, la forma suele ser el fondo de las cosas. Mi narración veraz de los hechos podía ser más acusatoria que los infundios. Nadie me habría creído, y la verdad lograría sólo atizar la mentira, echarle más leña a la hoguera donde querían quemar a Sebastián. Me resigné a la condición pública, tan falsa como tenaz, de pasar por ser el correo de la familia Rodríguez con el narco. He pagado desde entonces ese impuesto moral aun entre quienes no dudaron nunca de mi palabra al respecto. Calumnia que algo queda, dice el dicho. Y dice bien.

—Apenas empieza —advirtió Sebastián en la junta de la tribu—. Quieren la cabeza de Calcáneo, luego la mía. Si Agüeros no para el tiroteo, tendremos que ser sus perseguidores.

—Si lo para, también —dijo junto a mí Itza Sotelo.

Asentí a sus palabras.

En los días que siguieron hubo otros muertos en Mendoza. Dos familias fueron ejecutadas en ranchos de la sierra, seis cuerpos sin ojos aparecieron en las barrancas del pueblo de Mendoza, otros con las manos atadas a la espalda y el tiro de gracia en el Parque Díaz de Ciudad Rosales. Tal como dijo Santos, parar el tiroteo requería más tiros.

Yo hablaba diario con Rutilio para llevar la cuenta de las bajas. Rutilio me contaba las ejecuciones y su origen. "Esos fueron de Agüeros." "Esos de *El Jano.*" "Esos de los comandantes."

—¿Para qué se meten los comandantes en esto? —pregunté.

—Para enconar y confundir —me respondió Rutilio.

Hablábamos por la noche, cuando cerraba el diario, y por la mañana, a primera hora, para lo que hubiera escupido la noche. Me di la tarea no pedida de ser el correo de aquellos hechos para Salomón y Silvana. Todas las noches, luego de hablar con Rutilio, iba a la oficina de Sebastián a dar el parte y seguía a la suite del hotel donde Silvana vivía dando órdenes y cumpliéndose caprichos de diva. Salomón engañaba el tedio viendo películas. De poco valía decirle que si alguien estaba protegido en todo esto, ese alguien era Inés. No tenía argumentos contra su argumento de que, en medio de la carnicería, Inés era una pieza de caza mayor. De vuelta a casa me sorprendía pensando obsesivamente en las salidas que podía tener aquel enredo para Inés y Salomón, los únicos con una causa limpia en todo el lío, los únicos que no habían sembrado los peligros que los acechaban.

Temprano por la mañana, luego de que Rutilio añadía sus cuentas lúgubres a las del día anterior, me iba a la oficina de Sebastián para las juntas mañaneras. Los informes de Juan Calcáneo sobre la guerra de Mendoza eran menos precisos que los de Rutilio. Pero en ambas versiones la cuenta de los muertos favorecía a Martiniano, y nos comprometía a nosotros.

Me admiró en esos días la frialdad de Sebastián, su falta de complacencia consigo mismo y con su gente. Lo movía una insatisfacción continua, tanto frente a los hechos propicios como frente a los adversos. No había cosa del todo ganada para él, no había meta cumplida, no había reposo después de la batalla. Había sólo el placer de la acción, el correr sin fin de ideas, salidas, alertas, trampas, salvamentos: la guerra de todos los días, cada hora de cada día.

Un mañana me pidió quedarme después de la junta:

—Tengo algo que proponerle —dijo.

Cuando nos quedamos solos, me explicó:

—Esta guerra no se libra para nosotros en Mendoza, sino en la prensa, tío. La prensa que creímos amiga, no lo es, y la que sabíamos enemiga, lo es más que nunca. Quiero que nos ayude en ese frente. No estamos perdiendo la batalla en Mendoza. La estamos perdiendo en los medios, porque la prensa no es nuestra. La prensa está en manos de nuestros enemigos. Esta es la lección de estos días.

—En materia de prensa yo pertenezco a la pelea pasada —dije.

—No se ofenda, tío —dijo Sebastián, con su sonrisa invencible, capaz de rodear el lado malo de la realidad hasta encontrarle el lado flaco—, pero la prensa que nos ataca hoy pertenece también a la pelea pasada. Está usted que ni pintado para tratar con ella. No le faltarán recursos, ni apoyo. Y de la confianza, no hablamos: usted es parte de mi cuarto de guerra, tiene estrella de general.

—Si puedo servirte en algo, serviré —le dije—. Sólo pido no ser quien maneja el dinero.

—¿Le parece Itza para eso? —propuso Sebastián.

—Me parece —contesté.

En nuestra república mafiosa la prensa tenía pocas de las grandezas que le son propias y casi todas las miserias de las que es capaz. Por miedo, por simpatía o por complicidad, los diarios eran correos del poder. La variedad de poderes creaba la ilusión de libertad, pero lo cierto es que la prensa tenía varios amos ajenos a ella. Su servidumbre múltiple era la fuente de su pluralidad. Era, en verdad, un oficio vicario, el correo público de los poderes ocultos. Salvo rarezas como Octavio Sala o Antonio Solano, los periodistas de aquel mundo no habían cultivado el orgullo por la autonomía, que es la base de su independencia y, al final, de su verdadero poder. Nuestra prensa no era un archipiélago de lobos solitarios, seguros de su fuerza, sino una manada de perros amaestrados, incapaces de buscar su propio alimento. Lamían la mano que les daba de comer y mordían lo que ella les mandaba.

Muchas cosas habían cambiado en la prensa durante los años de crisis, pero no lo fundamental. Era más libre y ácida, más influyente también, porque recogía los agravios de la sociedad y atacaba la parte del gobierno que no le daba de comer, lo cual la hacía parecer insobornable, pero seguía presa en lo esencial de sus hábitos viejos. Se confundía la noticia exclusiva con la filtración interesada, la investigación periodística solía reducirse a obtener de políticos en pugna retratos difamatorios o documentos escandalosos sobre sus rivales. Y las mayores fuentes de información dura seguían siendo las alturas secretas del gobierno. De modo que nuestra prensa iba a los asuntos fuertes por el soplo de los poderes enemigos, no por su propio pie. En los últimos años padecía los achaques de una genuina infatuación democrática. Pero en la fuerza de las preguntas, llenas de rabia cívica, que hacían tantas reporteras jóvenes y tantos reporteros críticos, recién venidos al mundo de la prensa libre, yo seguía oyendo las consignas de los dueños del juego, la voz de los poderes reales, del gobierno y sus políticos, de la plutocracia y sus caudales, de los caciques y sus redes de siervos y beneficiarios, de los jefes de la república mafiosa, en suma, nuestros dueños y rivales, dando sus viejos pleitos podridos con los nuevos trastos de la vida democrática.

Lo cierto es que llevaba treinta años de no ver a mis colegas en plan profesional. Tenía con casi todos un trato cordial y respetuoso, aunque fuera la cordialidad de los gitanos que no se echan la suerte y el respeto de los enfermos que tienen la misma dolencia terminal. Fui a las televisoras y a la radio, luego a los diarios, llevando a todos las dos cosas que no saben rechazar: noticias y dinero. No pude parar la campaña desatada contra Sebastián, pero hice oír su punto de vista y desmentí los infundios básicos en casi todas partes.

Para ayudarme en la tarea, hice circular las crónicas de Rutilio Domínguez sobre los hechos de Mendoza. Fue mi peón de brega. Tenía las ventajas del encanto y de saber de qué hablaba frente a todas las otras fuentes torcidas de información sobre el asunto. Rutilio daba una versión fresca, apasionante, compleja, de la urdimbre del narco en su región. Fue lanzado a la fama con una entrevista en la televisora que era virtual dueña del negocio y de la audiencia. Su voz se oyó después en la radio y sus crónicas mendocinas salieron en los diarios de la capital. Pero el balance de la situación en la prensa siguió siendo adverso a Sebastián. Encontré a su rival en la carrera por la presidencia no sólo mejor ubicado, sino con un dominio del campo tan grande que rayaba en la complicidad.

—Si la prensa es el termómetro, estamos muertos —le dije a Sebastián—. Esto es un hecho.

—Hay que actuar —dijo él—. Contra los hechos de la prensa, sólo pueden hablar los hechos de la realidad.

El molino de sangre de Mendoza puso todo en uno de esos cruces de vive o muere normales en la política. La política siempre tiene prisa, hace ver todo urgente, turbio o claro, pero inaplazable. Sebastián parecía a punto de ser devorado por los cargos de sus tratos con el narco y por el pecado de escándalo que hacía ver a su padre como un rey viejo, lúbrico, preso de pasiones que manchaban a su hijo porque permitían adivinar en él esas mismas pasiones. Para jugar bien el torneo del poder no hacía falta ser honesto, pero había que parecerlo.

Con el lío de Mendoza, quedó en duda la posición de Juan Calcáneo en la fiscalía y de la misma tribu de Sebastián en el gobierno. La tribu era vista en la prensa como lo que era: una pandilla en busca del poder para su jefe. Aunque no fuera sólo eso. No podía saberse quién iba a ser el nuevo presidente, pues faltaba un año para el cambio. Era el tiempo justo, sin embargo, para que los aspirantes dieran las batallas clave.

Corrían los últimos años de la república mafiosa. La puja democrática era mayor que antes, pero ser el candidato oficial era todavía el camino cierto al poder. La busca de ese lugar se daba en un juego de espejos dentro del gobierno. Había que ser bien visto en el ágora para no perder puntos ante los únicos ojos que contaban de verdad en el juego, los ojos del presidente en turno. La tradición era que el presidente abría la carrera por su cargo el mismo día en que lo hacían candidato, al nombrar a sus colaboradores, más tarde miembros de su gabinete, condición indispensable para aspirar a la presidencia. El ciclo se cerraba al nombrar a quien iba a seguirle en el puesto, el candidato a la presidencia del partido oficial. El partido oficial dominaba al congreso, pero era dominado por el presidente.

El lugar común decía que el camino más cierto hacia el triunfo en ese juego era mostrar una lealtad sin mancha a los deseos del presidente y tener frente al resto de los buscones un perfil bajo, cauto, paciente, no conflictivo. Lo cierto es que la busca del voto del jefe era una tierra minada en la que había que jugar y correr sin descanso. Los jugadores peleaban a muerte no tanto para lograr el triunfo, que era cosa del presidente, sino para dañar a los otros jugadores ante los ojos del elector final. La lógica del juego no era ganar, sino hacer perder a los otros: no había que ser el mejor, había que ser el último en un campo de batalla poblado de cadáveres.

Al terminar el cuarto año del gobierno de Urías, la puja interna había mermado ya la lista de aspirantes a la presidencia. Quedaban vivos cuatro, pero la pelea de fondo había terminado siendo la de Sebastián Rodríguez, ahora secretario de industria, y Alonso Concheiro, secretario de gobernación. En las redes de prensa de Concheiro había que buscar el origen de lo que Sebastián pagaba por los líos de Mendoza y por casi todos los otros. En las oficinas de Sebastián había que buscar la mayor parte de las trabas gemelas de Concheiro. Reñían a brazo oculto en el coto cerrado de la sucesión presidencial. El parecido entre el lugar de Sebastián en ese pleito y el de su padre treinta años antes me daba vértigo.

Las armas de Concheiro, como rival, no eran comunes. Tenía los vicios morales que suelen ir con la virtud política: principios laxos, ambiciones altas, disposición a usar lo que sea para lograr lo que se busca. Tenía además talento, letras y olfato histórico, sentido del tiempo que vivía. Era un ilustrado, no un gañán, al revés de lo que había sido en su tiempo el rival de Santos: un gañán, no un ilustrado. Para fines de la lucha política, sin embargo, era la parte de gañán la que había que temer en Concheiro. No eran temibles su saber ni su juicio, sino sus ganas de poder, las ganas de ganarle a los demás. Sebastián no repetía el error que había cometido Santos años atrás. No hacía menos a su rival, ni lo ignoraba. Comía todas las semanas con Concheiro. Volvía lleno de ideas sobre cómo pelear con él, cómo ganarle. Cumplía, con claro instinto, la regla clásica de su padre, según la cual había que estar cerca por igual de los amigos y de los enemigos.

—Me entreno, tío. Concheiro pasó con diez la página de loditos en el kínder. Tengo todo que aprender de él en mala leche.

En el estilo de Concheiro había peso y elegancia. Daba los golpes bajos que pedía cada caso, pero no era un político sucio. Tenía furia en el pleito, pero no saña. Repartía sin pudor negocios y dineros, pero no se había hecho rico, ni creía en la necesidad de ser rico para hacer política. No hacía suyo el famoso dicho de la república: "Político pobre, pobre político". Decía, en cambio: "Las madrotas al burdel, los políticos al poder". El dinero era su arma, no su dueño, y el poder su sueño sin rienda, un ideal glotón que siempre quería más y siempre tenía sitio para más.

Concheiro quería poner fin al país patriotero y pueblerino del que era fruto. Tenía una complicidad abierta con las fuerzas reales de aquel mundo, pero todas esas fuerzas, o casi todas, creían con él que las cosas debían cambiar para no poner en riesgo el orden. Concheiro tenía un pobre concepto de la naturaleza humana, pero sabía ver las excepciones. Premiaba la lealtad como la gran excepción que era, y castigaba la traición, sin olvidar que era normal. No era un pillo de gallinero, sino un político nacionalista de profundidad y realismo, y tenía a su favor los hábitos de la nación. Quería quitarle a la república lo mafioso y lo aldeano, no lo práctico, y llevarla al concierto de las naciones (había esas reliquias en su oratoria) como un logro de la política: un paso a lo nuevo con medios viejos pero firmes, ajustados a la grandeza posible de la república.

Hablando un día de estas cosas con Sebastián, se tocó la nariz y me dijo:

—¿Pero entonces, quién va a ser su candidato, tío: Concheiro o yo?

—Si no lo fueras tú, Concheiro —le dije.

No le gustó la broma.

22

Sebastián era un cachorro grande ansioso de probar que era un león entero. A menudo daba zarpazos de más. Una mañana, sin habernos anticipado nada a Santos o a mí, dijo al cónclave de la tribu al que Santos y yo fuimos invitados:

—He decidido sumar gente idónea a nuestro pleito. El presidente me ha autorizado a contratar a *El Duque.* Vamos a traerlo a nuestra causa.

Santos dio un brinco en su silla. Yo también. *El Duque* había sido nuestro espía político y nuestro verdugo civil en los malos tiempos. Buena parte de la campaña contra Santos, luego de la derrota, había venido de aquel bicho político al que toda una vida de sombra en los sótanos del estado había vuelto una leyenda.

—Lo pasado, pasado —siguió Sebastián, sin ver a su padre, aunque sólo a él le hablaba—. Nadie podrá encargarse mejor de nuestros asuntos en las tierras del narco. *El Duque* es el experto en seguridad que nos urge. Formalmente, será asesor de Calcáneo en la procuraduría. Realmente, será nuestro mariscal de campo en esta guerra.

Santos había dejado de oír a su hijo. Yo también.

El Duque venía de atrás, del fondo del tiempo vivo que era nuestro presente. Era, como Santos, un falso huérfano de la revolución. Su padre, un coronel, había muerto en una emboscada a fines de los años veinte —"combate", decía su ficha biográfica. Lo habían matado de un tiro en la frente al doblar el recodo de un camino real en un paraje llamado Palos, junto a un arroyo, donde crecía un ahuehuete de ramas altas.

El ahuehuete podía verse a una legua de distancia, fijo y majestuoso en el llano, soltando y acogiendo pájaros. *El Duque* había nacido el año de aquella emboscada. En la memoria de *El Duque* la figura de su padre tenía la forma del árbol que lo había visto caer. Aquella huella vaga del padre le había dado la orden, según él, de hacerse soldado. Se graduó con honores en el Colegio Militar. Empezó su carrera como adjunto de inteligencia en la guardia del primer presidente civil que tuvo el país, el gran amigo de Santos, el primero que tuvo una oficina propia de espionaje político, hasta entonces materia exclusiva de los militares. La primera tarea de *El Duque* fue espiar a los mandos del ejército que estaban inconformes con el vuelco civil en el poder en la república. Su segunda tarea fue espiar a los civiles del gobierno inconformes con los modos militares del primer presidente civil, el gran amigo y compadre de Santos. Su tercera tarea fue espiar al presidente amigo de Santos cuando dejó de ser presidente y estuvo inconforme con el trato duro que le daba su sucesor, el presidente que nos persiguió a Santos y a mí.

—Extraño su lealtad al presidente de otros tiempos —le había dicho a *El Duque* el ex presidente amigo de Santos, a quien *El Duque* había servido y ahora espiaba.

—Mi lealtad al presidente no ha variado —había respondido *El Duque.* No tuvo que agregar: "Pero usted ya no es el presidente".

La lealtad de *El Duque* no varió, presidente tras presidente, durante los siguientes treinta años. Su dominio del aparato de inteligencia creció, con los gobiernos sucesivos, como una telaraña, y su fama como una leyenda. *El Duque* parecía saber todo de la tribu política: la vida pública, la vida privada, la vida secreta. Sabía tanto que era ya una molestia: no lo podían quitar ni lo podían suplir, tenían que usarlo, pero el uso era de ida y vuelta, porque *El Duque* servía y se servía, daba y ganaba poder. Así fue su reino oscuro hasta que Alonso Concheiro rompió el molde, no le tuvo miedo y lo hizo a un lado.

Concheiro puso la policía política en manos de un viejo adversario de *El Duque*, y *El Duque* se quedó en el limbo, rumiando su cese, con Alonso Concheiro apuntado en la libreta de sus enemigos.

Sebastián decidió usar a aquel enemigo acerbo de Concheiro, aunque *El Duque* tuviera también un lugar alto en la lista de enemigos de su padre, la lista conversada tantas veces durante los años de ataques del gobierno contra Santos y su familia, en gran parte orquestados por *El Duque*. Lo cierto es que *El Duque* había visto todo en los sótanos del estado y había hecho todo ahí, pero parecía separado de la estela de sus actos como dios del sufrimiento de sus criaturas. Un dicho suyo se había hecho célebre: "Las cosas del estado manchan las manos. Hay que lavárselas todos los días". Decía también: "Las cosas sucias del estado manchan a quien no tiene convicción. Si hay convicción, no quedan huellas". Cuáles eran las convicciones de *El Duque* mientras se manchaba las manos con las cosas del estado, es algo que estamos averiguando todavía.

Santos salió triste de la junta, y yo atrás de él, rumiando las mismas cosas agrias. Despidió al chofer y se puso al volante.

—Sebastián no va tras Martiniano —dijo, cuando subimos al coche—. Va tras Salomón. No piensa conmigo, sino contra mí. Su camino es pelear conmigo, no escucharme. Ha visto mi debilidad por Salomón. Persigue la sombra de Salomón en la amenaza de Martiniano. No puedo negar mi debilidad por su hermano sin hacerle sentir que lo engaño. Pero no puedo admitirla sin ofenderlo. Estoy en un punto muerto con Sebastián.

—Siempre hay un paso intermedio —dije yo.

—No es lo que ha elegido Sebastián —respondió Santos—. Su elección ha sido *El Duque*, y *El Duque* significa mano de hierro con guante de terciopelo. Sebastián quiere hacer trizas a Martiniano Agüeros para rehacer sus propios pedazos. Siente que lo han hecho pedazos en esta jugada, lo cual en parte es cierto, pero no es definitivo. No estamos en la batalla final, desde luego, pero Sebastián y sus amigos actúan como si lo fuera. Creen que sólo si entregan la cabeza de Martiniano lavarán la acusación de ser sus cómplices. *El Duque* les traerá un plan para capturar a Martiniano, un plan fino, impecable, infalible, tan bien vestido como él, un plan cuyo resultado serán cadáveres desaparecidos y sangre lavada. Una impecable carnicería.

Esa tarde, llevado por su desánimo, Santos tuvo el error de sincerarse con Salomón. Le contó lo que a su juicio venía, la batida de caza contra Martiniano por un cazador que no iba a volver sin la presa. Salomón tuvo el acierto de ocultar su desasosiego. Al día siguiente le dijo a Silvana que iba a verme para que le diera unos libros y salió del hotel. Santos me llamó antes de la comida:

—¿Le estás enseñando a Salomón la biblioteca de Alejandría?

No entendí.

—Salomón lleva cinco horas contigo viendo libros —me explicó Santos—. ¿Le estás enseñando la biblioteca de Alejandría?

—No he visto a Salomón en todo el día —le dije—. No está conmigo.

Lo oí maldecir al otro lado. Me contó entonces lo que habían hablado. Concluimos que su hijo iba de nuevo camino a Inés.

—Búscalo, búscalo. Que no se vuelva a perder —me dijo Santos.

Empecé a buscarlo otra vez en el teléfono de Rutilio Domínguez.

—No ha pasado por aquí —me dijo Rutilio—. Habrá pasado directo a la sierra, pero no sé a dónde.

Le pregunté dónde estaba Martiniano. Me contestó, obviamente, que no lo sabía. Martiniano tenía en la sierra varios escondrijos y se movía de uno a otro para no dar un blanco fijo. Estaba huido, me dijo, pero disparando. De hecho, tenía esto nuevo que informarme: la gente de Martiniano acababa de dar un golpe casi mortal a *El Jano* Carmona. En un tiroteo cuidadosamente planeado, pues se sabía de la compulsión de *El Jano* a salir de su cueva en busca de tragos y putas, la gente de Martiniano había matado esa madrugada a los mejores hombres de *El Jano*, luego de esperarlos siete días en las afueras de su congal favorito. Al parecer, también habían herido a *El Jano* en una rodilla. Todo saldría en la prensa del día siguiente.

Por otra parte, dijo Rutilio, la resurrección de *El Duque* le había parado los pelos de punta a los comandantes que asolaban Mendoza. "Ahora sí va en serio el gobierno", había dicho uno de ellos a Rutilio. "Yo callo y espero, pago por ver", lo cual quería decir: no hago nada hasta ver lo que hace *El Duque*. Casi todos los comandantes que asolaban Mendoza habían sido aprendices de policías con *El Duque*. Tenían por él gratitud, admiración, afecto y miedo: gratitud de aprendices hechos bajo su mando, admiración de profesionales hacia el *miglior fabbro*, afecto de colegas, miedo de conocedores.

La reacción de Silvana por la fuga de Salomón fue pleito aparte. Había estado aquellos días en la ciudad como si la hubiera conquistado de nuevo. La había conquistado una vez, al menos en su cabeza, cuando vino con su jaranero. Aquel recuerdo triunfal tenía en su centro un cambio de frases ásperas que tuvo con Adelaida. Ahora se paseaba por el hotel y sus alrededores, en tiendas y restaurantes, como la reina que vuelve a sus dominios. Ya no era joven, pero se empeñaba en serlo con sus ropas ceñidas y su largo pelo abrupto cayéndole por la espalda. Esto acentuaba la madurez hermosa aunque embarnecida de su cuerpo, en vez de rejuvenecerlo, y hacía más gruesos sus modos, en vez de aligerarlos.

La segunda fuga de Salomón la volvió loca, porque, otra vez, la sorprendió confiada. La irritó su candidez. Culpó a Santos de la ligereza con que había visto su paso por la capital como una nueva fiesta ganada a pulso, no como la prisión lujosa que era. La noche del día en que Salomón huyó, Silvana quiso irse tras él a Mendoza, a buscarlo. Su intento de partida dio lugar a un pleito homérico con Santos, quien sólo pudo frenarla con la amenaza de que no la vería más.

—Si *El Duque* ya es parte del equipo —le dije a Santos—, hay que pedirle que busque a Salomón y cuide a Silvana.

—Primero muerto que pedirle ayuda a *El Duque* —dijo Santos.

La tensión bajó un poco al día siguiente. Recibí una llamada de Salomón diciéndome que estaba bien, donde quería estar. Yo entendí que estaba con Inés y, por lo tanto, con Martiniano Agüeros.

—Premedité, como usted quería —me dijo con sorna—. No me van a tener preso en sus líos. A mí la república me vale. Dígaselos bien claro, que lo sepan de una vez. Sobre todo, dígaselo a mi papá. Pero también a mi hermano: me valen sus enredos. Yo no voy a detenerme más.

La fuga de Salomón tuvo la fuerza de los actos verdaderos. Como quien quita de un tirón el velo de las cosas, puso a la luz el dilema no asumido de Santos. Ese dilema era que no podía ponerse contra Sebastián porque Sebastián no hacía sino cumplir su mandato de ir tras el poder. Pero tampoco podía ponerse contra Salomón, porque Salomón era su hijo preferido frente al cual el poder ya no importaba. Había cambiado de ilusión y de mandato sobre sus hijos, pero no se los había dicho a tiempo a ellos, ni con claridad a sí mismo.

—Está seguro allá —le dije a Santos.

—Si los va a atacar *El Duque*, no está seguro —me contestó—. Esto tiene que saberlo Sebastián, pero no soy yo quien puede decírselo.

—Yo se lo diré —me ofrecí.

—Sebastián tiene que entender lo básico —dijo Santos—. Lo básico es que no puede ir contra su hermano. Pero Salomón se ha convertido en escudo de Agüeros, y la cosa tampoco es sencilla para Sebastián.

—¿Qué quieres que haga Sebastián? —pregunté.

—No sé —dijo Santos—. No lo sé.

En el frote de sus manos, en sus ojos perdidos, en el sudor de su frente, podía verse que decía la verdad, pero la decía a medias. Finalmente, agregó:

—Dile que no toque a Salomón, que cuide a su hermano.

Fui a ver a Sebastián con mis mensajes cruzados. Los sabía todos, porque la primera medida de *El Duque* en sus nuevas funciones había sido poner bajo vigilancia telefónica a la familia de Santos y a mí. Estábamos más cerca de ser una pista clara hacia Martiniano Agüeros que ningún otro informante. Por medio de Itza Sotelo, *El Duque* me había pedido que le contara mi reunión con Martiniano, a lo cual me negué. Pero había rastreado para Sebastián todo lo que podía saberse de la familia de Santos en Mendoza. A estas alturas del conflicto, Sebastián y *El Duque* sabían de cada uno de los miembros de la familia Rodríguez más que ellos mismos. Sebastián me dio a entender todo eso con sus primeras miradas y su rápida anticipación a mis palabras:

—Si viene a decirme que Salomón se fue, ya lo sé. Si viene a decirme que está con Agüeros, lo sé también. Si viene a decirme que tenga cuidado de no poner en riesgo su vida, haga de cuenta que ya me lo dijo. Si tiene algo más que decirme, dígalo.

—No tengo nada más que decir.

—Dígalo, tío.

—Eso es todo.

—No se irrite usted también —se aflojó Sebastián—. Estoy metido en un lío de tamaño nacional y a usted y a mi papá les molesta que pelee con lo que tengo a la mano. ¿Qué quieren? ¿Que me rinda? Si eso es lo que quieren, les respondo: que mi hermano se cuide de sus pendejadas. Déjenme a mí cuidarme de las mías. Y de las de mi padre.

Lo había fastidiado más mi silencio que mi discurso, así que no lo rompí.

No me invitaron a la junta donde *El Duque* propuso la operación sobre Martiniano Agüeros. Tampoco invitaron a Santos. Supe los detalles esa misma tarde por boca de Antonio Bernal, que se había arrimado a mí con rara complicidad de joven por los viejos.

—Un gato arrinconado se vuelve un tigre —dijo Bernal—. Me da miedo nuestro jefe.

Pensé que todo hombre de poder debe dar miedo, incluso o sobre todo a sus íntimos. Sebastián ya estaba ahí, había encontrado el camino.

El Duque, dijo Bernal, tenía un mapa de los refugios de Martiniano en la sierra. Sabía las fechas, que no dijo a nadie, salvo a Sebastián, en que Martiniano dormiría en el mismo sitio donde se reunió conmigo. El rancho era una fortaleza artillada, según la buena descripción de *El Duque*; por lo mismo era posible rendirla con un despliegue abrumador de fuerzas y capturarla entera, con todo adentro, incluido Martiniano Agüeros. Sebastián había dado la orden de proceder. *El Duque* había añadido que en el rancho de Martiniano estaba también Inés y, desde unos días atrás, Salomón Rodríguez, el "parentesco" de Sebastián en Mendoza. No había dicho hermano, hermanastro ni medio hermano, según Bernal. Había dicho "parentesco". Sin reparar gran cosa en esos detalles, Sebastián había dado la orden de proceder. "Cuiden de no tocarlos", dijo, refiriéndose a Inés y Salomón, "pero que tampoco sirvan como escudo para impedir nuestra tarea".

—Ahí es donde me dio miedo nuestro jefe —dijo Bernal—. Cumple con su deber, no hay duda, pero de qué manera.

Recordé las palabras de Santos: tras la figura de Agüeros, Sebastián perseguía la sombra de su hermano. Estaba a punto de cazarla, pero no era la sombra de Salomón, sino Salomón mismo.

No le dije nada a Santos de las infidencias de Bernal. Llamé a Rutilio y le conté lo que sabía. Es decir, le informé que el único escondrijo a donde Martiniano no debía ir era al rancho artillado donde lo habíamos visto Salomón y yo.

—Le he perdido la huella —me contestó Rutilio—. No tengo cómo encontrarlo. Que pueda hablar con él depende de que él me llame.

Esperé por mi parte que llamara Salomón, pero no llamó. Lo siguiente fue la avalancha de los hechos.

El Duque dispuso el asalto al rancho de Martiniano en la hora más oscura de la noche, la que precede al quebrar del alba, la hora en que los vigilantes duermen y, entre las sombras, ante la sorpresa, no saben lo que pasa ni pueden reaccionar. La sorpresa y la fuerza abrumadora de los atacantes evitan la respuesta de los sitiados, dijo *El Duque*. Al evitar esa respuesta, se evita el baño de sangre. "Si a usted lo atacan cinco", le explicó a Sebastián, "quizá tenga el reflejo de defenderse. Si lo rodean cuarenta, se rinde ante la desmesura de la otra fuerza. Se va el instinto de agresión, queda sólo el instinto del miedo, esto es, la parálisis". Había que meter en la sierra cinco veces la fuerza que pudiera tener Martiniano, explicó *El Duque*, y caer sobre su rancho por todos los flancos, con fuerza irresistible.

Martiniano defendía el rancho con quince o veinte hombres. *El Duque* llevó ciento cincuenta. El convoy dejó la cabecera de Mendoza a la medianoche. A las tres de la madrugada habían rodeado el rancho. Atacaron a las cuatro y media, cuando todo dormía en el bosque y en la casa. El perfecto plan de avasallar fue respondido desde dentro del rancho con una balacera que duró hasta la mañana. El impecable asalto prometido terminó en un baño de sangre, como había predicho Santos, un reguero de bajas y fogonazos, injurias, lamentos, heridos y muertos.

Bernal me mostró días después las fotos que tomó prestadas de la oficina de Sebastián. *El Duque* había traído como botín de guerra nueve hombres de Martiniano presos, la colección de armas que atestaba los armeros, un cajón de fotos de Martiniano con distintos personajes de la república mafiosa, suficientes para culpar a medio mundo de lo mismo que culpaban a la familia Rodríguez. Entre toda la morralla, *El Duque* había separado la pieza maestra: una foto de cantina en la que se abrazaban, ebrios, el entonces coronel adusto que hoy era secretario de la defensa, y el rubio de rancho serrano que hoy era Martiniano Agüeros. *El Duque* trajo todo eso y otras cosas, pero no trajo a Martiniano, quien se había ido del rancho horas antes del ataque, a caballo, por la sierra, con su hija Inés y con su yerno Salomón. Alguien le había avisado del ataque inminente, dijo *El Duque*. Pensé que ese alguien había sido quizá Rutilio González, por mi advertencia. Es decir, quizá yo.

Además de sus prisioneros, *El Duque* trajo once cadáveres enemigos y cinco propios. Los enemigos fueron dados a la prensa; los propios fueron callados, hasta que el ejército, o Concheiro, o Martiniano, o cualquier otro de nuestros amigos, empezó a filtrar a sus periodistas leales las verdaderas bajas del combate.

23

El destino urde con lentitud pero golpea con rapidez. Los días que siguieron al asalto del rancho de Agüeros parecieron sellar la suerte de la familia Rodríguez.

Sebastián y su tribu no tenían aún todas las cuentas del asalto cuando ya había en la prensa una versión enemiga de los hechos, según "un testigo presencial". A partir de eso, la batalla por el rancho de Agüeros dejó de suceder en la realidad y empezó a suceder en la prensa, único lugar donde los muertos podían tener un peso. Había dicho un padre fundador de la república: "La moral en política es un árbol que da moras o no sirve para nada". Los muertos de aquella república debían volverse parte de un pleito político o no servían ni para pedir limosnas de la iglesia.

La versión del asalto salió en *La vanguardia,* el diario de denuncias de Octavio Sala, único en su tipo antes de que la fiebre de hablar y gritar tocara al resto de la prensa. *La vanguardia* era usada por rivales políticos para casos de pleito final. Sala recibía informes salvajes de fuentes que pedían a cambio no salir de las sombras. Sala seguía la pista de las filtraciones, añadía sus propias fuentes y lo daba todo a la luz sin callar nada, al amparo moral de una lógica perversa. La dureza de sus notas probaban su libertad en un medio de prensa corrupto. Pero Sala era también esclavo de los trapos sucios que le daban los mensajeros del poder cuya identidad debía callar.

Sala había perdido por sus propios méritos, en un gambito típico de la república mafiosa, el diario de mayor peso de otra época. Se había refugiado luego en las trincheras de *La vanguardia*, un fogoso periódico "trisemanal" (porque salía tres veces a la semana: lunes, miércoles y viernes), donde podían leerse, cada tercer día, las únicas denuncias sin bozal de la prensa nativa. Lo que en las voces oficiales de la república era un país rumbo a la grandeza, en las notas de *La vanguardia* era sólo un campo sucio; no la Jerusalem Libertada que decía el gobierno, sino la Sodoma y Gomorra que sufrían, hartos y soñolientos, los ciudadanos.

La respuesta de Sebastián a la historia del asalto sobre el rancho de Agüeros publicada por Sala, fue enviar a *La vanguardia* la vieja foto que había traído *El Duque*, donde Agüeros abrazaba al entonces coronel, hoy secretario de la defensa. La foto mostraba a dos jóvenes rientes y ebrios en la mesa de una sepiosa cantina. Tenían los brazos echados alegremente sobre los hombros del otro, posando para la posteridad sin saber que posaban como la pareja acusatoria que eran ahora. El parecido del entonces coronel con el ahora general era refutable, pero claro. La pieza de prueba de la foto fue la versión que escribió Rutilio González sobre la historia de aquella amistad, la cual yo le di a Sala junto con la foto. Sala recibió feliz mi entrega turbia, porque lo lavaba de su turbiedad anterior. Mi primicia nivelaba el juego y absolvía a Sala: golpear a Sebastián primero y a su rival después lo hacía ver neutral en el tiro de piedras sobre la casona toda del poder que odiaba.

La prensa local fue muda y sorda ante los petardos de Sala, pero los diarios extranjeros no, porque los hechos publicados por Sala tenían una fuerza de piedra. Primer hecho: la familia de Sebastián Rodríguez, secretario favorito del régimen, aspirante a la presidencia, tenía vínculos con el narco. Segundo hecho: de forma ilegal y violenta, el fiscal Juan Calcáneo, peón político de Sebastián Rodríguez, había ordenado un asalto al rancho del capo Martiniano Agüeros, para capturarlo y borrar con ello los nexos previos de su jefe con el capo. Tercer hecho: el saldo de tal acción había sido una masacre y, a la vista de algunos, algo peor: un fracaso. Cuarto hecho: el secretario de la defensa era viejo amigo de origen del mismísimo capo Martiniano Agüeros, a quien perseguía con saña para cobrarle una riña amorosa de otros tiempos, los tiempos en que el militar había ayudado al capo a crecer su imperio.

"La gran especialidad de nuestra prensa es hacer lodos", solía decir el presidente Urías. Cuando el lodo de los hechos de Sebastián y el general llegó a su escritorio, procedió salomónicamente. Pidió su renuncia al secretario de la defensa, con lo que dio un golpe a Concheiro, pero pidió su renuncia también a Juan Calcáneo, con lo que dio un golpe a Sebastián. Las ligas de Concheiro con el secretario de la defensa eran claras para los enterados. La presencia de Juan Calcáneo en la fiscalía era una posición pública de la tribu de Sebastián. De modo que el golpe para Sebastián fue mayor que el de Concheiro, porque Concheiro perdía un aliado al perder al general, pero Sebastián al perder a Calcáneo perdía un cómplice. La prensa lo juzgó así desde el primer momento. Nosotros también.

La noche en que Urías cesó a Calcáneo vi a Sebastián en su casa. Lo hallé absorto, sombrío, en el peor humor para oír las malas noticias que le llevaba. Eran noticias venidas de Rutilio, quien me había hecho saber de la furia de Agüeros como quien habla de la guerra de Troya. Luego de varios días de silencio, me dijo Rutilio, Martiniano había vuelto a llamarle. Estaba furioso y desesperado, por la más seria de las razones: durante el asalto al rancho, perpetrado por *El*

Duque, Salomón había huido con Inés. En la prisa de la fuga, me dijo Rutilio, los caballos de Inés y Salomón se habían salido de la fila en que iba Martiniano, y no los vieron más. Inés llamó a su padre al otro día para decirle que se iba con Salomón a hacer su vida. Martiniano había ordenado una busca total de su hija: debía encontrarla antes que *El Jano* Carmona. Martiniano creía que la fuga de Inés había sido instigada por Santos, o por Sebastián, o por ambos, para usar a su hija como rehén y forzarlo a entregarse o a entrar al aro de la familia Rodríguez. Su opinión de Santos y Sebastián era parte de su furia, pues el asalto al rancho se había hecho sin pensar en los riesgos para Salomón e Inés.

—En suma, colega —me había dicho Rutilio—, Martiniano quiere hallar a su hija y a Salomón antes que *El Jano*, para que *El Jano* no los mate. Quiere encontrarlos también antes que el ejército o los comandantes, para que no los vuelvan rehenes en su contra. Y cree que los tiene en sus redes la familia Rodríguez. Es para esto que me ha dicho que le llame, para decirle que no será rehén de nadie, ni al precio de Inés.

—¿Me quiere usted decir que ahora Martiniano está en guerra también con la familia Rodríguez? —pregunté.

—Si la familia tiene en sus manos a Inés, Martiniano está en guerra a muerte con la familia Rodríguez —contestó Rutilio.

—No la tienen —corté—. Adviértale eso.

—Yo no puedo pasarle advertencias a Martiniano sin perder su confianza —dijo Rutilio—. Las cosas de Inés son sagradas para él, usted lo sabe. Y lo que usted me dice, no me consta.

—Dígale que me llame para explicárselo yo. ¿Puede hacer eso?

—Puedo y quiero —dijo Rutilio—. Eso haré.

Tomé la llamada de Agüeros en una papelería de la colonia, cuya oficina me prestaba el dueño, viejo amigo de libros y ajedrez, para evitar espías.

—Dígale a Santos que me den a mi hija —gruñó Martiniano Agüeros en el teléfono.

—No la tienen ellos —contesté.

—Dígale que tomé nota de lo que les importa en la vida —siguió Martiniano, sin oír mi respuesta—. Mejor dicho, dígales que tomé nota de lo que no les importa.

—Lo de su rancho fue un error —acepté—. Pero le digo esto: acá no saben nada de Inés y de Salomón.

—No sé lo que saben —dijo Martiniano—. Sé lo que son capaces de hacer con su familia. Cuantimás con la mía. Sabían que Salomón iba a estar en el rancho, pero lo asaltaron. Su hermano Sebastián lo sabía, pero aun así ordenó disparar contra esa casa. Salomón había salido ya del rancho, conmigo. Pero eso él no podía saberlo. De modo que para matarme a mí, corrió el riesgo de matar a su hermano. Esos son los hechos, y a los hechos me atengo.

—Inés no anda por acá —repetí.

—Usted es un buen amigo de sus amigos, pero los conoce mal —dijo Martiniano, y colgó.

Esas eran las noticias frescas que yo le llevaba a Sebastián el día en que el presidente Urías le pidió su renuncia a Juan Calcáneo. Sebastián nadaba a contracorriente, perdido en el escándalo. Una vez que le dije todo, dio una vuelta por el balcón donde comían las ardillas y pensó en voz alta:

—Qué caro ese imbécil, tío. Mi hermanito Salomón, qué caro. Ahora, con su fuga, nos echó encima al narco mayor del país.

—*El Duque* atacó el rancho de ese narco por orden nuestra —recordé.

—*El Duque* atacó por orden mía —aclaró Sebastián—.

No lo suavice con el plural. No me arrepiento de mi orden. Debimos atacarlo antes. Todo ese lío de mi papá, de su mujer, de mi hermano de allá, no debimos consentirlo nunca. No actuamos a tiempo. Mire la ruina ahora. ¿Por dónde cree usted que ande mi hermano en fuga con su novia? Falta de veras que los capture *El Jano* y los despelleje.

—Han elegido su camino, como todos —dije.

—No me diga que le gusta esa telenovela, tío.

—Es lo único que me gusta de lo que he visto en un tiempo —acepté.

—Se está ablandando, tío. Pero me pone de buen humor. Dígame, ¿usted cree que todo esto tiene remedio? ¿Cree, como dice la prensa, que esto es el revés final para mí?

—Lo sería para cualquiera —dije—. No sé para ti. Depende de lo que diga el presidente.

—El pozo del presidente se está secando, tío. No me dijo que iba a cesar a Calcáneo. Ayer tuve acuerdo con él y no me dijo nada, aunque ya tenía en su mesa el nombre del sucesor de Calcáneo.

—Es una mala señal —dije—. Pero el presidente en este país es el oráculo de Delfos, engaña con la verdad y aclara con la mentira. Igual con no decirte quería decir que tú no tienes nada que ver con eso, que a ti no te afecta el caso y por eso no te dijo.

—¿Qué cree usted que dijo el oráculo esta vez?

—Me lo acabas de decir: no dijo nada —contesté—. Literalmente: no dijo nada.

—¿Y eso es bueno o malo?

—No sé —dije—. Hay que preguntárselo al oráculo.

Salió de su pecho una risa pronta, sana, de las de antes, una risa tan rara en los últimos tiempos que se atragantó.

Al salir de la oficina de Sebastián fui a ver a Santos. Me impresionó el brillo pobre de sus ojos, la flojera de sus gestos, la prisa sin rumbo de sus manos.

—No creo que Salomón se haya robado a Inés —me dijo, cuando acabé de contarle—. Creo que los tiene Agüeros y que esparce el rumor de su fuga para quitar la vista de sus terrenos.

—Martiniano no ha esparcido ningún rumor —le dije—. Me llamó por teléfono a mí, eso es todo.

—Te llamó a ti sabiendo que me lo dirás a mí, que se lo dirás a Sebastián, que a través de Sebastián lo sabrá el gobierno y a través del gobierno, por el ejército y los comandantes, lo sabrá todo el que tiene que saberlo, *El Jano* entre ellos.

—Hay demasiada lógica en eso —dije.

Santos se puso de pie, abrazándose los costados contra un frío inexistente. Empezó a sacudir la cabeza como perro de aguas, espantando sus propios pensamientos. Tenía los brazos cruzados sobre el pecho hasta la espalda, como por dentro de una camisa de fuerza. Tenía también los labios secos, la frente pálida, los ojos rojos, los pómulos salidos, la nariz enorme, las mejillas colgantes, la piel en arrugas, como si se hubiera desinflado.

—Debo encontrar a mi hijo —carraspeó, mirando a ningún sitio—. No puedo perderlo también. He perdido todo. Las cosas que perdí no me dejan dormir.

Dijo luego:

—Sueño con las cosas que he perdido. Al final no hay sino pérdidas y agujeros. Veo a mi padre sin rostro. Veo a mi madre con el rostro de mi padre. Veo el pueblo que enterramos en agua, tu pueblo. ¿Para qué lo enterramos? Tu pueblo inundado fue mi orgullo, ahora es un naufragio que me ahoga.

Luego:

—Íbamos a cambiar el país, a mejorar el mundo. Al final, lo único que hay son estas ruinas.

Luego:

—Sueño que floto en aquellas aguas de tu pueblo. No hay nada encima de mí salvo mis pérdidas, un peso que me impide flotar. Perdí el poder, perdí a mi mujer, perdí a mis hijos. Lo perdí todo. Hasta el gusto por las mujeres perdí. Ahora pienso en mis hijos, mis crías perdidas. Lo perderán todo, porque llevan mi aguijón. Lo han perdido todo, empezando por su padre.

Luego:

—Sebastián va a que lo hagan pedazos, como me hicieron a mí. Santos chico está perdido en su rencor. Salvador, en la música. Y ahora Salomón, huyendo como un criminal. Perderán todo.

Luego:

—Anoche soñé una mano que metía los dedos por mis ojos. Me gustó ese dolor porque era un pago. Que te saquen los ojos es el precio de ganar, porque el triunfo es la antesala de la pérdida.

Al final:

—Lo peor no es la pérdida sino la memoria, la enciclopedia de las derrotas.

Le di un coñac que bebió de un sorbo trémulo. El calor entró en él, luego el cansancio. Se acostó en el sofá de la salita, las manos bajo el oído, y cerró los ojos. Silvana veía la televisión en el cuarto de al lado. Llegaban hasta nosotros los diálogos amorosos de una telenovela.

—No hagas caso —dijo Santos en voz baja, dejándose ir por el sueño—. Todo termina donde empezó. En el principio no había nada. No había nada. Y al final la memoria, la enciclopedia de las pérdidas, nada.

Se durmió diciendo la palabra nada.

No creí que Salomón fuera a llamar, pero no me extrañó su llamada. Tenía voz urgida de náufrago en el mar de ruidos de la línea:

—Usted me suelta o me encarcela, tío. Depende de usted. Ya robé dos veces en tres días, robé comida y dinero. En el segundo robo dejé un herido. No quiero seguir así, pero no voy a parar, así que le pido un préstamo. Si usted me lo da, no vuelve a verme hasta que le pueda pagar.

Le di el número de la papelería que usaba, la misma que usé con Martiniano, y le pedí que llamara desde otro teléfono. Mientras caminaba a contestarle pensé que Salomón era libre por primera vez, aunque su libertad fuera una fuga.

—¿Cuánto quieres? —dije al oírlo de nuevo.

—Lo que pueda.

—¿Dónde lo mando?

Me dijo dónde estaba. Supe con alivio que habían salido de la zona de Agüeros y de *El Jano.* Iban al norte siguiendo el radar de Inés, que sabía los dominios de su padre, los pueblos, las rutas donde podía saltarles *El Jano.* Le puse un giro para varios meses a la oficina de telégrafos del siguiente pueblo.

Como todo el que elige entre males, quedé en una posición incómoda. No podía cuidar a Inés y a Salomón sino con mi silencio. No podía decirle a Santos lo que sabía de ellos. Tampoco podía decírselo a quienes podían cuidarlos, Martiniano o Sebastián, porque quienes podían cuidarlos eran también sus perseguidores: podían protegerlos de *El Jano* pero no de su propia persecución. En manos de Agüeros, Salomón corría el riesgo de una venganza, y en manos de Sebastián el de un uso. No hice, pues, sino lo que podía hacer: ayudar a la fuga que habían elegido. Era lo mejor para ellos, salvo que se jugaban el pellejo. Buscar a Santos o a Martiniano era volver a la prisión de la que huían. Si habían huido de Martiniano, debían huir también de Santos y de Sebastián, lo mismo que de *El Jano,* de la policía y del ejército. Por lo demás, eran la pareja en fuga, tocaban un fibra irrenunciable de mi solidaridad, y de mi cursilería.

24

Mientras Silvana estuvo en la ciudad, Santos dormía una noche con ella en el hotel y otra con Adelaida, en un cuarto aparte de su casa, impecable y hueca. Adelaida la cuidaba como una casa de muñecas, sin hombre y sin vida, o sin otra vida que la posteridad del amor que eran sus años viejos con Santos.

Los días en que Santos no dormía en la casa, yo veía a Adelaida y la ponía al tanto de su familia. Cenábamos cualquier cosa, veíamos los noticieros de la noche o una película. Le hablaba de Sebastián y de Santos, y ella me hablaba de Salvador, que había grabado un disco como solista con una sinfónica europea. Santos chico venía a verla a escondidas de su padre. Se escondía de ella también tras un silencio maniático, roto por avisos de hecatombes y estallidos, días en que los pobres de la tierra, los humillados y los ofendidos tomarían desquite. Una de esas noches, al fin de un noticiero lleno de notas rojas —choques, robos, muertos, secuestros—, tuve la certeza casi física de que Santos chico tenía razón, de que algo estaba a punto de estallar.

Había visto una vez gráficas de los ciclones del Caribe, un serie fantástica de arabescos hechos por la furia del viento. Los ciclones nacían sin razón en cualquier parte y luego iban de un punto a otro del océano, tocando a veces tierra, a veces disolviéndose en su sola agitación marina. Recuerdo haber pensado, viendo esos trazos, que el mal humor de los pueblos se parece a los ciclones, es también una reunión oscura de corrientes y calores que necesitan desahogarse y sueltan un día su furia sobre el cielo limpio, una furia que se cumple al vaciarse, para nada y porque sí. Alguna vez quise contar las guerras de nuestra república como sólo eso: furias sin rumbo, mezclas fortuitas de malos humores en busca de una sangría que se cura sangrando.

Se ha dicho que el arte de la historia es dar sentido a lo que no tiene sentido. El de narrar también. Lo cierto es que había en el aire una crispación que podía sentirse, como el inicio de un temblor. La había sentido otras veces y la había visto estallar en algún mitote, una riña, una víctima, cualquier trueno liberador que restituía el equilibrio y devolvía la tribu a la paz de su pleito rutinario, sólo para incendiarse de nuevo tiempo después, en otro lugar imprevisible, por cualquier razón inesperada e insuficiente. Así había sido antes, siempre, y así fue en aquellos días.

Primero fue el tiroteo contra la casa del secretario de la defensa recién cesado. La prensa y el rumor lo atribuyeron a Martiniano Agüeros. Rutilio Domínguez lo negó en el teléfono con una pregunta salvaje:

—¿Para qué matar muertos?

El general no murió, ni fue herido siquiera, lo que dio lugar a la sospecha de que había sido un teatro armado por él mismo para pulir su imagen como enemigo del narco. Quería decir a todo mundo que el militar de una pieza seguía arriesgando el pellejo por la república que lo había sacrificado y lo desamparaba ante sus verdugos.

Luego vino el rapto del jefe gringo de la lucha contra el narco en Mendoza, de nombre Jeffrey Winnicott. Por creer que eran soplones de Winnicott, Cruz Lima había destazado en *El camarón ambulante* a los turistas Ray Foster y Bob Rodríguez, ahijado este último del entonces secretario de la defensa. *El Jano* Carmona cumplió en forma póstuma la voluntad de Cruz: capturó a Winnicott en las calles de Ciudad

Rosales, lo encerró en una casa y lo torturó cuatro días, reviviéndolo con inyecciones para volverlo a interrogar, hasta que lo hizo pedazos. Sus hombres fueron a echar el cadáver a un rancho en el estado vecino de Mendoza, a donde fueron a buscarlo unos comandantes amigos de *El Jano*, que decían seguir el rastro del agente. Los comandantes tomaron por asalto el rancho, mataron a la familia que ahí dormía y culparon al jefe de la casa de la muerte de Winnicott. La treta sublevó al gobernador del estado, pues los rancheros muertos eran primos de su chofer, quien dio fe, igual que los vecinos, de la decencia del ranchero muerto, de su limpia y larga vida de trabajo.

El país entraba a la recta final de la sucesión cuando llegó la noticia de la masacre de Calderilla, un caserío de la costa de Mendoza, donde se celebraba la boda de unos sobrinos de Martiniano Agüeros. Primero como un rumor en los diarios, luego como un informe de inteligencia militar, se supo que aquella masacre había sido en realidad una batalla entre la gente de Agüeros y la de *El Jano* Carmona. *El Jano* había planeado el asalto a la boda, pensando que sería su duelo final con Agüeros. "Martiniano o nosotros", dijo cuando arrancó el convoy de autos negros en que movió a su gente. Llegaron a la fiesta echando tiros, tapados de cerveza y cocaína. A tiros los recibió la gente de Martiniano, pero eran menos. Casa por casa, corral por corral, la gente de *El Jano* limpió a los hombres de Agüeros que había en la boda, con altas pérdidas, pero con ventaja total en la batalla. Martiniano no apareció por ningún lado, pues no estaba en la boda. Loco de rabia, *El Jano* ordenó poner a los sobrinos de Martiniano que se casaban y a todos sus parientes hombres contra un muro del ingenio que había junto al rancho. Los barrieron con ráfagas de metralleta y les dieron el tiro de gracia, después de lo cual subieron sus muertos y sus heridos al convoy oscuro, y volvieron a Mendoza.

Mendoza supo de la respuesta de Agüeros a la masacre de Calderilla en la prosa irónica y lúgubre de Rutilio González. Fue la muerte del segundo a bordo de *El Jano* y de toda su escolta en Chalquianguis, un pueblo viejo de Mendoza. El segundo de *El Jano* había ido a la parroquia del milagroso señor de Chalquianguis a prender cirios y a dejarle una maleta de dinero al señor cura, para que rezara por su alma. Hombres de Agüeros sorprendieron y degollaron a la escolta del capo, que hacía guardia fuera de la iglesia, jugando cartas en una de las tres camionetas blindadas. Las camionetas, aclaró Rutilio, eran de doble tracción. Al segundo de *El Jano* y a los tres hombres que habían entrado con él hasta el baptisterio, los esperaron en la nave de la iglesia, junto al altar, y los cosieron a tiros, con armas silenciadas, al pie del retablo churrigueresco que era orgullo de la parroquia, y de la república.

La siguiente muerte de esos días fue la única célebre de la lista, pues todas las demás sólo les decían algo a los enterados. Hablo de la ejecución de Antonio Solano, un cronista claro, duro y relativamente neutral de nuestra vida pública, uno de los pocos ojos abiertos y tolerados en el cuadro de nuestra prensa ciega y servil. Su columna diaria era un menú de casos turbios que nadie más osaba tratar, lo cual le había dado a Solano una fama de valor y autonomía a toda prueba.

Junto con Octavio Sala, Solano era toda la independencia periodística que podía tolerar nuestra república mafiosa. Una tarde, al salir de la oficina, fue muerto a media calle de dos tiros en la espalda. Uno de los tiros resbaló por su talle incendiándole el abrigo. El otro le cruzó el cuerpo, rompiéndole la columna en la vértebra quinta, y siguió al corazón, parte del cual salió con la bala expansiva que le reventó la tetilla izquierda. Guardo en mis archivos la foto de su rostro en los diarios al otro día. Solano yace boca arriba, los ojos fijos, mirando sin mirar al cielo por la rendija de los lentes negros que protegen su fobia a la luz y gangsterizan su cara. Sobre el bigote negro, cortado con rigor sobre la base azul de una barba de poderes amazónicos, hay unas gotas de sangre que le han saltado del pecho.

Por esas fechas, el presidente Urías hizo un viaje al extranjero para promover la imagen del país. Leí las notas de su gira mientras seguía en la prensa el viaje paralelo de los ajustes de cuentas en los sótanos. Los dos mundos ocupaban, sin tocarse, el mismo lugar en el espacio. Uno era el mundo donde se abrían escuelas, ganaban dinero las empresas, gritaban los diarios, se hacían elecciones o se rezaba en las iglesias. Otro era el mundo de la guerra de Agüeros y *El Jano*, el mundo del dinero sucio, las emboscadas, los cadáveres desconocidos para todos salvo para sus verdugos y sus deudos. En nuestro mundo pasaban las crisis económicas, las campañas contra la corrupción, los himnos, las banderas, los discursos; en el otro, había sólo las bandas disputándose su otra nación, una nación de reglas y muertes aparte.

La estrella de Sebastián se apagó. Él mismo optó por hacerse a un lado en busca de un bajo perfil, pero no lo dejaron ocultar la cabeza. Cada muerte del narco era buena para reponer en la prensa el caso de su familia. Seguía con la mira puesta en la captura de Martiniano, pensando que eso lo absolvería del cargo de complicidad. No tenía mayor aliado que *El Duque* en esa tarea. *El Duque* seguía por su cuenta la caza de Martiniano, sabiendo que traer su cabeza lo haría verse otra vez como una pieza útil para el gobierno y, desde luego, para Sebastián.

—No quiero preguntarle lo que debo hacer —le dijo un día a Sebastián. Sebastián lo admitió con un infortunado silencio—. Haré lo que debo. Si lo que hago sale bien, será mi mérito. Y usted el beneficiario. Si lo que hago sale mal, será mi culpa. Y usted no tendrá nada que ver.

En pactos como este yo veía desesperación por parte de Sebastián, como si pensara que nada podía hacer peor su camino y esperara un golpe de suerte que alterara el rumbo. Las juntas de la mañana, vivas y chispeantes en otro tiempo, tenían ahora un aire caviloso. Se había perdido la alegría de saber que las cosas urdidas ahí tendrían futuro. Santos había dejado de ir a las reuniones, obsesionado por la fuga de Salomón, del que no tenía sino la buena noticia de no tener noticias. Silvana había multiplicado, por la misma causa, su flanco de diva. Gemía por cualquier cosa y se quejaba impostadamente, clamando al cielo por el tamaño de sus adversidades. Aprovechó sus penas para ponerse a dieta.

Un mes después de salir de Mendoza, Salomón cruzó la frontera y se puso a salvo de su país. Me llamó por teléfono y repetimos el truco de nuestra charla previa. Supe la ciudad donde estaba, pero no quise saber más. Le conté entonces a Santos lo que había pasado, para reducir su angustia. La reacción de Santos fue violentarse por mi silencio anterior. Exigió datos precisos sobre el paradero de su hijo para reunirse con él. Le dije la verdad, que no tenía datos precisos del lugar donde estaba Salomón, aunque tampoco le dije que los tenía aproximados. No me creyó. Siguió una escena entre nosotros que llamó la atención de Silvana. Los dos se echaron entonces sobre mí, exigiendo saber lo que juzgaban su derecho. A los dos les negué lo que era su derecho. La crisis de Silvana terminó en una decisión tan absurda como inapelable: regresar a Mendoza.

—Me voy a mi país, y no se pongan en mi camino —dijo. Levitaba en el género lacrimógeno que se había vuelto su estilo—. Si no he de ver a mi hijo en persona, quiero estar por lo menos en el lugar donde las cosas me hablan de él y de nuestra vida juntos. Quiero ver su cuarto, sus cosas. La escuela a donde fue, el campo donde montaba. Quiero estar ahí cuando él quiera volver.

Le expliqué que saber de Salomón sería más difícil y riesgoso en Mendoza que en la capital del país. Mendoza sería el último lugar al que podrían presentarse Inés y Salomón.

—Qué me importa Inés, sólo me importa mi hijo —dijo Silvana, remontándose otra vez a las alturas—. Ya que no voy a verlo en mucho tiempo, al menos quiero estar en el lugar donde vivimos tanto tiempo.

Y se puso a empacar.

Me fui fastidiado esa noche, pero volví fresco al día siguiente. Santos estaba tranquilo ya o quizá sólo estaba cansado. Me culpó del arrebato de Silvana y me comunicó su decisión de acompañarla.

—No tienen que irse a ningún lado, ni ella ni tú —le dije—. No deben.

—No puedo dejar que vaya sola —dijo Santos.

—No dejes que vaya, entonces.

—Se irá de cualquier modo. Si te das cuenta, huir es una especialidad familiar.

—¿Le informaste a Sebastián de tu viaje?

—Y a Adelaida.

—¿Qué dijo Sebastián?

—No le gustó, pero ya no discute conmigo. Me pidió que llevara una escolta.

—Llévala —dije.

—No quiero escoltas —respondió Santos—. No quiero estar bajo la mirada de *El Duque*. Nada tiene que hacer *El Duque* vigilando mi vida. Que se vaya a la mierda. Hablando de la vida: anoche soñé tu pueblo. Soñé aquella güereja que te hacía los honores. Bailaba con ella en mi sueño. Olía a fragancia de lima. ¿De dónde saldrán esos sueños con olores? Bailábamos valses en la plaza de armas, yo la llevaba dando vueltas para ponerla en tus manos. No era mía, era tuya. Yo te la llevaba. La plaza era enorme. Estaba llena de gente, pero no nos estorbaban en nuestras vueltas, a tu güereja y a mí. Era como volar, no teníamos peso. Fue mi mejor sueño en años. Prométeme que si pasa algo con Salomón, seré el primero en saberlo.

—Te lo prometo —le dije.

—Dile que lo extraño. Y que estoy de acuerdo en lo que hizo. Las mujeres siempre van primero. Hay que ir tras de ellas, cueste lo que cueste —se rió Santos—. No hay nada que discutir en eso. Díselo cuando puedas.

—Se lo diré.

Salieron como a las diez de la mañana. Estarían en Mendoza al caer la tarde. Le llamé por teléfono a Adelaida para que me invitara a comer. Leí toda la mañana en mi antigua casa, luego me cambié la corbata y fui a comer con Adelaida. La encontré vestida de oscuro, con un cordón de perlas en el cuello. Tomaba un martini. Había un brillo alegre en su rostro.

—Lo que me gusta de las ausencias de Santos es que me visitas más —dijo—. ¡El amigo fiel del amigo infiel!

Tomé un whisky y la distraje con mis historias de la semana. Luego de una vida dedicada a conversar, había descubierto que la conversación no es sino una sucesión de historias sueltas. Desde algún tiempo atrás, me dedicaba a poner en un cuaderno las historias que oía.

Le conté la de Luis Huiqui, un indio monolingüe de veinte años que fue atropellado, recogido por una ambulancia y remitido a una comisaría. Nadie entendió lo que hablaba. Fue clasificado como débil mental y remitido al pabellón siquiátrico de una cárcel. Pasó ahí dos años, sirviendo en la cocina, en calidad de idiota. Su familia lo dio por muerto. Un programa de hablantes indígenas presos lo identificó al cabo de esos años como hablante de la lengua ñahñu. Con una cinta grabada que hacía preguntas en veinticinco lenguas indígenas, los trabajadores sociales identificaban a los hablantes por sus reacciones a alguna de ellas. Cuando Luis Huiqui reaccionó al sonido de la lengua ñahñu, le dieron un traductor a quien explicó su demencia. No pesaba sobre él ninguna acusación delictuosa. Según el expediente, había sido recluido por razones humanitarias.

—Qué envidia me da ese pobre —dijo Adelaida—. Así quisiera desaparecer yo de mi mundo, pasar a otro sin decidirlo yo. Cuéntame otra.

Le conté. Había corrido en los medios periodísticos la versión de un engendro mitad hombre, mitad lobo, mitad diablo. Iba por los pueblos chupando cabras y perros. Aparecía en el norte y en el sur, en las sierras y en el llano. Según las autoridades, una sequía sin precedentes hacía moverse de sus terrenos habituales a lobos y coyotes hambrientos. Bajaban en busca de comida a pueblos y rancherías. Había oído esa versión en el radio de mi coche. Anatolio, mi chofer, había comentado: "Pero si está claro lo que pasa, para qué andan inventando". "¿Usted sabe qué pasa, Anatolio?", le pregunté. "¿Cómo van a decir que son coyotes y lobos hambrientos?", dijo Anatolio. "¿No son coyotes ni lobos?", pregunté yo. "No, señor, qué van a ser: ¡son las brujas!" "¿Quiénes, Anatolio?", pregunté yo. "Las brujas, señor", dijo Anatolio. "Ellas son las que vienen y se llevan los animales, se llevan a los niños, se llevan lo que encuentran. Las brujas, cuando vienen, vienen por todo", dijo Anatolio. "Las brujas no existen, Anatolio", dije yo, entre inquisitorial y pedagógico. "Claro que existen, señor", respondió Anatolio. "Cómo no van a existir, si en mi pueblo, cuando yo era niño, ¡hasta quemamos una!"

Estábamos a la mitad de la comida. Adelaida me dijo:

—También puedes hablarme de Santos y su mujer de Mendoza. No habrá drama, lo prometo.

Le conté mi desencuentro con Santos.

—Qué laberinto el de Santos con sus hijos —dijo Adelaida—. Aunque es un laberinto genuino, lo mejor de él.

—Hablas de Santos como de un extraño —observé.

—Finalmente he dejado de quererlo —dijo Adelaida—. Toda mi vida giré en torno a él. Fue mi novio, mi amante, mi esposo. También mi hermano, mi padre, el padre de mis hijos, mi hijo mayor. Llenó mi vida. Y luego la fue vaciando de él, hasta que no quedó nada, salvo la rutina de vivir juntos sin estar juntos. Finalmente, he dejado de quererlo. Hay en mí una sensación de campo seco. El paisaje después de la batalla. También hay una felicidad, un embrión de felicidad. La felicidad de estrenar, de abrir la ventana. La felicidad de empezar a ser libre otra vez. Libre de Santos, libre de mí. Libre del amor. ¡Qué tiranía el amor! Para mí terminó la tiranía del amor de Santos. La prueba es que se me han acabado los celos. La rabia y el amor de los celos. Estoy curada de mi vida con Santos. Y no es por los martinis de más, eh, sino porque esa vida se fue terminando poco a poco. Finalmente terminó. No sé qué empieza ahora. No tengo ilusiones ni agravios. Puedo ser lo que soy porque no tengo pretensiones de ser gran cosa. Estoy nueva y triste, como viuda joven.

Así estaba, más joven que viuda, más triste que nueva, más viuda joven que nueva triste.

25

Volví a casa al anochecer. Tenía un mensaje de Santos pidiendo que le enviara no sé qué recortes de prensa. La siguiente cosa que supe de él fue la llamada telefónica de Rutilio Domínguez, a las nueve y media de la noche. Me lo dijo sin rodeos: habían emboscado a Santos en Mendoza. Silvana tenía un tiro en el pie y otro en el hombro. Santos agonizaba en el hospital. Luego explicó: Santos y Silvana habían llegado al pueblo al caer la tarde, habían descansado un poco, habían salido a cenar en el coche de Silvana. Poco después de las nueve, mientras Santos rodeaba la plaza de armas de Mendoza manejando el coche, un hombre no identificado le vació la pistola sobre la ventanilla.

Llamé a Sebastián. No sólo estaba enterado sino que había tomado ya bajo su mando el hospital donde atendían a Santos, en Mendoza.

—Está muy mal, tío —me dijo, con voz afónica—. Por favor, llámele a mi mamá. Váyase a su casa en cuanto pueda.

Me puso en el teléfono a Itza Sotelo para que me contara del estado de Santos, mientras él seguía arreglando su traslado a la capital. Itza me dijo que Santos había recibido cuatro disparos, tres de ellos graves, ninguno mortal. El disparo en la columna lo dejaría paralítico de las piernas, el disparo en la cara lo dejaría sin media mandíbula, el disparo en el vientre lo dejaría sin poder comer de otra forma que no fuera intravenosa. El cuarto disparo le había atravesado el muslo sin tocar el hueso ni la femoral. El agresor había huido. Las averiguaciones empezaban a mostrar el perfil nebuloso que era especialidad de nuestra justicia. No había pistas, se movilizaban las corporaciones, los testigos presenciales habían presenciado poco, se estudiaban distintas hipótesis sobre el atentado, no había ningún indicio sólido. Era un acto de violencia indignante, inexplicable, inaceptable. Se aplicaría todo el rigor de la ley.

Cuando llegué a casa de Adelaida, Sebastián ya estaba ahí. Adelaida hablaba por teléfono con su hijo Salvador, que vendría desde Cuomo, donde hacía una presentación como solista. Santos chico no había aparecido. Sebastián había vuelto la sala de la casa su centro de operaciones. Había fletado un avión de emergencias médicas, un pequeño hospital de cuidados intensivos con personal especializado, que volaba ya rumbo a Mendoza. Cuando llegué, tronaba porque acababa de saber que los médicos de Mendoza no habían autorizado el traslado de Santos a la capital.

—Voy a traerlo como sea, contra la opinión de quien sea —dijo Sebastián—. Todos en ese lugar son cómplices de los que atentaron contra mi papá. No hay un cabrón inocente en Mendoza, todos son cómplices de algo o de alguien. Mi padre también lo ha sido, y ahí están las consecuencias. Comuníquenme con *El Duque*, encuéntrenlo donde esté.

El Duque estaba afuera de la casa, invisible y ubicuo como siempre, esperando. No quise oír las órdenes que le dio Sebastián, porque las imaginaba. Fui a ver a Adelaida. Estaba fría aunque no hacía frío. Tenía los brazos cruzados bajo el pecho, mirando el jardín por la ventana abierta. Volteó a verme cuando entré, creí ver que sus ojos se llenaban de lágrimas, pero no lloró.

—En esto tenía que terminar —dijo.

—No. No tenía —dije.

—Qué enredo. Qué desorden.

Le pasé un brazo por los hombros, en señal de asentimiento. Adelaida siguió:

—El desorden ha sido el horror de mi vida. Junto con las

arañas y la política. He luchado más contra el desorden que contra la infelicidad.

Calló un momento, conteniendo el llanto.

—Y mira dónde acabo —siguió—. En un desorden tamaño nacional. Mi marido moribundo junto a su querida en una ciudad de quinta. Mis hijos ausentes, salvo Sebastián, cuya presencia a veces pesa más de lo que alivia.

Hubo un salto en su pecho y un quiebre en su voz.

—La vida es una broma pesada —dijo—. Al principio es un chiste blanco, pero al final es una broma pesada.

La apreté contra mí.

—¡Y esta balacera! —siguió.

Su pena se disolvió en ira:

—¡Pobre país!

La ira en amor:

—¡Pobre Santos!

El amor en culpa:

—¡Pobres de mis hijos!

Todo, finalmente, en lágrimas:

—¡Pobre de mí!

El hospital de Mendoza fue tomado cerca de las doce de la noche por las fuerzas de seguridad que envió Sebastián con *El Duque*. *El Duque* se cuidó de no aparecer en la escena, movió desde la sombra hasta el último hilo. Con el alba sustrajeron a Santos y a Silvana del hospital para subirlos al hospital volante. Una hora después aterrizaban en el hangar de la presidencia de la república. Sebastián fue al hangar a recibir a Santos. Adelaida no quiso ir porque no quería ver a Silvana. Sebastián me pidió que la llevara al hospital para que estuviera ahí cuando llegara Santos. Adelaida demoró nuestra partida hasta que supo que su marido había entrado al hospital. Cuando llegamos lo habían puesto ya en una sala de terapia intensiva. Vimos a través de un cristal su despojo, la nariz más flaca que nunca en el centro de la cara, la frente enorme, los pelos revueltos con el desaliño grasoso de la enfermedad y de la muerte. Estaba lleno de tubos y vendajes pero respiraba bien, felizmente ajeno al rompecabezas de heridas y curas que era su cuerpo, a la vez estragado y apacible, por una vez fuera del mundo, a salvo de sí.

Bajé un piso a ver a Silvana, que convalecía del disparo en el tobillo. Su lesión era trivial pero estratégica, la mantenía en un hilo de molestia y dolor.

—Me han dicho que Santos vive —dijo—, pero lo vi muy mal en el avión. No voy a creer que está vivo hasta que usted me lo diga.

—Vive —le dije.

Leyó bien mi ánimo en mi voz. Su siguiente pregunta fue:

—¿Tan mal está?

—Mejorará —dije.

—Me está engañando usted, tío, me está pintando la cosa de rosado, no me engañe, no me engañe —se inflamó Silvana, camino a uno de sus solos de diva.

No había cómo dejarla de engañar.

Al día siguiente me despertó la insistente llamada del timbre en la puerta de mi departamento. Abrí la puerta y entró una ráfaga, una montaña de pelos y barbas bíblicas en cuya voz ardiente reconocí a Salomón:

—¿Cómo está, tío? Dígame que está bien. ¿Va a morirse? Dígame la verdad. ¿Va a morirse por mi culpa? ¿Está vivo? ¿No se ha muerto? ¿Cómo está?

—No va a morirse —dije—. Pero no es la mejor idea que estés aquí.

—Ya lo sé. No podía dejar de venir.

—Está inconsciente. Ni siquiera se enterará de que viniste.

—Quiero verlo yo, no que él me vea. Cuando despierte usted le dirá que vine. Lo vi en la televisión anoche y tomé el avión de la primera hora de la mañana. Son dos horas más allá. Llegué casi de madrugada. ¿No se va a morir? Dígame que no se va a morir. Si se muere me mato, tío.

Parecía más grande, más viejo, más fuerte, más vivo, más peludo, más suelto, más duro, más triste que el muchacho que había visto la última vez. Lo llevé ese mismo día al hospital, sin avisar a nadie, para que viera a su padre y pudiera volver a su exilio. No lo tenían listado como visita posible. Esperamos una hora mientras la gente de *El Duque* hacía consultas. Finalmente, *El Duque* mismo me llamó por teléfono para disculpar la demora.

Sebastián me llamó al hospital.

—Sólo esta vez, tío —me dijo, aludiendo a mi intento de meter a Salomón a ver a Santos—. No quiero más contrabandos, no quiero más puertas falsas. Mi padre está donde está por todos los contrabandos y todas las puertas falsas que entre todos permitimos. No más. Dígale a su amigo de visita que si quiere estar aquí y ver al enfermo deberá ceñirse a las normas de seguridad que imponga *El Duque*. No quiero más sorpresas.

Prometí que le diría todo eso a Salomón, pero no se lo dije. Salomón pasó un largo rato mirando a Santos desde el ventanal de su cuarto. Bajó después, con los ojos húmedos, a ver a Silvana. Silvana volvió a abrirse la herida del tobillo cuando saltó hacia él desde su cama y apoyó el pie.

—Gracias Dios, gracias Dios —dijo. Siguió diciéndolo sin parar.

Salomón habló casi dos horas con su madre, hasta que volví por él con dos gentes de *El Duque* encargados de que no se viera nuestra salida.

—No me ha dicho nada —se quejó Silvana—. No quiere que lo vaya a ver. No quiere que sepa dónde está. Ya no me quiere.

Lo abrazaba con alegría de muchacha, sin echarle encima su pena, cómplice y valiente, generosa en el control de su tragedia.

—Me voy esta misma noche, tío —me dijo Salomón, cuando terminó la visita. Le conté las normas de seguridad que debía cumplir.

Dos hombres de *El Duque* nos seguían ya a todas partes. Salomón concluyó:

—Si los policías de mi hermano saben que ando por aquí, no tardará en saberlo mi suegro. Tampoco tardará en saberlo *El Jano.* Así que me voy. Le pido que me rente un coche a su nombre, porque el aeropuerto no será seguro. Me voy a ir puebleando en coche. Ya me sé el camino.

Le renté el coche y se fue esa misma tarde, sin decir adiós, sin que ni yo mismo me diera cuenta de que había partido, salvo por una nota que dejó pegada en el espejo del baño.

Salvador llegó de Cuomo esa noche. Fui a recogerlo al aeropuerto. Venía fresco después de quince horas de viaje. Tenía la elegancia natural de su padre en los buenos tiempos, y un lujo de buenas maneras invisibles que era imposible dejar de notar.

Santos chico tardó en aparecerse dos días. Vino barbudo y sucio, como de un campamento de ingenieros, en fachas de inexplicables faenas que me hicieron acordarme de Santos joven, en mi pueblo, medio siglo y un país atrás. Salvador y Santos chico tuvieron un encuentro leve pero efectivo con su madre. Salvador alegraba las tardes tocando el violín con una solvencia que hacía llorar a Santos chico y también a Adelaida. El trío se deshizo cuando las reglas de seguridad impuestas por Sebastián colmaron la paciencia de Santos chico al descubrir que lo seguía gente de *El Duque.*

—Ya hay bastantes policías corruptos en el país para que yo traiga también unos cuantos oliéndome los pedos —dijo Santos chico. No reparó en la molestia de Adelaida por sus palabras—. Que rastreen los pedos de mi hermano Sebastián. Les van a oler a rosas. Para ellos, el poder huele bien.

Santos chico desapareció sin dejar rastro. Salvador tuvo entonces la más plena temporada con su madre, de la que ambos salieron avispados y vitales, como después de una transfusión de sangre. No hicieron sino conversar y verse a todas horas, oír música, y Adelaida pedir a Salvador que tocara para ella todas las tardes, a veces también para mí, cuando me invitaban a comer para mostrarme su dicha.

En los días que siguieron al atentado, la prensa llenó con rumores el espacio que la investigación dejaba vacío. Los diarios recordaron la historia del caso, es decir, la historia que ellos mismos habían inventado sobre la vida secreta de Santos en Mendoza, sus tratos con Martiniano Agüeros. Acuñaron la falsa versión que el tiempo hizo indesafiable. Según esa versión, la emboscada de Santos habría sido un ajuste de cuentas del narco. A Santos le habrían disparado matones de Agüeros con quien Santos habría tenido un pleito de familia y un pleito de negocios.

Las autoridades dieron una versión del crimen tan difícil de creer como todas las que salían de un poder judicial más hábil en torcer la ley que en aplicarla. Según esa versión, Santos había sido confundido con un capo del narco, dueño de un coche igual al que Silvana tenía en su casa de Mendoza. Era el coche que había sacado a pasear, como una mascota, en su primera noche de vuelta a la cabecera del estado. Resultaba fácil confundir ambos coches porque era difícil que existieran dos iguales. Era un modelo de colección de treinta años atrás, color rosado, con llantas originales de cara blanca y un jaguar en la punta de la trompa anticuaria.

No tuve que hurgar mucho en Silvana para saber que aquel coche le había sido regalado, en tiempos que quería olvidar, por el difunto Cruz Lima. Cruz había pasado de contrabando dos coches iguales, uno para él y uno para ella. Silvana no había querido vender el suyo junto con los otros bienes de la hacienda cuando salió de Mendoza con Salomón a su viaje asturiano. Algún lugarteniente de Cruz Lima había heredado el coche de Cruz cuando este murió. El matón que disparó sobre Santos buscaba al parecer al dueño del otro coche, no a quien manejaba el coche gemelo de Silvana.

En aquellos meses, como he dicho, la prensa selló el credo de que la familia Rodríguez tenía algo que ver, poco o mucho, con el narco. La candidatura de Sebastián se adelgazó, hasta casi diluirse. Las juntas de la tribu se volvieron campo de la simulación. Todos negaban la fatalidad de la caída, pero la aceptaban como un hecho fuera de ahí. La derrota estaba en todas partes, salvo en los raptos de ira de Sebastián, en su nuevo mal humor, en su pronta mandonería, debilidades que crecían por momentos hasta cubrirlo y disolver, en los modales de un tiranillo, al antiguo personaje de maneras irónicas, encanto sutil y acariciante mano de acero.

Discutí con él las versiones del atentado contra Santos. Le conté la del coche de Silvana, pero no la dejó pasar.

—Pudo haberlo querido matar cualquiera —dijo Sebastián—. Pero en ningún caso por equivocación. Querían cazarlo a él, tío. Pero también a mí. Detrás de esto no están sólo los enemigos de mi padre, también están los míos. Con las balas que dispararon sobre mi padre, han querido matar dos pájaros al mismo tiempo. Yo soy el segundo.

—Pudo haber sido el accidente que dicen —sugerí.

—Ningún accidente, tío. Esto fue contra nosotros. Y en el nosotros, lo incluyo a usted.

Adelaida permitía que Silvana fuera a la casa y la dejaba sola con Santos todo el tiempo que quisiera. Lo hacía contra las órdenes de Sebastián, para quien la segunda familia de su padre era una mala noticia.

—Lo único que no puede usted perder es el orgullo —le dijo a su madre un día que se topó en la puerta con Silvana.

—El orgullo no es mi libro de cabecera —respondió Adelaida.

Probó su dicho aceptando sin chistar el discurso de Sebastián que siguió, recordándole el daño sufrido por las aventuras de Santos en Mendoza. La advirtió también del escándalo que podía seguirse en la prensa si se sabía que la señora de la casa chica de Santos Rodríguez entraba como dueña en la casa grande. Había más ofensas en el discurso de Sebastián que en las visitas de Silvana, pero Adelaida no atendió a unas ni a otras. Siguió permitiendo la entrada de Silvana, viendo que no se topara con Sebastián. Por razones de seguridad, Sebastián tenía control de las entradas y las salidas de la casa, sabía al dedillo la lista de las visitas. Le hizo una nueva escena a su madre, que Adelaida toleró sin decir palabra, ni cambiar su actitud.

Salvador se quedó en México hasta que su padre volvió a la conciencia. Fue el único hijo presente cuando Santos salió del limbo apacible donde estaba, en el primer peldaño de la muerte, y empezó su convalecencia terrible, en el último peldaño de su vida.

Había perdido las cuerdas vocales, hablaba a través de un aparato de ventrílocuo que tardó semanas en dominar, pero que terminó siendo su distracción y su juguete. Vivía sentado en una silla de ruedas. Debían cargarlo para ir al baño y para acostarlo en la cama cada vez que su fatiga crónica lo requería. Había perdido parte de la mandíbula por uno de los disparos, lo cual desfiguraba monstruosamente su cara y le impedía masticar. Estaba sujeto a una alimentación intravenosa, y a sorber en forma de líquidos o a tragar en forma de papilla todos sus alimentos. El pelo que le quedaba, abundante en los parietales, se había puesto blanco del todo, con unas vetas pajizas, secas como espigas muertas.

Conservaba en cambio sus manos de mago. A ese don se

entregaba en su minusvalía, prodigando suertes a los visitantes y poniéndose retos de complejidad inalcanzable mientras estaba solo, para matar su soledad. Era un prodigio verlo pasar la baraja de una mano a la otra, como si los naipes estuvieran cosidos o actuaran solos su propio malabarismo. Apenas podía hablar, pero sus ojos indicaban con claridad la maravilla que podía esperarse de sus manos. No toleraba la televisión, ni adquirió el vicio del cine. Oía ópera a todas horas y jugaba con sus cartas, como un cojo con su bastón. Yo iba a verlo por las mañanas, le leía los titulares de los periódicos, las notas relacionadas con Sebastián. Eran tan adversas que terminaban amargándolo, en lugar de distraerlo.

—Todo es por mí —decía, con la voz metálica del dispositivo—. Perdí dos veces la vida que quería ganar. La mía y la de Sebastián. He arruinado todo dos veces. Un récord mundial.

Otro día:

—Dile a Sebastián que no vale la pena. Explícaselo.

Al día siguiente:

—No sé si vale la pena o no, porque no gané. ¿Crees que hubiera valido la pena si hubiera ganado?

Otra vez:

—¿A qué me hubiera dedicado, si no? ¿Qué mejor cosa hubiera hecho?

La siguiente vez:

—No hubiera sido nada mejor de lo que fui. Adelaida dice que la vida es una broma pesada. Pero Adelaida es una pesada. Se ha vuelto una pesada.

Otro día:

—Nada pudo pasarme mejor que Adelaida. Y después de Adelaida, Silvana.

Otro día:

—Esto fui, no lo que quise. Está bien. Al final, todo es claro: lo que fui y lo que no pude ser. Y todo es justo también. Nadie merece ser más de lo que es.

El siguiente día:

—El mono que fue mono. Gran mono, eso sí. Pero no quería ser mono, sino lo siguiente.

Por la tarde:

—Sólo eso falló: querer ser otra cosa. Pero si no quieres ser otra cosa, no quieres nada. Hay que vivir y morir queriendo ser otra cosa.

No recuerdo que se hubiera quejado una sola vez de su suerte durante aquella agonía.

Las últimas palabras suyas que recuerdo son estas:

—Si volviera a nacer, me gustaría hacerle el amor a una guerrera masai. Si están como los hombres, qué agasajo.

26

Santos murió acostado en su cama un domingo por la mañana. Adelaida lo encontró caliente todavía cuando fue a despertarlo a las ocho. La noticia cayó en la familia como si Santos hubiera estado sano. Hubo sorpresa genuina y un dolor nuevo, completo, de pérdida inesperada. Adelaida me dio la noticia por el teléfono, gritando, como si anunciara la muerte de alguno de sus hijos. Sebastián lloró como un niño junto a la cama de su padre muerto. Lloró tanto tiempo que debí cortar su duelo para decirle que habían llegado sus amigos, los miembros de la tribu, y empezaba a llegar la prensa. Estaba sentado en una mecedora frente al perfil de cera de Santos, los codos sobre las rodillas, la cabeza metida en sus manos nervudas, extrañamente largas y fuertes. Cuando levantó la cabeza, vi en sus ojos desorbitados la misma mirada de galeote que años atrás había visto en Santos, cuando fui a recogerlo de su encierro en Mendoza. Tenía los pelos erizados en mechones disparejos, como si acabara de despertarse de una fatigosa pesadilla.

—No quiero que me vean así —dijo, sugiriendo que no quería salir de la habitación al mundo que lo esperaba afuera.

—Entonces lávate y péinate —le dije. Así le había dicho a su padre treinta años atrás.

—Sí —dijo Sebastián—. Tiene usted razón. Hay que lavarse y peinarse.

Tomó la mano de su padre entre las suyas.

—Cuando llegué estaba todavía tibio —me dijo.

Se puso la mano de Santos en la frente.

—Pero ya no.

Mientras Sebastián se lavaba en el baño, me senté yo en la mecedora y vi a mi amigo. Me había despedido muchas veces de él, sin que él supiera, pensando cada vez que lo veía que podría ser la última. Quizá él se había despedido igual de mí muchas veces, sin que yo lo supiera. Quizá no nos había hecho falta despedirnos. No éramos ya nosotros sino lo que quedaba de nosotros.

Salí del cuarto con Sebastián, que se entregó a los pésames de la tribu. Vinieron a él asistentes y ordenanzas en busca de instrucciones. La prensa bloqueaba ya la entrada de la casa, asaltando a los visitantes en busca de una declaración. Saqué a Adelaida al jardín trasero. La piscina estaba vacía, la cancha de frontenis sin pintar, con óxido en la alambrada.

—Parece que fue ayer cuando llegué a esta casa —me dijo—. Ayer cuando conocí a Santos. Y un siglo desde que lo vi muerto esta mañana. ¿Crees que sufrió a última hora?

—No sé —dije—. ¿Cómo lo encontraste?

—Parecía dormido.

—Probablemente no sufrió —dije—. Probablemente no se dio cuenta del último momento.

—Fue suficiente darse cuenta de los últimos meses —dijo Adelaida.

Un asistente me informó que había llegado Silvana. Sebastián me pedía atenderla. La encontré en el despacho de Santos, junto a la sala, donde había dicho Sebastián que la pasaran. Lucía extrañamente serena, fresca en sus ropas negras, como si el negro la hiciera brillar.

—Quiero ver a mi marido —dijo.

—Desde luego —respondí.

Pedí al asistente que dijera a Sebastián que iba a subir al

cuarto de Santos con Silvana. Sebastián estuvo de acuerdo. Por las espaldas del gentío que empezaba a llenar la sala, subí con Silvana a ver a Santos. Lo acicalaban para su entierro. Alguien había dispuesto un traje gris oxford y una corbata roja para su último atuendo. Pedí a los maquillistas que salieran e hice pasar a Silvana. Toda su compostura se deshizo a la vista de Santos, cuya nariz me pareció más grande, las cejas más ralas, los dientes más visibles y rígidos que una hora antes. En el primer sollozo de Silvana cerré la puerta para dejarla con su marido. Pedí al asistente que no dejara entrar a nadie y fui a decirle a Adelaida lo que pasaba.

—Manténla lejos de mí —dijo Adelaida—. Que se quede y haga lo que quiera, pero lejos de mí.

Santos chico se apareció hasta la noche, con barba de un día y desaliño de una semana. Caminó como un fantasma hasta su madre, mirándola con ojos desolados. Salvador llegó un poco más tarde, en el avión que lo trajo haciendo escalas por la mitad occidental del mundo. Nadie había podido decirle a Salomón lo que pasaba. Lo supo por la prensa al día siguiente, horas antes de que su padre fuera incinerado. Llamó a la casa y le dieron el teléfono de la funeraria. Llamó a la funeraria y pidió hablar conmigo. Hablamos, es decir, lo oí sollozar y pedir disculpas por sus sollozos. Le expliqué que su padre había muerto apaciblemente. Eso pareció consolarlo.

—No se te ocurra venir —le dije, cuando preguntó qué debía hacer. Mandé llamar a Silvana y le pasé el teléfono. Empezó a llorar cuando le dije quién era, antes de tomar el aparato.

El velorio duró veinticuatro horas, desde el mediodía en que llevaron el cuerpo de Santos a la funeraria para recibir el duelo, hasta el mediodía siguiente, en que se cumplió un entierro de cortejo épico. Fue mal signo. El presidente Urías no vino, ni a la funeraria ni al panteón. Hubo muchas esquelas de prensa, pero no tantas como debía tener un candidato a la presidencia. El ritual fúnebre, con ser impresionante, fue un termómetro de intereses a la baja. Las apuestas sobre el futuro de Sebastián no eran altas, salvo en el protocolo. Nadie lo vio mejor que Sebastián mismo. Y nadie pudo decir cuánto de su duelo visible era por la muerte de su padre y cuánto por su propio entierro político.

Una semana después del funeral hablé con él. Había vuelto la muerte de Santos el clímax de una venganza que el mundo urdía en contra suya. Tenía razón, pero una razón que me pareció inhumana, inaccesible al duelo.

—Este partido no se ha terminado —me dijo—. Aunque vayamos abajo en el marcador.

Reconocí en él la huella de la voluntad de Santos, pero no el encanto de mi amigo ido; el nervio, pero no el brillo de aquella energía risueña.

—Si de algo sirvo, puedes contar conmigo —le dije.

—Cuento desde ahora —respondió.

Entendí que iba a dar su propia guerra, pudiera ganar o no, por el puro riesgo de librarla, porque no podía imaginar el mundo, ni a sí mismo, fuera de ese intento.

—Está en la semilla —me dijo Adelaida—. Mi padre era igual. Y de Santos nada tengo que contarte.

Los muertos nos recuerdan que estamos vivos. Al cumplirse un mes de la muerte de Santos, en el cementerio donde unos pocos fuimos a dejar flores, pensé que ahí mismo, sólo unas tumbas adelante, reposaba mi esposa, a quien no había venido a ver ni a dejarle flores en lo que iba del año. La tenía aún cerca de mí. Visitarla en el cementerio era un hábito de distancia y resignación que no había adquirido o que había ido posponiendo, conforme mis propios años me hacían su muerte más próxima, menos etérea, más cercana a mi vida.

Los recuerdos amorosos mienten siempre, pero sus mentiras acaban siendo la verdad de nuestra memoria. Quizá debido a eso puedo decir que con ella, mi mujer, fueron las luces y las flores, del mismo modo que el país, sacudido ante su futuro, cree que atrás estuvieron sus glorias y sus días radiantes. Yo miento y el país se miente, pero lo hacemos ambos para construir la verdad que no hemos sido, la verdad que, sin embargo, somos o podremos ser un día. Mentiras piadosas, se dirá. Mentiras astutas, digo yo. Mentiras que mejoran con la imaginación lo que la realidad no aportó. Lo aportamos nosotros, entonces. Añadimos hojas imaginarias de laurel a nuestro jardín de fechas vencidas. Sea. Y sea sonriendo, en medio de la privación o del caos, con la certeza de que nuestra sonrisa es el anticipo de la furia que volverá a buscar adelante lo que no ha encontrado atrás, lo que acaso no encontrará y, sin embargo, no puede dejar de buscar.

La mitad de la vida hay que arreglarse con la vida, la otra mitad con la muerte. A diferencia de nuestra vida, que atisba claramente su fin cuando se acerca, la vida de los pueblos está siempre a la mitad, no importa cuánto tiempo lleven buscando completarla.

Poco antes de cumplirse el primer año de la muerte de Santos, me llegó un sobre con una foto de Salomón abrazando a Inés. Sonreían con todos los dientes hacia la cámara que algún paseante había activado a petición de ellos. Atrás se veía un mar como un río, un muelle junto a un restaurante donde comían aglomeradas las gaviotas. El mensaje decía: "Frente a este lugar, al otro lado de la calle, abrimos nuestra tienda de comida naturista. Da para comprar comida de la otra y para un cuarto que rentamos arriba. Lo recordamos con cariño, tío, aunque nada queremos saber de aquella región del planeta, aparte de usted y de mi madre, a la que extraño como nunca. Inés lo manda saludar, yo lo recuerdo siempre. Le mando esta misma foto a mi mamá, para que sepa que estoy bien. Si por casualidad le habla, dígale que estoy bien, mejor que nunca, y que ella es lo único que extraño".

Vine y se lo conté a Adelaida. Dijo:

—Al menos eso, ¿no crees? Por lo menos el amor.

—Por lo menos eso —le dije.

No hablamos mucho más el resto de la tarde.

ÍNDICE

1 7
2 17
3 27
4 39
5 49
6 57
7 69
8 77
9 87
10 97
11 107
12 117
13 131
14 139
15 149
16 157
17 165
18 175
19 187
20 199
21 205
22 215
23 225
24 235
25 245
26 257